AF512103

कहीं और पर कहाँ

युवान बुक्स

अनबाउंड स्क्रिप्ट का उपक्रम

कहीं और पर कहाँ : नीरज पाण्डेय

प्रथम संस्करण : सितम्बर, 2025

ISBN : 978-93-48497-79-6

प्रकाशक अनबाउंड स्क्रिप्ट
2/41, अंसारी रोड,
दरियागंज, दिल्ली–110002

वेबसाइट : **www.unboundscript.com**
ई-मेल : **books@unboundscript.com**
फोन नं. : **011-35807601**

मुद्रक : यश प्रिंटोग्राफिक्स, नोएडा, उत्तर प्रदेश

KAHIN AUR PAR KAHAN
Written *by* Neeraj Pandey

Cover Design : Seher Malik
Cover Model : Paritosh Tiwari & Seher Malik
Cover Typography : Rini Pant
Cover Photography : Ravi B. Ranjan Sharma

मूल्य : ₹ 299/-

कहीं और
पर कहाँ

नीरज पाण्डेय

युवान बुक्स

तन्वी के लिए,
जिसके साथ रहकर ऐसा लगता है
जैसे बचपन के किसी दोस्त के साथ हूँ।

सुख के दिनों में
बीते दुःख के आँसू बरसे
दुःख के दिनों में हमने
सुख का इंतज़ार किया था

-नीरज पाण्डेय

भाग 1

डियर माया

हम यादों का घर हैं। जितना जीते गए, उतनी यादें जमा करते गए। पर यादें घर में रखे सामान की तरह नहीं कि जहाँ रख दीं, वो बस वहीं पड़ी हैं धूल खाती, अपने ख़त्म होने का इंतज़ार करती हुई। यादें ज़िंदा होती हैं। उन्हें रखकर भूल जाओ तो भी वो अपनी साँस लेती रहती हैं। यादें एक-दूसरे से बात करती हैं, अपना रूप बदलती हैं। बहुत वक़्त बीतने के बाद, कौन-सी याद किस याद का रूप लेकर आए, हम नहीं कह सकते। जब हम अपना ही क़िस्सा किसी को सुनाते हैं तो वो कितना सच होता है और कितनी कल्पना? एक दिन मेरे एक दोस्त ने पूछा कि जो तुम लिखते हो वो फिक्शन होता है या सच। मैं इस सवाल पर कई दिनों तक सोचता रहा, लिखता रहा। कई बार हम यादों को लिख नहीं रहे होते, वे हमसे ख़ुद को वैसा लिखवा रही होती हैं, जैसे वे ख़ुद को देखना चाहती हैं। लिख देने के बाद सब फिक्शन हो जाता है– लोग, जगहें, बातें, क़िस्से, हँसी, आँसू– सब।

बारिश का मौसम ख़त्म ही हुआ था। हवा में बारिश का ठंडापन अभी भी बरकरार था। मैं क्लास में बैठा बाहर के खेतों में सरसों के फूल उग आने की कल्पना कर रहा था। फ़िल्मों से मैंने सीखा था कि प्यार का रंग पीला होता है। उसकी ख़ुशबू सरसों के फूलों-जैसी होती है। मेरे हाथ में मेरा ही लिखा लव लेटर, जैसे मुझे देखकर शाबाशी दे रहा था। तीन साल तक ये बात अपने मन में रखने के बाद, आज मैंने माया के लिए ये लव-लेटर लिखा था।

माया मुझे तब से अच्छी लगती थी, जब मैंने उसे पहली बार अपने पुराने स्कूल में देखा था। तब मैं 3rd में था और वो थी 2nd में। प्रार्थना में हम दोनों अपनी क्लास की लाइन में सबसे आगे खड़े थे। प्रार्थना बस ख़त्म ही हुई थी। मैंने उसकी तरफ़ देखा। उसने अभी भी अपने हाथ जोड़ रखे थे और उसकी आँखें बंद थीं।

उसके दाहिने गाल पर एक तिल था, जो उसके चेहरे पर दूर से दिख रहा था। कितनी सुंदर थी वो! पूरे स्कूल में माया से सुंदर कोई और लड़की नहीं थी।

माया– हाँ यही नाम था उसका। माया को देखने के बाद स्कूल की मेरी यह दुनिया ही बदल गई। माया जब भी मुझे कहीं दूर से भी दिखती तो मैं नज़रें बचा-बचाकर उसे देखता। इस बच-बचाकर देखने वाली बात ने इस बात पर मुहर लगा दी कि मुझे वो अच्छी लगती है। मैंने जितना प्यार फ़िल्मों में देखा था वो मुझे हो गया था। मैं ख़ुश था और चाहता था कि बस एक बार माया से मेरी बात हो जाए। पर क्या बात करनी थी? क्या बोलना था माया से?

मुझे यह तक नहीं पता था कि ऐसे में बात क्या करते हैं। किसी दिन उसे पकड़कर सीधा ये पूछ लेना कि क्या वो मुझसे प्यार करती है? या फिर किसी दिन अकेले में मिलकर सीधा 'आई लव यू' बोल देना ही ठीक होगा?

मैं जब उससे बात करने से डरता हूँ तो उससे इतना बड़ा सवाल कैसे पूछ पाऊँगा। वो तो शायद ठीक से मेरा नाम भी नहीं जानती।

दिमाग़ और दिल में जो दुनिया चल रही थी और दुनिया में जो दुनिया चल रही थी– उसमें बहुत फ़र्क़ था। जब भी मैं अकेले में होता तो माया के बारे में सोचता। टीवी पर जब कोई फ़िल्म देखता तो फ़िल्म में हीरोइन की जगह मुझे माया दिखती। दुनिया में जितने भी गाने प्रेम पर बने थे वो सब उसी बात को बताते थे जो मैं माया के लिए महसूस करता था।

भभुआ आए हुए हमें एक साल पूरा होने को था। पापा की पहली नौकरी इसी शहर में लगी थी और हमलोग एक छोटे गाँव से निकलकर इस छोटे-से कस्बानुमा शहर पहुँचे थे। ये नया शहर अब उतना नया नहीं था। धीरे धीरे मेरे दोस्त बनने लगे थे। पर पहला साल निकालने के बाद बारी थी नये स्कूल में जाने की।

मुझे नये स्कूल में जाने की ख़ुशी के बीच यह बात रह-रहकर काटती थी कि मैं माया से नहीं मिल पाऊँगा। पर यह हमने फ़िल्मों से ही सीखा था कि अगर मेरा प्यार सच्चा है तो माया मुझे वापस ज़रूर मिलेगी।

साल बदला, नए स्कूल जाने का दिन आ गया। 2 जनवरी। पहले दिन स्कूल में घुसते ही प्रेयर ग्राउंड के कोने में मुझे फूलों का एक बड़ा बाग़ीचा दिखा। यहाँ प्रेयर ग्राउंड में किनारे झूला लगा था। खिड़कियाँ शीशे की थीं, जिनमें से अभी भी एक ऐसी ख़ुशबू आती जैसे वे नयी बनी हों। आस-पास हरियाली थी, बाग़ीचे में फूल खिले थे और उसके बीच पहली मंज़िल पर थी मेरी क्लास।

इस स्कूल के बच्चे अमीर घरों से आए थे। उनके नाम भी अलग-से ही थे। पहले दिन तो मुझे ऐसा लगा जैसे बस मैं ही यहाँ नया हूँ, बाक़ी सब यहाँ पुराने होंगे।

कितना सुंदर स्कूल था ये। मेरे पुराने स्कूल की तरह यह किसी घर की बिल्डिंग में नहीं बल्कि शहर से थोड़ा बाहर की तरफ़, खेतों के बीच फैला हुआ, दूर से दिख जाता था।

पहले दिन ही टिफ़िन के टाइम मेरी बातचीत राहुल से हुई। राहुल भभुआ का ही था। राहुल का भी स्कूल में आज पहला दिन था। हमने अपना टिफ़िन एक दूसरे के साथ शेयर किया और ग्राउंड में साथ ही खेलते रहे। राहुल से मेरी दोस्ती हो गई।

दिन बीते, हफ़्ता बीता। कई इतवार बीते और कुछ महीने। अब पुराने स्कूल की तरफ़ जाना ही नहीं होता। नये स्कूल में, धीरे-धीरे माया की याद आने लगी। स्कूल जाना वैसे ही, रोज़ की तरह होता था। स्कूल से आना वैसे ही, रोज़ की तरह होता था। टीवी पर गाने अब भी वही बज रहे थे। बस इन सबमें एक कमी थी– माया।

जैसा-जैसा मैंने फ़िल्मों में देखा था वैसा-वैसा सब मेरे साथ हो रहा था। माया मेरी नज़रों से जितनी दूर थी उसका साथ मुझे उतना ज़्यादा महसूस होने लगा। मेरी चाहत मेरी प्रार्थना में बदल गई। मैं जब हनुमान जी की पूजा कर रहा होता तो मैं उनसे ये माँगने लगा कि हे प्रभु! अगर मैंने सच्चे मन से आपकी पूजा की है तो माया मुझे किसी दिन रास्ते में मिलेगी और वो ख़ुद मुझसे कहेगी- 'क्षितिज आई लव यू!' और प्रभु, अगर ऐसा हुआ तो मैं आपको आधा किलो लड्डू चढ़ाऊँगा। पर मेरी प्रार्थना का कोई असर होता मुझे दिखा नहीं। कुछ हफ़्तों में मेरी पूजा से प्रार्थना बाहर जा चुकी थी।

माया से मिलने और उसे देखना का अब कोई तरीक़ा नहीं था। मुझे माया के दाहिने गाल का तिल बार-बार याद आता रहा। उसी वक़्त मैंने काले रंग की स्केच पेन उठाई और अपने गाल पर एक बिंदी बना ली। माया के गाल का तिल अब मेरे गाल पर भी था। पर सच तो ये था कि मैं अब माया से कभी नहीं मिलने वाला था।

पूरा साल उसके बारे में सोचने, उसका नाम लेने और उसके जैसा तिल अपने गाल पर बनाने में निकल गया। साल ख़त्म हुआ। क्लास बदल गई। मैं पाँचवीं में आ चुका था। अपनी क्लास में मैं सबसे छोटा लड़का था पर मुझे क्लास का मॉनिटर बना दिया गया। उस दिन मैंने राहुल को समोसा खिलाया। राहुल मेरे मॉनिटर बनने पर ख़ुश था। पर क्लास में कुछ ऐसे लड़के भी थे जिनको ये बात ठीक नहीं लगी। राहुल की दोस्ती उन लड़कों से भी थी।

इस साल शायद हनुमान जी ने मेरी प्रार्थना सुन ली। ईश्वर तो काम अपने ही हिसाब से करते हैं। ऐसा थोड़े ही है कि मैंने कहा कि हे प्रभु! अगर मैंने सच्चे मन से आपकी पूजा की है तो माया मुझे किसी दिन रास्ते में मिलेगी और वो ख़ुद मुझसे कहेगी– 'क्षितिज आई लव यू!' तो एकदम वैसा ही होगा। वैसा नहीं हुआ। पर कुछ ऐसा हुआ, जो होना था।

नये स्कूल में माया को पहली बार मैंने प्रेयर ग्राउंड में अपनी सहेलियों के साथ दौड़ते हुए देखा। मैं पानी भरने जा रहा था तो रास्ते में मुझे माया दिखी। सब कुछ एक पल के लिये रुक गया। पिछला एक साल मैंने माया के बारे में जो सोच-सोचकर बिताया था। वह सब उस एक क्षण में मेरे दिमाग़ में कौंध गया। मुझे ख़ुद से ही ख़ुद में शर्म आयी। मैं हैंडपम्प की तरफ़ बढ़ते हुए मुस्कुरा रहा था। मैं कोशिश कर रहा था कि कनखियों से उसे थोड़ा और देख सकूँ पर उसे ये पता न चले। मैं अपनी चाल में चलता हुआ हैंडपम्प के पास पहुँचा और पानी भरने लगा। पानी कब का भर चुका था और मैं भी।

माया को स्कूल में देखना आम बात हो गई थी। टाइम से पहले स्कूल पहुँचकर मैंने कई बार उसका इंतज़ार किया। उसके पास से गुज़र जाने भर से बस ऐसा लगता जैसे आसपास की सारी हवा लेकर वो एकसाथ गुज़र रही हो। उन दिनों सर्दियों का मौसम था और हमारे स्कूल के आसपास के

खेतों में सरसों फूलने लगी थी। पीले-पीले बसंती हवा में लहराते खेतों के बीच मेरी यह प्रेम कहानी चल रही थी। बिल्कुल वैसी जैसी मैंने फ़िल्मों में देखी थी।

दिन बीते, हफ़्ते हुए। हफ़्ते बीते, महीने हुए। महीने बीते, साल हुए। इस पूरे साल में मेरे अंदर जैसे एक नया ही आदमी रहने लगा। मेरे अंदर क्या ग़ज़ब प्यार करने की क़ाबिलियत थी! और मेरा प्यार सच्चा था। वैसे तो मैंने माया से कोई बात नहीं की थी पर मुझे अब धीरे-धीरे लगने लगा था कि वो भी मुझसे प्यार करती है। हाँ, करती ही होगी। क्योंकि हमें अगर किसी का सपना आए तो इसका मतलब है कि वो दूसरा इंसान भी हमारे बारे में सोच रहा होगा। मुझे माया के सपने आने लगे थे इसका मतलब था कि उसे भी मेरे सपने आ ही रहे होंगे।

हमारे क़स्बानुमा शहर में लड़की-लड़के आपस में खुलकर बात नहीं करते। पर भगवान उसे मेरे स्कूल तक लेकर तो आ गये थे। बाक़ी का काम तो ख़ुद इंसान को ही करना होगा।

साल बीता और ये प्यार अब आदत-सा बन गया। टाइम से पहले स्कूल पहुँचना। पहुँचकर माया का इंतज़ार करना। प्रार्थना की लाईन में खड़े-खड़े उसे देखना। फिर प्रार्थना ख़त्म हो जाने पर जब तक उसके क्लास की पूरी लाईन अंदर न चली जाए, उसे देखते रहना। टिफ़िन टाइम में खेलते-कूदते उसे दूर से देखना और उसके देखते ही अपनी नज़रें छुपा लेना। हर फ़िल्मी गाने में उसको सोचना। यह सब अब आदत में शामिल था।

लगता था कि किसी दिन मैं बस माया को अपने दिल का हाल बता दूँगा तो वो मान जाएगी। फिर जब मैं थोड़ा बड़ा हो जाऊँगा, क़रीब सत्रह साल का, तो मैं अपने घर में माया के बारे में बता दूँगा– मैं इस लड़की से प्यार करता हूँ और मुझे इसी से शादी करनी है। कुछ अड़चनें आएँगी शादी में, पर मैं

घर वालों को मना लूँगा। वही तो मेरे प्यार का इम्तिहान भी होगा। बिना किसी मुश्किल के प्यार अगर मिल भी गया तो उसमें क्या मज़ा!

जब घर वाले मान जाएँगे तो मेरी और माया की शादी हो जाएगी। मैं बारात लेकर उसके घर जाऊँगा। मुझे थोड़ी शर्म भी आ रही होगी। थोड़ी शर्म माया को भी आ रही होगी, शादी वाले दिन। पर जब हम दोनों साथ होंगे तो कितनी ख़ुशी होगी! माया के साथ रहना या उसके आसपास रहना ही मुझे कोई जादुई-सी जगह लगने लगी। लेकिन ये सब होने में बस थोड़ी-सी दिक़्क़त थी, अभी तक माया को पता ही नहीं था कि मेरे मन में उसके लिए क्या चल रहा है।

लानत है मुझ पर। मैं अब छठी क्लास में आ गया हूँ, इतना बड़ा हो गया हूँ, पर मैं ये भी नहीं कह पा रहा कि मुझे इस लड़की से प्यार है। कई दिनों तक ख़ुद से ही सोच-विचार करने के बाद मैं पड़ोस की दुकान से एक नयी नोटबुक ले आया। नोटबुक के बीच का पन्ना सबसे सुंदर और बड़ा होता है। मैंने उस पन्ने को अलग निकाल लिया। माँ-पापा उस दिन घर पर नहीं थे, मेरे पास पूरा घंटा था। मैंने माया के लिए लव लेटर लिखना शुरू किया। जैसे ही मैंने पेन उठाया मेरे हाथ काँपने लगे। पहले तो कभी नहीं काँपें मेरे हाथ। मेरी हैंड राइटिंग वैसे भी बहुत अच्छी नहीं थी। इसकी वजह थी मेरा जल्दी-जल्दी लिखना। तो अगर मैं धीरे-धीरे आधा घंटा लगाकर ये लेटर लिखूँ तो शायद बहुत अच्छी हैंड राइटिंग में लिख सकता हूँ। हाँ! मुझे एक-एक शब्द आराम से लिखना चाहिए। माया जब लेटर खोले तो उसे लगे- इतनी सुंदर हैंडराइटिंग! वो अपना सुंदर-सा लिखा हुआ नाम देखकर ही ख़ुश हो जाये– माया!

मैंने एक पन्ने पर कोशिश की फिर दूसरे, फिर तीसरे, फिर एक और, और... और। मुझे कोई आईडिया नहीं था कि सुंदर कैसे लिखते हैं। कितना मुश्किल था किसी से किए प्यार को उसके सामने रख पाना।

प्यार तपस्या माँगता है और मेरी तपस्या थी हर रोज़ उस लव लेटर को लिखना, जिसे देखकर मैं ख़ुद आश्चर्य में पड़ जाऊँ। मेरा बड़ा मन था कि मैं माया के बारे में सबसे खुल के बात करूँ। आप जिससे प्रेम करते हैं, उसके बारे में खुलकर बात करने का अपना सुख होता है। मैं इस सुख को जीना चाहता था।

अगर माया मान गई तो क्या हम शादी कर पायेंगे? माँ-बाप और समाज इतनी आसानी से तैयार तो नहीं होंगे। हर लव स्टोरी में एक अमरीशपुरी तो होगा ही। क्या करूँगा मैं?

एक दिन स्कूल में राहुल पूरी क्लास को टॉफ़ी बाँट रहा था। राहुल हर साल अपने बर्थडे पर ये करता था। क्लास में सबको टॉफ़ी देते हुए वो मेरे पास आया और मेरे सामने दो टॉफ़ियाँ रख दीं। "ये एक्स्ट्रा तुम्हारे लिए। शाम को घर पर पार्टी है। आना। ठीक है?" बोलकर वो आगे बढ़ गया। मुझे स्कूल में पहले कभी किसी ने अपने बर्थडे पार्टी में नहीं बुलाया था। मैं ख़ुश था।

उस दिन घर आने के बाद मैं अच्छे कपड़े पहनकर तैयार हुआ। बग़ल वाली दुकान से दो कॉपी और पेंसिल मैंने गिफ़्ट रैप करवा लीं और डोलता हुआ राहुल के घर पहुँचा। उसके घर पहुँचने वाला मैं पहला दोस्त था। राहुल का घर लड़ियों और लाइट्स से जगमगा रहा था। कमरे में कुछ कुर्सियाँ लगी थीं और उनके सामने टेबल।

"पापा अभी केक लाने गये हैं। जब आएँगे तब मनाया जाएगा बर्थडे।" राहुल ने बताया।

इतने में राहुल की माँ कमरे में आयीं। मेरे हाथों में मिठाई का एक डब्बा और पेप्सी देते हुए उन्होंने मेरा नाम पूछा।

"क्षितिज, राहुल के क्लास में ही हैं हम।" मैंने जवाब दिया।

राहुल कितना अच्छा दोस्त है। उसने मुझे आपने बर्थडे पर भी बुलाया है। मैं उसे तो माया के बारे में बता ही सकता हूँ। "राहुल, तुम्हें एक बात बताऊँ, किसी को बताओगे तो नहीं?"

"नहीं, पर ऐसी क्या बात है!" राहुल ने पूछा।

"ऐसी कोई बहुत बड़ी बात नहीं है लेकिन दोंस्ती में बता रहे हैं, किसी और को बताओगे तो हम तुम्हें नहीं बतायेंगे।" मैंने उसे समझाते हुए कहा।

"हम लोग दोस्त हैं यार। बताओ क्या बात है?"

"तुम बताओगे तो नहीं किसी से?"

"अरे, नहीं बताएँगे यार।" राहुल ने साफ़ साफ़ कहा।

"तो खाओ विद्या क़सम!"

"विद्या क़सम।" राहुल अपना गला पकड़ते हुए बोला।

मैंने आसपास देखा कि कोई हमारी बात सुन तो नहीं रहा। फिर उसके कान में जाकर बोला, "हमको वो पाँचवीं क्लास वाली माया बहुत अच्छी लगती है।"

मैं उसके कान से हटा और उसकी शक्ल देखने लगा। वो चुप था। मुझे लगा कुछ और बोलना चाहिए, "मतलब जैसा फ़िल्मों में होता है ना, हीरो-हीरोइन... वैसा वाला।"

"क्या बात कर रहे हो तुम?" राहुल सुनते ही बोला, "लेकिन ये है कौन?"

राहुल को माया के बारे में नहीं पता! माया कौन है ये कैसे नहीं पता? वो हमारे स्कूल ही नहीं पूरे शहर की सबसे सुंदर लड़की थी। पर मुझे अब इस बात की ख़ुशी थी कि मेरे अलावा मेरे स्कूल में किसी और को भी ये बात

पता थी। मैं उससे ये बातें कर सकता था। मेरे अंदर के संसार को बाहर एक जगह मिल चुकी थी और वो जगह कोई और नहीं, मेरा दोस्त राहुल था।

राहुल को यह बताकर कि मैं माया के लिये क्या महसूस करता हूँ, मुझे स्कूल में बदनाम होने का डर नहीं था। हाँ, मुझे बदनाम होने से बहुत डर लगता था, क्यूँकि जो लोग बदनाम होते हैं, वो अच्छे लोग नहीं होते। जब मैं इस नये स्कूल में आया था तब से मुझे लोग एक अच्छा बच्चा समझते थे। स्कूल के हर फंक्शन में मैं भाग लेने लगा था। हर साल निबंध प्रतियोगिता में पहला पुरस्कार पाता और वो पुरस्कार मुझे मिलता था, सीधा स्कूल के प्रिंसिपल, संजय सर के हाथों।

इसी साल गणतंत्र दिवस पर संजय सर ने मेरा निबंध पढ़कर बोला था कि "इतनी छोटी-सी उम्र में इतना कैसे सोच लेते हो तुम?" मुझे ये सुनकर बड़ा अच्छा लगा था।

इन्हीं निबंध प्रतियोगिताओं की वजह से ही पाँचवीं और चौथी क्लास के बच्चे मुझे क्षितिज भैया बोलने लगे थे। और मुझसे बड़ी क्लास की लड़कियाँ मुझे पकड़कर बात करती थीं। एक दिन जब मैं अपनी बोतल में पानी भरने गया था तो पाँचवी क्लास का एक लड़का मिला और मुझसे मेरे लिखे एक लेख के बारे में बात करने लगा।

"क्षितिज भैया! संजय सर कल आपकी बड़ी तारीफ़ कर रहे थे।"

"अच्छा! क्या बोला उन्होंने?" मुझे जानना था।

"आपने सिक्के की आत्मकथा पर कुछ लेख लिखा था ना? उसी के बारे में कल वो हमारी क्लास में बता रहे थे। बोल रहे थे कि सबने कुछ-कुछ चीज़ों पर लिखा, पर क्षितिज को देखो, एकदम अलग तरह का टॉपिक पकड़ा। उसने सिक्के की कितनी अच्छी कहानी लिखी है कि पढ़ के मज़ा आ जाए।"

"अच्छा! ऐसा बोला उन्होंने? मुझे तो कुछ नहीं बताया।" मैं पूरे दिन ये सोचकर ही ख़ुश रहा, हो सकता है कि संजय सर ने जब मेरे बारे में ये बात की हो तो माया ने भी ये बात सुनी हो। उसको कम-से-कम ये बात पता हो कि उसका कोई सीनियर है, जो छठीं क्लास में पढ़ता है और अच्छा लिखता है। जब संजय सर ने ये बात क्लास में की होगी तो माया होगी ना? होगी ही, कहाँ जाएगी अगर क्लास में नहीं होगी! उसने सुना तो होगा मेरे बारे में।

माया के हाँ बोलने के बाद की कहानी भी मैंने अपने दिमाग़ में लिख ली थी। कितने ही पन्ने उसके हिस्से के अधूरे लव लेटर से भरे थे। साल लगभग ख़त्म होने को था। सरसों के फूलों का मौसम कब का जा चुका था। मैं अलगे दो महीने में सातवीं में चला जाऊँगा। बच्चे तो पाँचवी क्लास में ही बड़े हो जाते हैं। क्या मैं इतना भी बड़ा नहीं हुआ कि मैं किसी को बता सकूँ कि मैं अंदर से क्या महसूस कर रहा हूँ? बताना तो चाहिए। मुझे इंतज़ार नहीं करना चाहिए कि मैं दुनिया की सबसे ख़ूबसूरत हैंडराइटिंग में वो लेटर लिखूँ या नहीं। अगर मेरी हैंडराइटिंग दुनिया की सबसे सुंदर हैंडराइटिंग नहीं है तो क्या इसका मतलब ये है कि मैं जो भी माया के लिये महसूस करता हूँ, वो झूठ है? हट्ट! क्या फ़ालतू बात है ये। और हाँ, एक बात और अगर माया मेरे लिए कोई लव लेटर लिखकर लाती तो क्या मैं उसकी हैंडराइटिंग देखकर इस बात का फ़ैसला करता कि वो मुझसे प्यार करती है या नहीं? हह्! कितनी छोटी सोच का आदमी हूँ मैं। मैं तो यही देखता न कि कितना प्यार करती है, वो लड़की मुझसे, कि उसने मेरे लिये ये लव लेटर लिखा और इतनी हिम्मती भी है कि वो लेटर मुझे दे भी सकती है। मुझे तो इस बात से कोई फ़रक ही नहीं पड़ता कि उसकी हैंडराइटिंग कैसी है। ज़्यादातर लोगों की तो ख़राब ही होती है। तो क्या ज़्यादातर लोगों को प्यार करने का हक़ नहीं है?

मैं ऐसे डर-डर के तो माया से प्यार नहीं कर सकता। मुझे वो लव लेटर लिखना ही पड़ेगा और किसी भी तरह माया तक पहुँचाना ही पड़ेगा।

अगर मैं इतना भी नहीं कर पाया तो मैं प्यार करने और पाने के लायक़ ही नहीं हूँ।

सितंबर की शुरुआत थी। बारिश लगभग ख़त्म हो चुकी थी और अपने पीछे छोड़ गई थी बहुत सारी हरियाली। मेरी क्लास जो दूसरी मंज़िल पर थी, वहाँ से दूर-दूर तक हरे खेत दिख रहे थे। हवा में एक सरसराहट थी, जिसमें साँस लो तो जैसे सारा हरापन अंदर उतर जाता हो पर आज जो कुछ स्कूल में होने वाला था, मुझे उसका अंदाज़ा नहीं था।

चौथी क्लास थी। मेरा मन क्लास में बिल्कुल भी नहीं लग रहा था। अपनी ड्राइंग बुक निकालकर मैं उसपर माया के लिए लव लेटर लिखने लगा। बग़ल में राहुल बैठा था। राहुल के आगे उसके दोस्त- सौरभ, नासिर और प्रभात बैठे थे।

इस बार मैंने अच्छी हैंडराइटिंग का कोई लोड भी नहीं लिया। चौथी घंटी के बाद टिफ़िन होता था। मैंने सोचा, अगर मैं आज इस घंटी में लिख लेता हूँ तो माया को आज टिफ़िन में ही ये लेटर दे दूँगा। मुझे नहीं पता कि वो लेटर लिखने में कितना वक़्त लगा, पर थोड़ी ही देर में एक पूरे ड्राइंग पैड पर बड़ा-बड़ा लिखा हुआ था-

I
LOVE YOU
MAYA

ये लिखने के बाद मैं थोड़ी देर उसे देखता रहा। बस! यही कहना था मुझे, इतने सालों के इंतज़ार के बाद? हाँ! यही तो होता है लव लेटर। “आई लव यू” ही तो बोलना होता है। इन्हीं तीन शब्दों में तो है सारा संसार। पर कुछ कमी तो है इन शब्दों में। पर कमी कैसे है? कहना तो यही है। अगर माया को ये बात समझ आ गई और उसे लगा कि उसे भी मुझसे आगे बात करनी चाहिए तो मैं और बड़ा कुछ लिखूँगा, अभी तो कुछ और समझ नहीं आ रहा था।

इस लव लेटर को अपने हाथों में पकड़ना ऐसा था जैसे किसी ज़िंदा कबूतर को अपने हाथों में पकड़कर उसकी साँसों को महसूस करना। वो लेटर लिख लेने भर से जैसे ज़िंदा हो गया था। ऐसा लग रहा था जैसे उसमें जान है, और वो अब मेरे कंट्रोल से बाहर उड़ जाना चाहता है। उस ज़िंदा चीज़ की अपनी यात्रा थी। उसकी साँस को देखकर मेरी साँस बदल गई। उसे पकड़ने भर से मेरे अंदर एक सरसराहट महसूस होने लगी और मेरा दिल इतनी तेज़ी से धड़कने लगा कि मैं अपने दिल की आवाज़ सुन सकता था।

मैं क्लास में बैठा बाहर के खेतों में सरसों के फूल उग आने की कल्पना कर रहा था। फ़िल्मों से मैंने सीखा था कि प्यार का रंग पीला होता है, और उसकी ख़ुशबू सरसों के फूलों-सी होती है। मेरे हाथ में मेरा ही लिखा लव लेटर जैसे मुझे देखकर शाबाशी दे रहा था।

मैंने वो लेटर राहुल की तरफ़ बढ़ाया- "राहुल, हमने ये लिखा है यार।"

राहुल ने उसे देखा और पूछा, "क्या लिखा है?"

"ये, ये लिखा है, लव लेटर!" राहुल ने मेरी बात सुनी और उसे अपने हाथों में लेकर देखने लगा। सब जैसे स्लो-मोशन में चलने लगा। धीरे-धीरे मेरे चेहरे की मुस्कुराहट कम होती गई। मैंने देखा कि राहुल के चेहरे पर एक अजीब-सी मुस्कुराहट आने लगी थी और उसके हाथ से वो लेटर सौरभ की तरफ़ बढ़ने लगा था।

"हमको वापस दे दो," मैं राहुल से बोला। पर अब तक वह सौरभ के पास जा चुका था। सौरभ ने उसे पढ़कर नासिर की तरफ़ बढ़ा दिया था और नासिर ने शायद प्रभात की तरफ़। नासिर के बाद वो लेटर कहाँ गया, मुझे दिखा ही नहीं। ये सब इतना जल्दी और इतना धीरे हुआ कि मुझे ठीक से समझ ही नहीं आया कि आख़िर ये हुआ क्या? मुझे यह लेटर को माया को देना था!

"हमको वापस दे दो वो, हमको वापस दो।" मैं बार-बार दुहरा रहा था। तीन साल का मेरा इंतज़ार जैसे उस पल में एकदम ख़त्म हो गया। ऐसा लग रहा था जैसे वो लेटर सच में एक कबूतर बनकर उड़ गया हो।

राहुल, ग़ौरव, नासिर और प्रभात अब आपस में बात करके हँस रहे थे। "ये लोग तुम्हारा लैटर संजय सर को देने वाले हैं," राहुल बोला और मेरी आँखों के सामने जैसे पूरी क्लास हिल गई।

संजय सर के पास इस लेटर के पहुँचने का एक ही मतलब था- पिटाई। वो हर हफ़्ते किसी न किसी बच्चे को इतना पीटते थे कि उसके चर्चे पूरे स्कूल में होते थे। किसी भी बच्चे को पीटने के लिए उन्हें किसी ख़ास वजह की ज़रूरत नहीं थी। कोई बच्चा छुट्टी के दिन सिनेमा हॉल जाते दिख गया तो अगले दिन उसे पीट दिया। कोई पूरी यूनिफ़ार्म पहनकर नहीं आया तो उसे पीट दिया। कभी कोई जूते पहनकर नहीं आया तो उसे पीट दिया। पिछले हफ़्ते उन्होंने दसवीं के एक बच्चे को बस इसलिए पीटा था कि उसने स्कूल के बाग़ीचे से एक फूल तोड़ लिया था। उन्होंने उसे इतना मारा कि उसने पैंट में पेशाब कर दिया था।

मैं तो निबंध प्रतियोगिता में अक्सर उनके हाथों से इनाम पाता था। अगर संजय सर को पता चला कि मैंने किसी लड़की को लव लेटर लिखा है तो मेरा क्या हाल करेंगे? बाहर मौसम जितना हरा था मेरे अंदर उतना ही बंजर होने लगा। मेरा सर घूम रहा था और सर के अंदर घूम रही थी राहुल की हरकत और सौरभ, नासिर, प्रभात की हँसी। मुझे नहीं पता था कि इन तीनों में से वो लव लेटर किसके पास था। मैं अभी ये सब समझने की कोशिश ही कर रहा था कि टिफ़िन की घंटी बज गई।

मेरा मुँह लाल था, जैसे किसी भी क्षण मेरे साथ कोई दुर्घटना घट सकती है। उस ग्राउंड में लगे पेड़ के नीचे बैठे-बैठे मैं पूरे स्कूल को देख रहा था। सब कुछ ऐसा ही चल रहा था जैसे रोज़ चलता है। बच्चे अब भी प्रेयर

ग्राउंड में वैसे ही खेल रहे थे। पर आज उन्हें देखते हुए मेरे कंधे मुझे भारी महसूस हो रहे थे। वहाँ उस पेड़ की ओट में छुपे-छुपे मुझे ऐसा लग रहा था कि मैं नंगा खड़ा हूँ। हवा मेरी पीठ की हड्डी को छूकर जा रही थी और मेरा पेट सिकुड़कर जैसे आटे की लोई बन गया था। मेरे दोनों कानों के बीच से हवा आर-पार हो रही थी। मैंने अपने पैरों की तरफ़ देखा, वो ज़मीन में धँसते जा रहे थे। मेरे पैरों से जड़ें निकल रही थीं। मैं अगर थोड़ी और देर यहाँ खड़ा रहा तो मैं यहीं जम जाऊँगा। मैंने झट्ट करके ख़ुद को झकझोरा और पेड़ की ओट से बाहर आ गया।

टिफ़िन के 30 मिनट निकल चुके थे। अब मेरा मन ये कहने लगा था कि वो बस मुझे डरा रहे थे। ऐसा मज़ाक तो दोस्त आपस में करते रहते हैं। अब अगले दस मिनट में टिफ़िन ख़त्म हो जाएगा और फिर सब अपनी-अपनी क्लास में चले जाएँगे। थोड़ी दूर पर मुझे प्रभात और ग़ौरव एक साथ खेलते हुए दिखे। मुझे थोड़ी साँस और आयी। मुझे लगा कि मैं फ़ालतू ही परेशान हो रहा था, ये दोनों तो यहाँ हैं। मैं इनके पास जाकर अपना लेटर माँग लेता हूँ। पर उन्हें ये बात ठीक नहीं लगी तो? कहीं मैं उन्हें फिर से उस लेटर की याद तो नहीं दिला रहा होऊँगा? शायद वो भूल चुके हों या फिर सच में मेरे साथ मज़ाक कर रहे हों। अगर उनसे कुछ बोला तो कहीं चिढ़कर ही संजय सर को न दे दें।

टिफ़िन ख़त्म होने की घंटी बजी। मुझे लगा जैसे कोई राहत घंटी बजाकर आयी है। सारे बच्चे धीरे-धीरे अपनी क्लास में वापस लौट आए। सबका अपनी सीट पर लौट आना सबकुछ सामान्य हो जाने का संकेत था।

क्लास चलते हुए कुछ दस या बारह मिनट बीते होंगे कि क्लास के दरवाज़े से किसी के बात करने की आवाज़ आयी। सर ने उस आवाज़ को जवाब देते हुए पूछा "क्षितिज?" और फिर क्लास में जैसे मुझे ढूँढते हुए बोले, "क्षितिज को नीचे बुलाया है... क्षितिज!" मैंने अपना नाम सुना ही था कि

मैं उठकर खड़ा हो गया। नीचे बुलाया गया है- इतना सुनना ही मेरे लिये काफ़ी था। मैं अपनी सीट से उठा, कनखियों से राहुल, ग़ौरव, नासिर और प्रभात को देखा। वो आपस में कुछ खुसुर-फुसुर कर रहे थे। शायद हँस रहे थे। पता नहीं। मेरे आसपास जैसे सबकुछ धुँधला हो गया और मैं पूरी क्लास से गुज़रता हुआ दरवाज़े पर पहुँचा।

सामने स्कूल के प्यून भरत भैया खड़े थे- "चलो नीचे बुलाया है तुमको"।

नीचे बुलाने का मतलब संजय सर ने बुलाया है। मेरा डर अब सच बन चुका था। मेरे सामने अब उसका सामना करने के अलावा कोई और चारा नहीं था।

मैं प्रिंसिपल केबिन की तरफ़ मुड़ने ही वाला था कि भरत भैया ने मुझे टोका। "प्रेयर ग्राउंड में," ये बोलकर वो ख़ुद प्रिंसिपल ऑफ़िस की तरफ़ चले गये और मैं ग्राउंड की तरफ़। ग्राउंड में पहुँचा तो देखा कि संजय सर फुलवारी में कुछ कर रहे थे। फुलवारी इस मौसम में फूलों से भरी हुई थी। मैं उसके बाहर संजय सर के बाहर आने का इंतज़ार करने लगा। वो अब फुलवारी से बाहर निकलकर आ रहे थे। उनके हाथ में एक छड़ी थी। थोड़ा पास आए तो समझ आया कि छड़ी एकदम हरी है।

अब वो मेरे सामने खड़े थे। उन्होंने अपना दूसरा हाथ जेब में डाला और एक काग़ज़ निकाला। काग़ज़ को मेरे सामने ऐसे लहराया जैसे फ़िल्मों में सनी देओल वकील के किरदार में किसी सबूत को गवाह के सामने पेश करता है- "ये लेटर तुमने लिखा है?" संजय सर अभी वही सनी देओल थे। मुझे सज़ा मिलेगी या नहीं ये अब इस बात पर निर्भर करता था कि मैं अभी बयान क्या देता हूँ।

'सच बोल दे क्षितिज। संजय सर तेरी सच्चाई को समझेंगे। क्योंकि इस वक़्त में झूठ तो सब बोलते हैं, तू सच बोल। संजय सर को तो पता है कि तू निबंध प्रतियोगिता में हर बार पहला पुरस्कार जीतता है। तू बाक़ी लड़कों

की तरह तो नहीं है। पर तू अभी उस जगह पर कैसे खड़ा है, जहाँ कई बार स्कूल के हुड़दंगी बच्चे खड़े होते हैं?

तू सच बोलकर उनके ग़ुस्से को जीत सकता है।'

मैंने संजय सर की तरफ़ देखा।

"सॉरी सर, ग़लती से हो गया। आगे से नहीं होगा।" मेरे मुँह से आधा ही सच निकला। अगले ही क्षण उनके हाथ की छड़ी चटाक से मेरी बायीं टाँग पर लगी। मैंने हाफ़ पैंट पहनी थी तो वो सीधा मेरी चमड़ी पर टकरायी। उतनी दूर एक जलन सन्न करके जैसे मेरी चमड़ी के अंदर चमक गई। मैं उसे सहलाने के लिए झुका ही था कि संजय सर ने दूसरी छड़ी मारी, मेरी दाईं टाँग पर। फिर तीसरी मेरी बाहों पर, चौथी पीठ पर। शरीर में जैसे हर जगह जलन की एक लहर-सी दौड़ गई। जैसे छड़ी ने मेरी चमड़ी को छुआ हो और उसके आसपास की चमड़ी में अंदर ही अंदर बहने लगी हो।

संजय सर मेरे शरीर पर छड़ी बरसाते रहे। मैं नाचता रहा। जानता था कि अगर भागने की कोशिश भी की तो भाग नहीं पाऊँगा, उल्टा और ज़्यादा पीटा जाऊँगा। अभी इस पल में बस पिट जाना ही सच था। "ग़लती से हो गया। अब आगे से ऐसी ग़लती नहीं होगी तुमसे," संजय सर ने बोला। थोड़ी देर और पीटते रहे और फिर रुके। "जाओ अब यहाँ से," मेरे कानों में ये आवाज़ पड़ी।

मुझे लगा जैसे एक तूफ़ान था, जो गुज़र गया हो। पर मुझे इस बात की समझ कहाँ थी कि तूफ़ान जिस रास्ते से गुज़रता है उस रास्ते में बहुत कुछ बर्बाद करता हुआ गुज़रता है। वो अपने पीछे छोड़ जाता है अपने गुज़रने का सबूत। और कई सालों तक लोग उस जगह को इसी वजह से जानते हैं कि वहाँ से तूफ़ान गुज़ारा था एक बार, और सब बर्बाद करके गया था। मेरे जीवन का यह पहला तूफ़ान था।

मैं क्लास की तरफ़ जाने को मुड़ा और शर्म का एक बादल जैसे मेरे सर पर मंडराता हुआ साथ-साथ चलने लगा। जितनी देर मैं पिट रहा था मेरे आसपास से जैसे सबकुछ ग़ायब हो गया था। पर अब वापस अपनी क्लास की तरफ़ मुड़ते हुए पूरा स्कूल जैसे फिर से मेरी आँखों के सामने था।

कितने सारे क्लासेज़ की खिड़कियाँ प्रेयर ग्राउंड में खुलती थीं। कितने सारे लोगों ने मुझे देखा होगा ऐसे पिटते हुए। कोई भी बच्चा अगर पिटता है तो उसने कुछ न कुछ तो ग़लत किया ही होगा। मेरे सीनियर्स, मेरे जूनियर्स, जिन्हें लगता था कि मैं एक अच्छा लड़का हूँ, क्या सोच रहे होंगे मेरे बारे में? मैं एक-एक क़दम अपनी क्लास की तरफ़ बढ़ा रहा था और सोच रहा था जिस स्कूल में मुझे हर फ़ंक्शन में कुछ न कुछ अवार्ड तो मिलता था उसी स्कूल में आज मैं ऐसे पिटा जैसे मुझे स्टेज पर बुलाकर पीटा गया हो। मेरा नाम अब उन बच्चों की लिस्ट में था, जिनको संजय सर ने पीटा है। मैं वो लड़का कैसे बन गया!

“मे आई कम इन सर?” ऐसे बोलने की कोशिश की जिससे क्लास में किसी को पता ही न चले कि अभी ग्राउंड में मेरे साथ क्या हुआ था। मैं क्लास में घुसा और इस बार मुझे सब साफ़ दिख रहा था। मेरे दोनों तरफ़ बच्चों की क़तार बैठी थी। प्रभात, नासिर और ग़ौरव मुझे दूर से ही देख रहे थे। मैंने दस कदम लिए और अपनी सीट पर आकर बैठ गया। राहुल ने न कुछ कहा, न ही मेरी तरफ़ देखा। क्या राहुल सच में मेरा दोस्त था? और अगर नहीं था तो उसने मुझे अपने बर्थडे पार्टी में क्यों बुलाया? वो मुझे इस कहानी का अमरीशपुरी क्यों लग रहा था?

उस दिन मुझे छुट्टी के बाद माया दिखी भी नहीं। पर संजय सर को क्या मुझे इतना मारना चाहिए था? मैंने सच-सच तो बता दिया था उनको और अपनी ग़लती मान ली थी। पर मैंने ग़लती तो की थी। मैंने क्यों लव लेटर लिखा था माया को। मुझे नहीं लिखना चाहिए था।

उस दिन घर पहुँचने के बाद स्कूल की ड्रेस बदलते हुए माँ ने मेरी पीठ पर छड़ी के निशान देखे। पहले मुझसे पूछा। मैं उन्हें कुछ भी ठीक-ठीक बता नहीं पाया। मेरे ही स्कूल में मेरी गली के कई और बच्चे पढ़ते थे। माँ ने उनसे पूछताछ की और तुरंत ही पता लगा लिया कि मुझे स्कूल में मार पड़ी है।

"चलो हमारे साथ," माँ ने कहा और जवाब देने का मौक़ा दिए बिना मुझे स्कूल लेकर पहुँच गयीं।

स्कूल ख़त्म हो चुका था पर संजय सर अब भी वहीं थे। माँ बहुत ग़ुस्से में थीं। वो बार-बार उनसे यही सवाल पूछ रही थीं- "आपने इसको मारा कैसे?" संजय सर ने कहा कि "इसने एक लड़की को लव लेटर लिखा है। और ये सब हरकतें स्कूल में न हों इसको रोकना तो हमारी ज़िम्मेदारी है।"

"क्या आपने एक बार भी ये सोचा कि आपको हमसे एक बार बात करनी चाहिए? आपने बस छड़ी उठाई और पीट दिया इसको," माँ का जवाब था।

"स्कूल में बच्चे क्या करते हैं ये हमारी ज़िम्मेदारी है क्योंकि स्कूल में हम ही उनके माँ-बाप हैं।" संजय सर अपनी बात कर अड़े हुए थे।

"आपने ये कैसे मान लिया कि हम इसके माँ-बाप हैं तो इसे मारते ही?" माँ का जवाब था। संजय सर ने पता नहीं क्या-क्या बातें बोलीं पर मेरी माँ के पास हर बात का जवाब था।

अगले दिन मुझे स्कूल जाने से मना कर दिया गया। मुझे एक बार को ऐसा लगा कि कहीं माँ-पापा को भी तो ये नहीं लगता कि मैंने कुछ ग़लत किया है। मैं उनसे पूछना चाहता था कि क्या किसी को लव लेटर लिखना ग़लत बात है। पर मैं डरा हुआ था। मैं ये मानना नहीं चाहता था कि वो लव लेटर मैंने ही लिखा था। जिस काम के लिए मुझे इतना पीटा गया था वो ग़लत तो होगा ही न! मैं ये सवाल माँ-पापा से पूछकर दोबारा अपनी नज़रों में गिरना नहीं चाहता था।

रोज़ एक-एक दिन बीतता गया। मैं उस पिटाई वाले दिन से रोज़ एक दिन दूर होता गया। और कुछ दिनों बाद मुझे पापा ने बताया कि मेरा एडमिशन किसी और स्कूल में कराया जाएगा। सातवीं क्लास मैं किसी और स्कूल से करने वाला था।

मैं अब माया से कभी नहीं मिल पाऊँगा। मेरे और उसके स्कूल अलग-अलग हो चुके थे। नये स्कूल की नयी ड्रेस पहनकर मुझे किसी और लड़के जैसा ही लगता था। रात में कई बार अब भी माया के सपने आते। और जब मुझे उसकी ज़्यादा याद आती तो मैं अपनी स्केचपेन से एक तिल अपने दाएँ गाल पर बना लेता। माया से मिल पाने का अब बस यही तरीक़ा था।

भाग 2

प्रेम ढूँढ लेगा तुम्हें

मैं सुनता आया हूँ कि हर पीड़ा के बाद उसके बदले एक सुंदर दिन आता है पर मैंने हर बार इस बात से इन्कार किया है। गिनने बैठूँ तो पीड़ा और ठेस से भरे दिन ज़्यादा थे और ख़ुशी के दिन उससे कहीं कम।

लेकिन हाँ, किसी कहानी का कौन सा छूटा सिरा कब, कैसे और किन हालातों में फिर से जुड़ जाए, ये हम कभी नहीं कह सकते। मुझे लगा था कि बचपन की उस स्कूल वाली घटना के बाद मैं माया से दोबारा नहीं मिल पाऊँगा। पर आज लगभग बीस साल बाद, पैंडेमिक से गुज़रती हुई दुनिया कुछ ऐसे आसार लेकर आयी थी कि वो अधूरी कहानी पूरी होती दिख रही थी।

सरसों के फूलों की ख़ुशबू का वो मतलब मैं भूल चुका था। मगर कोई याद दिला देता तो मैं फिर से उनके रंगों के साथ उन्हें सूँघ सकता था।

यह लिखने से पहले ही मैं हँस पड़ा। इस बात को ठीक-ठीक समझने के लिए मेरी उमर थोड़ी ज़्यादा हो चुकी है। अगर मैं दस साल पहले पैदा होता तो शायद यह खेल ठीक से खेल रहा होता। वैसे तो मुझे हमेशा यह लगता है कि मुझे चीजें देर से समझ आती हैं। जैसे अब जाकर यह समझ आया कि जो झूठा-सा खेल मैं अपने साथ खेलता आया हूँ, मुझे बंद करना चाहिए। आस्था और मैं तीन साल तक किसी शादीशुदा कपल की तरह रह रहे थे। जब आस्था मुझे छोड़कर गई तो मैं ये मान चुका था कि ज़िंदगी मुझे प्यार का अब कोई और मौक़ा नहीं देगी।

मैं हर बार इस खेल में हारता ही आया था। उसके जाने के बाद सबसे पहले मैंने अपने दरवाज़े से वो नेम प्लेट नोंचकर फेंकी, जिसपर हम दोनों का नाम लिखा हुआ था।

पिछले महीने जब तबियत ख़राब होनी शुरू हुई तो ख़ुद को एकदम अकेला पाया। कल, दिवाली वाले दिन, जब ये पेट का दर्द उठना शुरू हुआ तो पहली बार ऐसा लगा जैसे ये पूरा संसार मुझे किसी अकेले कोने में छोड़कर भूल गया है। धीरे-धीरे ये अकेलापन मेरे कानों में फुसफुसाने लगा कि जीवन ऐसे अकेले तो नहीं चल सकता।

मेरे घर में बस मैं और आस्था की बिल्ली- मलबरी थी। आस्था की बिल्ली इसलिए क्योंकि मलबरी आस्था को सड़क के किनारे अधमरी हालत में मिली थी। वो इसे उस हाल में छोड़ नहीं पायी और उठाकर उसे हमारे घर ले आयी। बिल्ली को कैसे पालते हैं, हमें पता नहीं था, पर उसके आते ही हम दोनों के अंदर की माँ जाग गयी थी।

उसको उसकी माँ ने छोड़ दिया था शायद। उसके इस तरह अकेले होने की कहानी में सबसे ज़्यादा सेंस बनाने वाली घटना यही थी। अभी उसके शरीर को गर्मी की ज़रूरत थी। आस्था ने उसे थोड़ी देर तक अपनी गोद में चिपकाकर रखा और फिर हमने छोटी-छोटी बोतलों में पानी गरम करके

उसके साथ रख दिया। अपने दो कमरे वाले घर के हॉल में हमने कार्टन के डब्बों से एक छोटा-सा घर बना दिया था।

आस्था ने यूट्यूब वीडियोज़ देखकर उसका ख़याल रखना सीखा। मलबरी अधमरी हालत में थी। उस दिन आस्था ने मलबरी को अपनी चादर में सुलाया, अपनी छाती पर बिठाकर। उसकी छाती पर बैठकर मलबरी की साँस बेहतर हो जाती। आस्था अपने काम से वक़्त निकालकर मलबरी को हॉस्पिटल लेकर जाती थी। आस्था ने मुझे बताया कि डॉक्टर का कहना है कि अगर ये खाना खाने लगेगी तो बच सकती है।

दो दिनों की डॉक्टरी सलाह और देखभाल के बाद मलबरी ने खाना शुरू किया। वो बच गई। हम दोनों ख़ुश थे। उसके चलने और बोलने के नियम में हमने उसकी भाषा सीखी। हमने मलबरी को साथ बड़ा किया था पर हमारे दोस्त उसे आस्था की बिल्ली ही कहते थे।

जब आस्था पिछले साल मुझे छोड़कर गयी तो जैसे मुझपर एहसान-सा करते हुए वो मलबरी को मेरे पास छोड़ गई। शायद वो छोड़े जाने की इस पीड़ा को जानती थी और यह भी कि मलबरी अगर मेरे साथ रही तो मैं शायद उतना अकेला महसूस न करूँ।

हमने एक साथ जीने का वादा किया था। हम चाहते थे कि एक साथ बूढ़ें हों। मगर ये सारे वादे उस सुंदर वक़्त के वादे थे जब हमें एक दूसरे में शायद वो दिखता था जो हम थे ही नहीं। और जब हम एक दूसरे के अंदर वो देखने लगे जो हम थे, तो हम अपना रिश्ता नहीं संभाल पाए।

कल जब मलबरी को भूख लगी तो वो मेरी छाती पर आकर बैठ गई। मैं इतना बीमार था कि मुझे बिस्तर से ख़ुद उठने की हिम्मत भी नहीं थी। पेट में दर्द का लगातार बने रहना मुझे असहाय बना रहा था। उन दिनों मैंने ख़ुद को अपनी उम्र से ज़्यादा बड़ा पाया। अचानक लगा कि बहुत सारी उम्र एक साथ ढल गयी है। ये शरीर के टूटने की वजह से होगा शायद।

आसपास के लोग लगातार यह कहते रहते हैं कि मेरी उम्र उतनी नहीं लगती जितनी है। ख़ुद के रचे इस स्वाँग में फँस जाना बहुत आसान है पर इस दर्द ने वो भी तोड़ दिया। अकेलापन एक खाई है, जिसे वक़्त लगातार और गहरा किए जाता है। हम इसमें तरह-तरह के खिलौने डालकर इसे भरने की नाकाम कोशिश करते रहते हैं।

कुछ दिनों के लिए तबियत ठीक होती, फिर किसी दिन जैसे मुझे दौरा पड़ता। दिवाली वाले दिन भी यही हुआ था। घर के बाहर पटाखों की आवाज़ जैसे मेरे दिमाग़ के अंदर गूँज रही थी। पेट में इतना दर्द कि बिस्तर से उठना मुश्किल था। रात में दर्द इतना बढ़ गया कि मुझे लगा कहीं मैं ऐसे ही अकेले मर तो नहीं जाऊँगा। मुझे ऐसे ही मर जाने से बहुत डर लगता है। मुझे आराम की ज़रूरत थी। मैंने अपनी एक SOS दवाई ली और सो गया।

अगले दिन माँ ने फ़ोन किया।

"बेटा कम-से-कम त्योहार वाले दिन तो फ़ोन कर लिया करो। अम्मा इंतज़ार करती हैं तुम्हारे फ़ोन का।"

इतंज़ार तो माँ भी करती हैं वो बस अम्मा का नाम ले रही थीं।

"थोड़ी तबियत ढीली थी कल। इसलिए मन नहीं हुआ। आज शाम को करते।"

"क्या हुआ? कोरोना तो नहीं हुआ?" माँ की आवाज़ में कोशिश के बावजूद उनकी दबी हुई हड़बड़ाहट आ ही गयी।

"नहीं नहीं, वो पेट का दर्द वापस आ गया था। अभी सब ठीक है। दवाई ले ली थी कल।"

"तुम किसी अच्छे डॉक्टर को दिखाओ बेटा।" अब उनकी आवाज़ में एक राहत का अहसास था।

फ़ोन रखते हुए माँ ने बताया कि नाना जी की तबियत भी ठीक नहीं है। फ़ोन रखने के बाद मैं सोचता रहा कि क्या मुझे भी चले जाना चाहिए उनसे मिलने? रोज़ कहीं न कहीं से मौत की खबरें आ रही थीं। मैं नाना से इस बार नहीं मिल पाया तो? माँ ने बताया था कि मेरी नानी को यह हमेशा लगता है कि मैं उन लोगों से उतना प्यार नहीं करता जितना अपने बाबा और अम्मा से करता हूँ। मैंने इस बारे में सोचा था, पर शायद यह सच नहीं था और शायद था भी। पता नहीं। मैं कैसे माप सकता था ये? हाँ यह बात ज़रूर थी कि मेरी बात अम्मा-बाबा की तुलना में नाना-नानी से बहुत कम होती थी।

रात में अकेला लेटा हुआ अपने नाना के जीवन को अपने ही दिमाग़ में दोहराता रहा। एक फ़िल्म-सी चल गयी। एक भरा-पूरा जीवन जिया था उन्होंने। उम्र भी अस्सी साल के आसपास थी। अगर वो इस वायरस की चपेट में आकर चले भी गए तो क्या यह उनके लिए अच्छा नहीं होगा?

मुझे याद है, एक बूढ़ी औरत हमारे पड़ोस में रहती थी। एक दिन वो बाथरूम में गिर पड़ी। आधा शरीर लकवाग्रस्त हो गया। एक साल-दो साल-तीन साल, साल-पर-साल बीतते गए। वो बिस्तर पकड़े ज़िंदा रही। जिस कमरे में वो रहती थी वो कमरा एक अजीब-सी गंध से भरा रहता। वो जिस चौकी पर सोती थी उस चौकी में एक जगह छेद हो गया था। उसके बेटे और बहू ने उसकी बहुत सेवा की पर यह यातना तो उस बूढ़ी औरत को ही झेलनी थी।

उस बूढ़ी औरत का बेटा और उसकी बहू अच्छे थे, उन्होंने इस बात की कभी शिकायत नहीं की कि उन्हें सालों-साल पाखाना साफ़ करना पड़ रहा है। चार साल-पाँच साल-छः साल, इतने साल बीत गए पर उस औरत की मृत्यु नहीं हुई। आस-पड़ोस उस बूढ़ी औरत की मृत्यु की कामना कर रहा था। शायद उसकी मुक्ति की कामना। उसकी मुक्ति में उसके बेटे और बहू की मुक्ति भी निहित थी।

इस कहानी के साथ कई और बुज़ुर्गों की कहानियाँ मेरे दिमाग़ में कौंध गयीं और यह एक डरावना अनुभव बन गया। नाना जी इस वायरस से बच भी जाएँ तो पता नहीं उनकी कहानी का अंत किस यातना से हो? कई बार हमें अपनी यातना बहुत बड़ी लगती है, मगर हम उसे दूसरी तरफ़ से देखें तो उस यातना का शुक्रिया अदा करेंगे कि उसने हमें एक और बड़ी यातना से बचा लिया। क्या मैं अपने नाना की मृत्यु की कामना कर रहा था?

हमारा जीवन कहाँ ख़त्म हो कि हम उसे तृप्त पायें? मैं तो बस यह चाहता था कि नाना के भरे-पूरे जीवन में यातना के क्षण कम-से-कम हों। इससे पहले सबकुछ ख़त्म हो जाने के डर को एक बार जिया था।

मेरे अंदर एक गिल्ट है- अपने नाना-नानी को लेकर। मुझे ऐसा लगता है जैसे मैंने उनसे बस लिया ही है। वैसे तो हम किसी रिश्ते में पूरे विश्वास से कभी ये नहीं कह सकते कि हमने इसका कर्ज़ चुका दिया है। पर मुझे ऐसा लगता है कि जहाँ अपने नाना-नानी के साथ खड़ा होना चाहिए था, मैं वहाँ कभी खड़ा नहीं था। मैं लगातार अपने बाबा-अम्मा के पास ही रहा। फ़ोन पर बात भी की तो बाबा-अम्मा से की। नाना-नानी जैसे पर्दे के पीछे के किरदार बने रहे।

"मैं उनसे मिलने जा रहा हूँ," मैंने सुबह-सुबह फ़ोन करके माँ से कहा।

"वो बीमार हैं पर उतने ज़्यादा भी नहीं। ठीक हो जाएँगे।" माँ जैसे मुझे सांत्वना दे रही थी।

"नहीं, मुझे लगता है मुझे उनसे मिलना चाहिए एक बार। मेरा मन है, आने का।"

"तुमको आने में कोई दिक़्क़त नहीं होगी अभी?" माँ ने एक और सवाल दाग दिया।

मुझे लगता है, वो बस निश्चिंत होना चाहती थीं कि जब मैं ट्रैवल करूँ तो अपना ख़याल रखूँ।

"नहीं, कोई दिक़्क़त नहीं होगी," मैंने जवाब दिया।

"तो एक काम करो। तुम पहले घर आ जाओ। तीन दिन बाद छठ पूजा है। उसके बाद हम सब साथ ही चल लेंगे। हमें भी जाना ही था।" माँ ने अपना प्लान बताते हुआ कहा।

"ये भी ठीक है।"

मैंने अगले दिन की टिकट करा ली। मलबरी फिर से मेरी छाती पर खड़ी थी और खाना माँग रही थी। मैं उसे खाना देने के लिए बिस्तर से उठकर किचन की तरफ़ गया।

अंदर से इतनी थकान थी कि सोचा कुछ आसान-सा, हल्का-फुल्का ही बना लेता हूँ। किचन में घुसते ही लाइट ऑन की तो उसका प्रकाश ऐसे लगा जैसे मेरे ऊपर किसी ने अचानक गर्म पानी की एक बाल्टी फेंक दी हो। मैंने लाइट बंद कर दी। फिर मलबरी का बरतन साफ़ करके उसे खाना दिया।

किचन की खिड़की से सामने सोसाइटी का कम्पाउंड दिख रहा था। सोसाइटी के गेट से बाहर जाती हुई सड़क आगे जाकर एक गली बन जाती थी। गली में कुछ लोग घूमते नज़र आए। देर रात कुछ लोग घूमने निकलते थे। थोड़ी देर में चार कुत्तों की एक मंडली सामने सड़क पर घूमती हुई आयी। हमारे आसपास क्या हो रहा है, इसका जानवरों को कोई भनक नहीं थी। लोग कोरोना के डर से अपने पालतू जानवरों को ऐसे ही कहीं छोड़ आते थे। क्या कुत्तों की इस मंडली में कोई ऐसा भी कुत्ता होगा, जो किसी का छोड़ा हुआ होगा? मैंने सुना था, घर से बाहर रहने वाले जानवर पालतू जानवरों को अपने समूह में नहीं स्वीकार करते। सालों से घर में रहा जानवर बाहर

की दुनिया में एकदम अकेला हो जाता है- न उसे दुनिया समझ आती होगी न ही अपना होना।

मुझे भूख भी लग रही थी। एक डब्बे में थोड़ी-सी मैगी पड़ी थी। पर पेट के इस दर्द में मैगी खाना ठीक होगा?

थोड़ी देर बाद एक कटोरी में चने लेकर अपने कमरे में चला आया। मलबरी भी अपना खाना खतम करके मेरे पास बैठने आ गयी। उसे देखते ही मेरे दिमाग़ में ये सवाल कौंधा कि मैं तो चला जाऊँगा पर इसके पास कौन रहेगा? कैसे रहेगी ये? सब कुछ इतनी जल्दी हुआ था कि इस सवाल का जवाब मैंने सोचा ही नहीं।

मैंने सौरभ को फ़ोन लगाया। वो जग रहा था।

“भाई, मेरे घर पर आकर रहना पॉसिबल होगा क्या?” मैंने पूछा।

“क्या हुआ?” उसने सुस्ताई हुई आवाज़ में जवाब दिया।

“यार! घर निकलना है, कुछ दिनों के लिए। थोड़ी इमरजेंसी है। पर मलबरी का अभी कुछ समझ नहीं आ रहा।”

जब आस्था और हम साथ रहते थे तो ऐसी प्रॉब्लम कभी नहीं आयी, अगर आयी भी तो किसी दोस्त से ये पूछते हुए इतना अजीब नहीं लगा।

“कितने दिन के लिए भाई?” सौरभ का सवाल था।

“अभी तो मुझे भी कुछ पता नहीं। शायद एक हफ़्ता।” मैंने सोचते-सोचते जवाब दिया।

सौरभ कुछ सोचने लगा। जहाँ तक मुझे पता था उसके पास भी कुछ ख़ास करने को नहीं था। उसे अपने स्टैंड अप शोज़ के लिए भी बाहर जाने की ज़रूरत नहीं थी। अब सबको ज़ूम पर कॉमेडी करने की आदत हो गई थी।

सारे ऑडिशन भी अब ऑनलाइन हो गए थे। वैसे भी मलबरी को दिन में कुछ ही घंटों की देखभाल की ज़रूरत थी।

सौरभ अब भी हिचकिचा रहा था।

"यहाँ कोई दिक़्क़त नहीं होने वाली है। घर में बीस दिन का राशन पड़ा हुआ है और पूरे घर में बस तुम ही होगे। आराम से रहना।" मैंने उसे समझाया पर बात कुछ और थी।

"भाई यार, अभी मैं अपने घर पे नहीं रह रहा।"

"फिर कहाँ हो?"

"अंधेरी में ही एक लड़की से बम्बल मैच हो गया। और अब मैं हफ़्ते भर से यहीं हूँ।" सौरभ ने ऐसे बोला जैसे कोई सफ़ाई दे रहा हो। जब मैंने उसे फ़ोन किया तो वो अपने घर पर नहीं बल्कि उस लड़की के घर था। उसका मेरे घर पर आने का यह मतलब था कि वो उस लड़की से तब तक नहीं मिल सकता जब तक मैं वापस नहीं आ जाता। बात कुछ बनी नहीं।

रात के बारह बज चुके थे। मैं ये सोच रहा था कि क्या किया जाए। एक बार तो मैंने मलबरी से ही पूछ लिया कि "क्या किया जाए, रह लोगी तुम अकेले?" बेचारी मेरा मुँह देखती रही। मैंने मोबाइल साइड में रखा और चुपचाप लेट कर कमरे की छत को घूरने लगा। अभी पाँच मिनट भी नहीं हुए होंगे कि मेरा फ़ोन बजा। सौरभ मुझे फ़ोन कर रहा था।

मैंने फ़ोन उठाकर हारी हुई आवाज़ में उससे पूछा, "बताओ"।

"भाई एक काम कर सकते हैं।" उसने बोला। उसकी बातों में कुछ सुलझा लेने की खनक थी।

"क्या?" मैंने पूछा।

"मैंने भव्या से बात की। आपके घर पर सिर्फ़ बिल्ली ही होगी न?"

मैंने कहा, "हाँ"।

"तो भाई, वो कह रही है कि क्या ये पॉसिबल होगा कि हम दोनों ही आपके घर पर आ जाएँ," बोलते-बोलते वो थोड़ा अटकने लगा। उसे शायद यह लग रहा था कि कहीं ये अजीब बात तो नहीं है।

"भव्या को इस आइडिया के लिए मेरी तरफ़ से थैंक यू बोलना और जब चाहो, जितने दिनों के लिए चाहो, तुम लोग यहाँ आकर रह सकते हो।"

मैंने फ़ोन रखा और मलबरी को देखकर चैन की साँस ली।

अगली सुबह जल्दी उठकर सबसे पहले मैंने चाय बनाई। चाय लेकर खिड़की पर बैठा। बैठे-बैठे नानाजी के बारे में सोचने लगा। नाना जी की याद के रास्ते मुझे बाबा की याद हो आयी। बाबा जीवन भर अपने बच्चों के साथ किसी पहाड़ की तरह खड़े रहे। उन्होंने अपने बच्चों को वो शक्ति और विश्वास दिया था, जिसकी वजह से वो वह कर पाए, जो आज जीवन में कर रहे थे। लेखक होने के मेरे पहले क़दम में उनका ही योगदान था। बचपन में उनके कंधे पर बैठकर खेलना आज भी मुझे याद है। उन्हीं कंधों ने बिला शिकायत एक बड़े परिवार का भार उठाया था।

अपनी जवानी के दिनों में बाबा गाँव के उन लोगों के ताने से भी लड़े थे, जिन्हें लगता कि खेत बेचकर बच्चों को पढ़ाना कहाँ की समझदारी है! बाबा ने वो किया, जो उन्हें ठीक लगता था। पर मैंने उन्हीं बाबा को आख़िरी दिनों में रोते हुए देखा था। जब उनकी तबियत ज़्यादा ख़राब रहने लगी तो वो पापा के पास बक्सर रहने आ गए। गाँव में अकेले रहते तो वहाँ उन्हें देखने वाला कोई नहीं था। बक्सर में रहते हुए भी उनकी तबियत बेहतर तो नहीं हुई थी लेकिन यहाँ उनकी देखभाल करने वाले लोग थे। एक बार जब मैं बक्सर गया तो घर के पास वाले बाँध पर उन्हें टहलाने लेकर गया था। बाँध

के मोड़ पर हनुमान जी का एक मंदिर था। बाबा चलते-चलते थक गए तो हम दोनों वहीं बैठ गए। वहाँ एक बुज़ुर्ग पहले से बैठे हुए थे। बाबा चुपचाप बैठे हुए सामने शून्य में देखते रहे। तभी बगल में बैठे बुज़ुर्ग ने उनकी तबियत के बारे में पूछकर बातचीत शुरू कर दी।

बाबा अब भी एकटक सामने ही देखे जा रहे थे, जैसे अभी उनकी आँखों के सामने से कोई आ जाएगा। साथ बैठे बुज़ुर्ग ने मेरी तारीफ़ करनी शुरू कर दी कि मैं कितना अच्छा लड़का हूँ, जो अपने बाबा के साथ ऐसे बैठा है। फिर यहाँ से उनकी बात अपने बच्चों और नाती-पोतों पर चली गयी। धीरे-धीरे उनका स्वर कड़वा होता गया और वो कहते गए कि कैसे उनके बच्चे अब उनका ख़याल नहीं रखते। मैं बस बैठा-बैठा अपना सिर हिलाता रहा।

बाबा अब भी सामने देख रहे थे। थोड़ी देर बाद उन बुज़ुर्ग की बात सुनते हुए मेरा मन भरने लगा। मैं तो यहाँ शांति से बैठने आया था और वे बोले जा रहे थे। मेरा मन हुआ मैं उन्हें टोक दूँ पर उस वक़्त मैंने ख़ुद को ख़ुद के साथ एक संवाद करते हुए पाया- जैसे मेरे बाबा को चुप रहने की ज़रूरत है, वैसे ही इन बुज़ुर्ग को बोलने की। मैं उनकी बातों पर सर हिलाता रहा। थोड़ी देर में मैंने पाया कि बाबा ने अपना हाथ मेरे हाथ पर रखा हुआ है। मैंने उनका हाथ पकड़ लिया। ऐसा लग रहा था उनकी चमड़ी मेरे हाथों में पिघल रही है। उसमें एक चिकनापन था, जो वक़्त के घिस जाने से आया था। मैंने उनके पूरे शरीर को देखा। गहरी भूरे रंग की चमड़ी, जिसमें कभी एक चमक थी, वो झूल रही थी। शरीर के अंदर से शरीर निकलकर कहीं और जाने लगा था। शरीर ही शरीर को खा जाता है, ऐसा मैं जानता था और उसके पीछे जो रह जाता है, मैं उसके साथ बैठा था। बाबा का हाथ मेरे हाथ में आते ही मेरा हाथ बन चुका था। उनका एक हिस्सा मेरे अंदर भी कहीं बह रहा था। उनका हाथ सिर्फ़ उनका हाथ नहीं था। उस हाथ की अपनी कहानी थी, जिसने पिछले अस्सी साल देखे थे। वो कहानी मेरे हाथ की कहानी के साथ मिल रही थी। उनकी इंतज़ार करती-सी आँखों में मैंने

अपना बुढ़ापा और इंतज़ार देखा। जो कहानियाँ मैंने अभी तक जी नहीं थीं, वो उस इंतज़ार में शामिल थीं। मैंने उस दिन अपने बाबा का हाथ आख़िरी बार पकड़ा था और पहली बार ख़ुद को ख़ुद का बाबा होना महसूस किया था। हम दोनों एक ही थे, बस कुछ सालों की दूरी पर।

बग़ल में बैठे बुज़ुर्ग बोले जा रहे थे। कितनी पीड़ा थी उनकी बातों में, अपनों से अपनी बात न कह पाने की। क्या इस उम्र में समाज के साथ-साथ हमारा परिवार भी हमें अकेला छोड़ देता है? मैंने भी तो अपने अकेलेपन को कितनी बार ऐसे ही महसूस किया है। अकेलापन, जो रात में अपने ही कमरे की छत से मधुमक्खी के छत्ते से शहद टपकने जैसा टपकता रहता है और अपनी हर बूँद के साथ इस संसार और हमारे अस्तित्व को दो अलग-अलग भागों में चीरता जाता है। इतने बड़े संसार में, जहाँ अपने अकेलेपन से बचने के लिए हमने इतने प्रपंच गढ़े हैं, हम ख़ुद को अकेला पाते हैं। इतने बड़े संसार में हमारे लिए कोई नहीं होता। हम दीवार का एक कोना पकड़कर सोते हैं और पीठ की दूसरी तरफ़ देखने की हिम्मत भी नहीं होती, क्योंकि हमें पता होता है कि हमारी पीठ पीछे सारे संसार का अकेलापन पड़ा हुआ है- हम जैसे ही उससे नज़र मिलाएँगे, वो हमपर टूट पड़ेगा, किसी भूखे जानवर की तरह।

मैं जिस उम्र में हूँ, वहाँ फिर भी एक उम्मीद होती है, किसी के इंतज़ार की। हमारे पास जो ख़ाली जगह बनी होती है, जिसे अकेलापन और तिरस्कार किसी दीमक की तरह चाटकर और ख़ाली करता जाता है, उसे कोई आकर भर देगा। यह भरोसा हमें इसलिए भी होता है, क्योंकि हमारी कहानी अभी जीनी बाक़ी है। पर जिन्होंने अपनी कहानी पूरी कर ली है, उनके लिए बस जिए चले जाने का मुआवज़ा क्या हो सकता है? उनके लिए तो यह पूरा जीवन ही पीठ के पीछे की वो जगह बन जाता होगा जहाँ अकेलेपन का जानवर घात लगाए बैठा होता है, कि कब उसका शिकार कमज़ोर पड़े और कब वो उसपर हमला करे।

अचानक बाबा की आँखों में आँसू आ गए। वो अब भी सामने देख रहे थे पर रो रहे थे। क्या वो साथ बैठे बुज़ुर्ग की बातें सुन पा रहे थे? क्योंकि वो देख अब भी सामने ही रहे थे। शाम गाढ़ी होने लगी थी। सामने के खेत से गुजरते हुए कच्चे रास्तों की धूल यह बता रही थी कि लोग अपने घरों को लौटने लगे हैं। बाबा जब किसान थे तो इस वक़्त घर लौटना उनकी दिनचर्या का हिस्सा होता था। क्या वो अपना अतीत याद कर रहे थे? नहीं पता। शायद नहीं। मैं ही शायद दो ऐसी चीज़ों को जोड़ने की कोशिश कर रहा था, जिनका एक दूसरे से कोई संबंध नहीं था। मैंने उनका हाथ थोड़ा ऊपर से पकड़कर अपने हाथों में लपेट लिया। हम वहीं बैठे रहे। वो आख़िरी दिन था, जब मैं अपने बाबा के साथ ऐसे बैठा था। अब भी जब मैं घर जाता हूँ तो उस मंदिर के पास बस इसलिए जाता हूँ कि उस दृश्य को फिर से जी सकूँ, जिसमें एक नाती और बाबा एकसाथ ऐसे बैठे थे, जैसे एक ही समय के थान से काटे गये दो हिस्से- एक अतीत का और दूसरा भविष्य का।

जब बाबा की मृत्यु की खबर आयी तो मुझे पता था ऐसा होना है, पर मैं ख़ुश था कि मेरी उनसे आख़िरी मुलाक़ात ऐसी थी। मेरे लिए उस दिन की ढलती शाम मेरी और बाबा की कहानी की ढलती शाम थी। उसके बाद हम कैसे घर आए और क्या हुआ सब उस दिन की रात में कहीं खो गया था।

क्या मेरी ऐसी ही कहानी अपने नाना के साथ भी होनी है? मुझे क्या उनसे उसी वक़्त मिल लेना चाहिए था जब मैं पिछली बार घर गया था?

मन इतना बोझिल था कि नहाने की ज़रूरत जान पड़ी। मैं फटाफट बाथरूम में घुसा और बड़ी देर तक ठंडे पानी के शावर के नीचे खड़ा रहा। मेरे शरीर से थकान की परत उस ठंडे पानी के साथ धुलती रही। बाहर निकला तो फिर से भूख लग गयी। पर अभी एयरपोर्ट निकलना ज़रूरी था। सोचा अगर बैठना ही है तो एयरपोर्ट पर ही चलकर बैठूँगा, वहाँ कुछ खाने को भी मिल जाएगा।

घर के सामान इस तरह से रखे कि सौरभ को कोई परेशानी न हो। कुछ जगहों पर पोस्ट-ऐड्ज़ भी चिपका दिए ताकि उसे चीज़ें आसानी से मिल जाएँ और उनकी फ़ोटो खींच कर उसे व्हाट्सएप कर दीं।

निकलने लगा तो मलबरी को यह बात समझ आ गयी कि मैं कहीं जा रहा हूँ। जब तक मैं तैयार होता रहा वो मेरे आगे पीछे घूमती रही। पता नहीं कैसे पर मलबरी को यह बात समझ आ जाती है कि मैं घर से बाहर जा रहा हूँ और वो मेरे आसपास आकर शोर मचाने लगती है। उसे थोड़ा-सा पैट किया। निकलने से पहले मैंने उसकी प्लेट में थोड़ा सा खाना दिया, अपनी फेस शील्ड और सैनिटाईज़र उठाया और घर की चाभी वेल्कम-मैट के नीचे रखकर बाहर निकल गया।

2

एअरपोर्ट के अंदर की दुनिया मुझे बाहर की दुनिया से बेहतर और शांत लगी। कियोस्क से अपना बैगेज टैग प्रिंट करने के बाद मैं बैग ड्रॉप करने काउंटर की तरफ़ बढ़ा। लोग एक-दूसरे से चिपके हुए खड़े हुए थे।

फ़ाइनली अपना बैग ड्रॉप किया और एक हैंडबैग लेकर सेक्युरिटी चेक की तरफ़ बढ़ा। सेक्युरिटी चेक पर गॉर्ड ने चेक करते हुए स्कैनर पैरों के आसपास घुमाना शुरू किया तो वो खट्ट करके मेरे घुटनों से टकराया। “आराम से,” मेरे मुँह ने निकला। “क्या हुआ ऋषभ बाबू, शादी नहीं की है क्या अब तक?” बोलकर वो गॉर्ड मुस्कुराने लगा।

उसका जोक समझने में मुझे तीन सेकंड लगे- “नहीं, अभी तक तो नहीं करी”। वो भी कहाँ रुकने वाला था, “फिर तो सम्भालना बहुत ज़रूरी है।” मैंने इस बार कुछ नहीं कहा। कुछ कहने का कोई मतलब भी नहीं था। मैं मुस्कुराता हुआ बस वहाँ से आगे निकल आया।

मैं आख़िरी बार यहाँ आस्था को छोड़ने के लिए आया था। उसे दिल्ली जाना था, एक आख़िरी बार सचिन से मिलने। उससे मिलकर सब कुछ पूरी तरह से ख़त्म करने, ताकि हम दोनों ठीक से साथ रह पायें। उसने कहा था कि वो सब ठीक कर देगी।

फिर उसने अपनी नयी कविता पढ़कर मुझे सुनाई। मुझे वो कविता सुनकर लगा था असली बात तो उसने शायद कविता में छुपा कर रखी है। यहाँ से कुछ भी ठीक नहीं होने वाला था हमारे बीच। वो अपने उस अतीत के पीछे फिर से सरकने लगी थी, जिससे मुझे बहुत डर लगता था। पिछले कई महीनों से शराब उसके जीवन में वापस आ चुकी थी, जिससे वो भी नफ़रत करती थी। उसकी कविताओं में भी अंधकार वापस लौटने लगा था। अंत आने से पहले अंत की आहट आने लगी थी, जिसे देखकर मुझे लगता कि इसमें हमारा रिश्ता कहीं दफ़न हो जाएगा। लेकिन आस्था इस बात को मानने के लिए तैयार नहीं थी; उसे लगता था वो सब ठीक कर लेगी।

जब हम पहली बार मिले थे तब भी हम ठीक होने और सबकुछ ठीक करने की ही बात कर रहे थे। मैं आस्था से मिला भी सौरभ की वजह से ही था। उस वक़्त मैं और सौरभ साथ रहते थे। अंधेरी ईस्ट के एक One RK में। वो मुंबई मुझसे एक साल पहले आ गया था। मुझे यहाँ आए हुए अभी महीना भी नहीं हुआ था। काम का कोई नाम-ओ-निशान नहीं था। मैं हर शाम मुंबई के अलग-अलग इलाक़ों में कोई नई गली ढूँढने निकल जाया करता था। मेरे पास तब सिर्फ़ वक़्त था।

“चलो भाई, मज़ा आएगा। लोग आते हैं, अपनी कविताएँ सुनाते हैं। तुम भी कुछ सुना देना।” सौरभ ने तैयार होते हुए कहा।

“यार मेरी कविताएँ सुनाने लायक़ नहीं हैं। मैं लिख लेता हूँ, काफ़ी है,” मैंने उसकी बात को टालते हुए कहा।

"बस लिख लेना कभी काफ़ी नहीं होता। दुनिया को बताना भी पड़ता है कि क्या लिखा है।" सौरभ बाल बनाते हुए बोला।

मेरे पास उसकी बात का कोई तार्किक जवाब नहीं था। "तुम अब एकदम इस टाइम पर बता रहे हो। पूरा प्लान बदलना पड़ेगा," मैंने फिर से बात टालने की कोशिश की।

सौरभ बाल बनाते हुए रुका और मेरी तरफ़ घूर कर देखा- "ऐसा क्या कर रहे हो आप कि पूरा प्लान बदलना पड़ेगा भाई। चलो न। वहाँ लोग आते हैं। इनफैक्ट फ़िल्म वाले भी आते हैं। आप नेटवर्किंग कर लेना।"

मैं उसकी बात सुनकर मन बनाने ही लगा था।

"और भाई, स्टेज ने मेरी ज़िंदगी बदली है। इस पागल हाथी जैसे शहर में पागल होने से बचाया है। चलो!"

मेरे पास बोलने और कहने को कुछ नहीं था। चलते हैं, आज खार की गलियों में टहल लेंगे। अगर शहर में रहना है तो शहर के साथ वक़्त तो गुज़ारना ही पड़ेगा। थोड़ी देर बाद हम दोनों लोकल में थे और खार स्टेशन आने का इंतज़ार रहे थे। मुझे अभी तक पता नहीं था कि इस शाम के बाद मेरा जीवन भी इस शहर में बदलने वाला था।

खार स्टेशन उतरकर थोड़ी देर चलने के बाद हम एक पुरानी बिल्डिंग के बाहर खड़े थे। बाहर से देखो तो कोई खंडहर हो जैसे। हमारे सामने एक ग्लो करता हुआ हरा दरवाज़ा था, जिसपर ऑरेंज कलर का पैच बना था, उसके ऊपर लिखा था– "HIVE"

मैंने इस जगह के बारे में सुना था। फ़ेसबुक पर इस पेज़ से कई पोस्ट्स भी देखी थीं। हम दरवाज़े से अंदर घुसे तो कॉरीडोर पीली रौशनी से भरा हुआ था। कई सारी बैम्बू लाइट्स और उसके ऊपर रंगीन कपड़े का डेकॉर। उसकी ऑरेंज दीवार पर मोटे ब्रश से बनी आर्ट थी और दीवारों के ऊपर

बुकशेल्व्स। ये कॉरिडोर आगे जाकर एक आँगननुमा जगह में खुलता था, जहाँ एक कैफ़े था और लोगों के बैठने के लिए टेबल-कुर्सियाँ रखी थीं।

वह कैफ़े अलग-अलग तरह के लोगों से भरा हुआ था। एक ग्रुप बहुत ज़ोर-ज़ोर से पिछले हफ़्ते रिलीज़ हुई फ़िल्म की बात रहा था। असल में, बात नहीं बुराई कर रहा था। दूसरी तरफ़ एक आर्टिस्ट अपने गिटार को ट्यून करने की कोशिश कर रहा था। एक बुज़ुर्ग तीन चार कॉलेज के स्टूडेंट्स को कुछ समझा रहे थे और कोने में कुछ लोगों ने सिगरेट सुलगा रखी थी।

ये सब नोटिस करने के बाद मेरी नज़र सबके कपड़ों पर गई और फिर तुरंत मुझे अपने कपड़ों का ख़्याल आया-

“सौरभ, मेरे कपड़े अजीब लग रहे हैं क्या?”

सौरभ अपने किसी जानने वाले से बात कर रहा था। उसने मेरी बात को जैसे अनसुना करते हुए मुझे सामने वाले से मिलवाया-

“इनसे मिलिए। ये क्षितिज भाई हैं। बहुत अच्छा लिखते हैं। अभी अनुराग कश्यप के साथ कुछ लिख रहे हैं।”

मैंने सौरभ की बात को ठीक करने की नाकाम कोशिश की पर सौरभ के मुँह से निकली बात पक्की हो चुकी थी। सामने वाले लड़के ने “नाईस टू मीट यू” कहकर तुरंत मेरा फ़ोन नंबर माँग लिया। सौरभ हँसकर मेरी तरफ़ देख रहा था और मैं उसकी तरफ़। इस खेल में अब मैं उसके साथ था। मैंने भी ऐसा कुछ पहली बार किया था। मुझे अचानक लगा कि बात मेरे कपड़ों से हटकर मेरे काम पर आ गई है।

तीन बार घंटी बजने की आवाज़ आयी और हम सब वेन्यू के अंदर जाकर बैठ गए। पहली परफॉरमेंस एक लड़की की थी। उसकी परफ़ॉर्मेंस के दौरान लोग चुटकी बजाकर उसको एप्रिशिएट करते रहे। मुझे उसकी कविता

पसंद आयी। पर उसकी कविता सुनकर मेरे अंदर ये बात और पक्की हो गई कि मेरी कविताएँ स्टेज के लिए नहीं बनीं।

थोड़ी देर बाद होस्ट ने अगला परफ़ॉर्मेंस अनाउंस किया। एक लड़का स्टेज पर आया, जिसका नाम स्काई था। उसे देखकर मुझे ऐसा लगा जैसे उनसे ये नाम ख़ुद ही रखा होगा। कविता सुनाने से पहली उसने भूमिका बाँधी-

"वैसे तो मैं रैप करता हूँ। पर आज मैं आप सब लोगों को शे'र सुनाऊँगा। क्योंकि आज हमारा रैप सुनाने का मन नहीं है।" यह बोलकर उसने लोगों की तरफ़ देखा और फिर शे'र सुनाने शुरू किए। पहला शे'र और मैंने ताली बजायी। फिर दूसरा शे'र और सब गिर गया हो जैसे। उसके बाद स्काई के हर शे'र के साथ मुझे अजीब लगता रहा। वो जैसे-जैसे आगे बढ़ता रहा मैं अपनी जगह पर बैठा बैठा सिकुड़-सा गया। सौरभ मुझे देखकर मुस्कुरा रहा था। पाँच मिनट कविता पढ़ने के बाद वो स्टेज से उतरा और मैंने चैन की साँस ली।

होस्ट ने अगली परफ़ॉर्मेंस अनाउंस कर दी थी। लोगों ने तालियाँ बजाईं और एक लड़की स्टेज पर आयी। माइक उसकी हाईट से थोड़ा ऊपर था। उसने उसे एड्जस्ट करने की कोशिश की पर उसे मुश्किल हो रही थी। होस्ट ने उसकी मदद की और वो माइक के सामने वाली कुर्सी पर बैठ गई।

"मेरे साथ हर बार ये होता है। दुनिया हम जैसे लोगों के लिए बनी ही नहीं।" उसकी ये बात सुनकर ऑडिएंस हँस पड़ी। मैं भी हँस पड़ा।

वो लड़की आस्था थी। उसने बिना किसी और भूमिका के अपनी कविता सुनानी शुरू की। छोटी-छोटी कविताएँ, जो दुनिया को अलग नज़र से देखती थीं। उसकी पहली कविता थी सड़क के किनारे उगे हुए फूलों पर, दूसरी, अपनी चुप्पी पर और तीसरी, जिसमें एक कोशिश थी अपनी मौन की भाषा को बचा लेने की। उसकी दूसरी कविता सुनने के बाद मैंने उसके चेहरे पर ग़ौर किया। जब वो कुछ पढ़कर हल्का-सा मुस्कुराती थी उसके

होठों के किनारे गाल पर एक सिकुड़न तैरती थी। ऐसा लगता था, जैसे जो भी कविता में अनकहा-सा है, उसमें जाकर छुप जाता हो। मैं अब उसे देखकर जैसे कहानी बनाए जा रहा था।

मुझे आज ठीक से याद नहीं कि मैंने आस्था के बाद किसे और परफ़ॉर्म करते देखा था। पर उस वक़्त की आस्था के बारे में मुझे सब कुछ याद है। वो छोटी-सी कुर्सी पर अपने पैरों को एक साथ फँसाकर बैठी थी। अपने दाहिने हाथ में उसने अपनी डायरी पकड़ रखी थी और उसके ऊपर उसने बाएँ हाथ से सहारा दे रखा था। काले बैकड्रॉप के सामने सफ़ेद सूट पहने हुए, उसपर कमरे की पीली रोशनी पड़ रही थी। सर के ऊपर से पड़ती हुई रौशनी की वजह से उसके एक्सप्रेशन साफ़-साफ़ दिख रहे थे। मैं उसे देख रहा था और उसकी हर कविता के साथ मुझे ऐसा लग रहा था कि मैं उसे थोड़ा और बेहतर जानने लगा हूँ। उसके चेहरे पर मैं शायद कोई ऐसी कहानी ढूँढने लगा था, जो मुझे बहुत बाद में समझ आने वाली थी। उस दिन उसे परफॉर्म करता हुआ देखकर मुझे लगा कि मेरी कविताएँ भी स्टेज़ पर पढ़ी जा सकती हैं। उस शाम मुझे ये समझ आया कि हर कविता ताली के लिए नहीं बनी होती। कुछ कविताओं की तारीफ़ उनके बाद का मौन भी होता है।

इंटरवल हुआ। मैं आस्था से मिलना चाह रहा था। मैं कमरे से बाहर कैफ़े में निकला तो मुझे भूख लग रही थी। मैं कैफ़े काउंटर के पास गया और मेनू देखने लगा। सत्तर रुपये की चाय? इतनी महँगी चाय पीता कौन है और क्यों? खाने की चीज़ें देखने लगा तो कोई भी चीज़ एक सौ दस रुपए से कम की नहीं थी। ऐसे में जब करने को कोई काम न हो और आने को कोई चेक नहीं- सत्तर रुपये की चाय पीना कहीं से समझदारी नहीं थी। मैंने पीछे पलटकर देखा, कोने में कुछ लोग सिगरेट सुलगा रहे थे। मैंने अपनी जेब टटोली, सिगरेट निकाली और सुलगाने के लिए स्मोकिंग एरिया की तरफ़ बढ़ा। वहाँ आस्था भी खड़ी सिगरेट पी रही थी। मेरे पीछे-पीछे सौरभ भी आ गया।

मैंने आस्था को देखकर हैलो नहीं किया। सीधा सवाल पूछ लिया, "क्या आपको सच में लगता है कि बस किसी का पढ़ लेना काफ़ी है?" मैंने सिगरेट जलाते हुए पूछा। उसने तुरंत जवाब नहीं दिया। तब तक सौरभ बीच में बोला पड़ा। "ये क्षितिज है। बहुत अच्छा राइटर है। अभी अनुराग कश्यप के साथ फ़िल्म लिख रहा है।"

आस्था ने इस जवाब दिया- "कौन सी? क्या नाम है फ़िल्म का?"

सौरभ शायद इस सवाल के लिए तैयार नहीं था। "मैं एक्चुअली उनके साथ मेंटरशिप कर रही हूँ, इसलिए पूछा," आस्था ने जवाब का इंतज़ार किए बिना बोला था। मुझे उसका ये साफ़-साफ़ बात करना अच्छा लगा। और साथ ही साथ यह भी लगा कि यहाँ सौरभ को ये सब बोलने की ज़रूरत नहीं थी। मैं ये नहीं चाहता था कि बात इतनी हाथ से निकल जाए कि उसे सँभालना मुश्किल हो जाए।

"माफ़ कीजिएगा। पर मैं अभी नया-नया इस शहर में आया हूँ। दोस्त है ये। एक्टर है। स्टैंडअप भी करता है तो इसे मज़ाक़ की आदत है।" मैंने साफ़ साफ़ बोल दिया।

ये सुनकर आस्था हँस पड़ी। "ऐसे दोस्त हैं आपके शहर में तो फिर क़िस्मतवाले हैं आप।" ये बोलकर उसने दूसरी सिगरेट जला ली। मैं थोड़ी देर चुप रहा फिर पूछा "आप क्या कर रही हैं अनुराग कश्यप के साथ?"

"एक शॉर्ट फ़िल्म पर काम कर रही हूँ। वैसे तो दिन भर बैंक में ग़ुलामी करती हूँ। उसके बाद जो वक़्त बच जाता है, उसको जोड़-जोड़कर लिखने की कोशिश करती हूँ।" उसकी बात में एक उदासी-सी थी। पर उस उदासी में दुःख नहीं, एक सहजता थी।

मैं उस दिन बहुत बात कर नहीं पाया आस्था से। मगर मुझे समझ आया कि जो कहानी मैं उसके चहरे पर ढूँढने की कोशिश कर रहा था, वो उसके चेहरे पर नहीं, कहीं और गहरे उसके जीवन में उतरी हुई थी।

इंटरवल के बाद शो फिर से शुरू हुआ। मैं अपनी जगह पर आकर बैठ गया। बीच-बीच में नज़रें घुमाकर उसे ढूँढता रहा पर वो दिखी नहीं। शो रात में दस बजे ख़त्म हुआ। बाहर निकला तो गली का किरदार बदल गया था। आसपास के क्लब्स के बाहर भीड़ बढ़ने लगी थी। कुत्ते सड़क पर निकल आए थे। लोगों का आना-जाना दोनों तरफ़ से बढ़ गया था। पर मेरी नज़रें आस्था को ढूँढ रही थीं। मुझे उसकी कहानी जाननी थी, जिससे वो कविताएँ निकलकर आती थीं, जो मुझे मेरी कविताओं जैसी लगती थीं। पर आस्था कहीं नहीं थी। वो शायद इंटरवल के बाद ही घर निकल गई थी। और मैं पूरे शो इस बात का इंतज़ार कर रहा था कि कब शो ख़त्म होगा और मैं उससे बात करूँगा।

मुझे जैसे ही ये बात समझ आई, भूख का एहसास लौट आया। सामने नुक्कड़ पर समोसा और वड़ापाव की दुकान थी।

"सौरभ भूख लगी है?"

"हाँ भाई।"

"वड़ापाव खाना है?"

"हाँ भाई।"

हम दोनों रात के साढ़े दस बजे वड़ापाव स्टाल पर खड़े अपनी बारी का इंतज़ार कर रहे थे। मैंने ऊपर नज़र उठाई तो देखा कि मेरे सर के ठीक ऊपर अनुराग कश्यप की फ़िल्म रमन राघव का पोस्टर लगा था।

आस्था से जल्दी मिलने की इच्छा मुझे उसके फ़ेसबुक तक ले गई। उसकी प्रोफ़ाइल को देखकर कोई भी ये नहीं कह सकता था कि वो किसी बैंक में काम करती है। आस्था की पर कुछ कविताएँ पड़ी थीं। मैं उस दिन बड़ी देर तक उसकी कविताएँ पढ़ता रहा। थोड़ा और देखा तो समझ आया कि आस्था हर महीने लोकल रेडियो स्टेशन पर जाकर कविताएँ पढ़ती है।

ये लड़की वो जीवन जी रही थी, जो मैं जीना चाहता था। और जब भी हम यह देखते हैं कि कोई हमारे सपनों का जीवन जी रहा है तो हमें वो बात अपनी तरफ़ आकर्षित करती है। मैं उसकी फ्रेंडलिस्ट में गया तो मुझे ऑस्ट्रेलिया की मेरी एक दोस्त दिखी, जो हम दोनों की म्युचुअल फ्रेंड थी। मुझे इस बात से जैसे एक सिरा मिल गया।

मैंने उस दिन आस्था को फ्रेंड रिक्वेस्ट भेज दी। रात के दो बज रहे थे। थोड़ी देर तक मैं ऑनलाइन रहा फिर मुझे नींद आ गई। अगले दिन सुबह जब नींद खुली तो देखा उसने मेरी फ्रेंड रिक्वेस्ट एक्सेप्ट कर ली थी।

3

थोड़ी देर बाद बोर्डिंग शुरू हुई। मेरे मन में एक डर था, जो हमारे आसपास की अनिश्चितता से उठ रहा था। मैं ख़ुद को बचाकर विंडो सीट पर पहुँचा और मुँह खिड़की की तरफ़ फेरकर बैठ गया। मैंने अपनी आँखें बंद कर लीं। अलग-अलग तरह की आवाज़ें मेरे कानों में पड़ती रहीं। और थोड़ी देर में वो धीरे-धीरे कहीं ग़ायब हो गयीं।

वाराणसी में लैंड करते ही मेरी आँख खुली। मैंने अपना फ़ोन ऑन किया, उसी वक़्त महेंद्र सिंह जी का फ़ोन आया, जैसे वो कुछ देर से मेरा फ़ोन मिलाने की कोशिश कर रहे हों। महेंद्र जी का वाराणसी और उसके आसपास की जगहों में टैक्सी का काम है। जब भी हमारे परिवार की बात होती है, महेंद्र जी ख़ुद आते हैं हमें लेने। पर मैं पहली बार उनके साथ जाने वाला था।

बैगेज कलेक्ट करके मैं जैसे ही बाहर आया उनको फ़ोन मिला लिया और आसपास देखने लगा। फ़ोन की घंटी बजते ही मेरी नज़र एक पैंसठ-सत्तर साल के आदमी पर पड़ी। उन्होंने मुझे देखा और हमने एक दूसरे को पहचान लिया।

थोड़ी देर बाद हम बक्सर के रस्ते पर थे। मुझे दूर-दूर तक वो खेत दिखने शुरू हुए, जिनके बारे में अपने बंद कमरे में सोचता रहता था। लगभग एक साल से घर में बंद दिमाग़ को ये विस्तार बहुत ही आराम देने वाला था।

“तो नौकरी करते हैं आप बंबई में?” महेंद्र जी ने पूछा।

“जी मैं, लिखता हूँ। राइटर हूँ मैं। फ़िल्म और वेब सीरीज के लिए।”

“भोजपुरी फ़िल्म में,” महेंद्र जी की बातों में एक उछाल था।

मुझे अजीब लगा पर रिएक्ट करने का कोई मतलब नहीं था।

“नहीं, नहीं। हिन्दी फ़िल्मों में। भोजपुरी वाला काम कहाँ होता है ये भी नहीं पता।” मैंने जैसे अपना हाथ झाड़ते हुए ये जवाब दिया।

महेंद्र जी को बात करने का मौक़ा मिल गया।

“बहुत अश्लील गाना बना रहा है सब भोजपुरी में। आप लोग कुछ अच्छा लिखिए कि समाज का सुधार हो।”

ये बात महेंद्र जी ने बोल तो दी थी पर मास्क नहीं लगाया था। कैसे होगा समाज का सुधार। ख़ैर, मैं उनकी बातों में बहना नहीं चाहता था।

उत्तर प्रदेश से बिहार में घुसने के लिए पहले बक्सर आना पड़ता है और उत्तर प्रदेश से बिहार को जोड़ता है, गंगा नदी के ऊपर बना हुआ एक पुल। उत्तरप्रदेश में यह बलिया में आता है और बिहार की तरफ़ बक्सर में। पुल जब लगभग आधा पार हो गया तो बिहार की तरफ़ कुछ पुलिसवाले गाड़ियों की चेकिंग कर रहे थे।

“शराब चेकिंग हो रहा है लगता है।” महेंद्र जी ने मुझे कुछ निर्देश दिए कि पुलिसवालों से कैसे बात करनी है, ताकि उन्हें ये न लगे कि ये कोई कमर्शियल गाड़ी है।

एक पचास साल के आसपास के पुलिसकर्मी बंदूक लटकाए मेरी तरफ़ आए। मैंने विंडो ग्लास नीचे करते हुए उनकी तरफ़ देखा। उनकी नज़र तुरंत ही पूरी गाड़ी के अंदर घूम गई। मेरे साथ मेरा बैग था। सनग्लासेस पहने होने की वजह से मेरी आँखें दिख नहीं रही थीं। फिर सनग्लासेस में मेरी आँखें ढूँढते हुए उन्होंने मुझसे बड़े ही प्यार से पूछा कि "बैग में क्या है बाबू?" ये इतना ममता भरा वाक्य था कि मुझे दो सेकंड लगे कि अब इसका जवाब क्या दूँ मैं? फिर मैंने लड़खड़ती हुई ज़बान में बोला "कपड़े"।

"कपड़ा ही है न जी?" पुलिस वाले ने फिर से पूछा। महेंद्र जी ने अब मोर्चा सम्भाल लिया था।

"ये फ़िल्म लाइन में काम करने वाले हैं। कोई ऐसा वैसा काम थोड़े ही करेंगे। कपड़ा ही है।"

वो पुलिसकर्मी मुझे देखते रहे- "क्या बात है जी! आप रवि किशन जी के साथ काम किए हैं?"

मैंने बिना सोचे जवाब दे दिया- "जी, बात चल रही है उनसे। ये कोरोना ख़त्म हो जाये तो शूटिंग करेंगे।"

"क्या बात है। जाइए फिर," बोलकर पुलिसवाले ने हमारी गाड़ी को आगे जाने दिया। मैं आसपास देख रहा था कि अब बस घर पहुँचने वाला हूँ।

पापा बीच-बीच में मैसेज करके पूछते रहे, "अब कहाँ-अब कहाँ?" पापा अपनी उत्सुकता ऐसे ही दिखाते हैं। पर जब मैं घर आया तो वो ग़ायब थे। कहीं बाहर चले गए थे, थोड़ी देर बाद आए। मुझे उनकी ये तरकीब पता है और कहीं न कहीं ये मेरे अंदर भी आयी है। बचपन में अगर मैं किसी के आने की उत्सुकता संभाल नहीं पाता तो अपना ध्यान बँटाने के लिए कुछ और करने लगता या कहीं और चला जाता। मुझे लगता कि जब मैं यहाँ वापस लौटकर आऊँगा तो इंतज़ार का ये वक़्त बीत गया होगा। तब जिसका इंतज़ार था, उसे वहाँ पा लेना बहुत सुख देने वाला होता था।

घर जाता हूँ तो कुछ वक़्त लगता है घर में घर-सा होने में। कई चीज़ें बहुत नयी होती हैं और कई बीस-पचीस साल से भी ज़्यादा पुरानी। इस बार ऐसी ही नयी चीज़ में थी लकड़ी की नयी अलमारी, जो माँ ने सीढ़ियों के नीचे बनवाई थी। वो बड़े गर्व से दिखाते हुए पूछने लगीं, कैसा लग रहा है तुम्हें? मुझे वो आइडिया बहुत अच्छा लगा। वहाँ सीढ़ियों के नीचे अलमारी बन जाने से घर पहले से ज़्यादा व्यवस्थित लग रहा था।

शाम को पापा की पुरानी अलमारी खोलने गया कि अपनी पुरानी, बचपन की लिखी हुई डायरियाँ, उससे निकालकर पढ़ लूँगा। अलमारी बदल गयी थी। बाईस साल से ज़्यादा पुरानी पुरानी अलमारी की जगह नयी अलमारी ने ले ली थी। बचपन में जब वो आयी थी तो घर के एक कोने की रौनक़ बढ़ा रही थी। मैं अपनी सबसे प्यारी चीज़ें वहीं रखता था, सँभालकर। सातवीं कक्षा से लेकर दसवीं तक जितनी भी कहानियाँ और कविताएँ लिखी थीं, वो सब डायरी में लिखकर इसी में रखता। मैं वही डायरी फिर से ढूँढ रहा था। डायरी वहाँ नहीं थी।

तब तक माँ कमरे में आ गयीं। दीवार में बनी हुई अलमारी की तरफ़ इशारा कर के कहा कि "तुम्हारी डायरियाँ इसके अंदर होंगीं शायद। निकाल दूँ?" मैंने अलमारी की तरफ़ देखा और ये सोचकर मना कर दिया कि अभी ये माँ के लिए एक्स्ट्रा काम ही होगा, आज तो पहला दिन ही है, फिर कभी देख लूँगा। मना करके वहाँ से निकल आया।

घर की वो सारी पुरानी चीज़ें एक-एक करके ऐसे मिलती रहीं जैसे मेरे अतीत से प्रकट हो रही हों। ये सब यहीं थीं- जब मैं नहीं था तब भी। बीस-बीस साल पुराना चम्मच, चाकू, माँ के साथ दहेज में आए चाय के कप, बाईस-चौबीस साल पुरानी कुर्सी, पापा की पुरानी चद्दर, मेले से कुछ हज़ार रुपए में ख़रीदा हुआ ऐंटीक हाथी और भी जाने क्या-क्या सामान। मामा का दिया हुआ पेन स्टैंड, पुराना फ़ोटो फ्रेम और मेरी पुरानी डायरियाँ,

मेरे सामने थीं। यह इतना सारा सामान था या बचपन के कुछ हिस्से थे जो सामने आ गए।

मैंने अपनी पुरानी डायरियों को खोला। उन डायरियों में माया से प्रेम की कोशिशों के निशान अभी भी दर्ज थे। किसी बच्चे की हैंडराइटिंग में लिखे हुए प्रेम के सबूत। मैंने जो लव लेटर माया को बचपन में लिखा था उसके पहले की सारी प्रैक्टिस उन डायरियों में दर्ज थी। पर जब उसे वो लव लेटर लिखने की बारी आयी थी तो मैं बाद में I LOVE YOU MAYA ही लिख पाया था। ये कितना अपना था पर कितना दूर भी। उन शब्दों को थोड़ी देर देखने पर ऐसा लगता था जैसे सरसों के फूलों का मौसम आने ही वाला है। क्या इस पुरानी हो चुकी डायरी के पन्नों का पीलापन सरसों के फूलों का है।

माया अभी कहाँ होगी? स्कूल से निकलने के बाद जैसे मैं उसे भूल गया था। पर मैं शायद उसे उतना भी नहीं भूला था, जितना मुझे लगता है। मैंने अपने हर रिश्ते में कम-से-कम एक बार तो उस बचपने की बेवक़ूफ़ी की बात की ही थी। जिनके साथ भी प्रेम में रहा उनको अपने पहले लव लेटर और उससे जुड़ी संजय सर की कहानी के बारे में बताया ही था। और हर बार स्केचपेन से अपने गालों पर तिल बनाने वाला क़िस्सा भी उसके साथ चलता ही आ जाता।

मेरे पहले लव लेटर की कहानी बिना उस तिल के पूरी नहीं होती थी।

उस डायरी को मैंने अपने बैग मैं रख लिया, जैसे किसी अतीत को सुरक्षित करने की कोशिश कर रहा हूँ। माया अभी कहाँ होगी? माया को मेरे बारे में पता होगा क्या? जो स्कूल में हुआ था क्या माया को वो पता होगा? नहीं, माया को तो शायद यह बात पता भी नहीं होगी कि उस घटना के बाद स्कूल में मेरा न लौटना कोई इत्तेफ़ाक़ नहीं था।

माया अभी कहाँ होगी?

एक बार जब मैं दिल्ली से दो साल बाद भभुआ वापस आया तो मेरे स्कूल के ही एक दोस्त ने बताया था कि उसका किसी और लड़के के साथ "चक्कर" चल रहा है। मुझे उस वक़्त भी इस बात का बुरा नहीं लगा था।

मैं इस बात को नहीं मानता कि हमारा बचपन वैसा सुंदर होता है, जैसा साहित्य ने हमें बताया है। मुझे नहीं पता कि विज्ञान और मनोविज्ञान इसे कैसे देखते हैं, पर मैं शायद इन छूटी हुई चीज़ों में, वो बीता हुआ लड़का ढूँढता हूँ, जो मैं था। वो एहसासे कमतरी का शिकार लड़का; डरा हुआ-सा, जिसके पास बात करने को कोई नहीं था। आज मुझे उस लड़के की शक्ल भी ठीक से याद नहीं आती, जिसने यह यात्रा शुरू की थी। वो लड़का कभी स्कूल में पानी की टंकी के पास छूटा, तो कभी ग्राउंड में क्रिकेट खेलते या न खेलते हुए दोस्तों के साथ, कभी सिनेमा हॉल में छुपकर फ़िल्म देखते हुए तो कभी किसी से पिटकर नहर के किनारे गिरते हुए। और सबसे ज़्यादा वो छूटा रोज़मर्रा की चीज़ों में, जो आज सामने फिर से उग आयीं थीं। ऐसे में अतीत से निकला हुआ ये सारा सामान उसकी शक्ल की तरफ़ एक इशारा करता है। दिमाग़ के एक हिस्से को लग रहा था कि एक बीत चुकी कहानी में मेरा फिर से प्रवेश हुआ है और यह अपने आप में बहुत ही अद्भुत बात है।

अगर अपने जीवन में मुझे फिर से प्रेम को एक और मौक़ा देना था तो, ये मौक़ा मेरी और माया की कहानी डिज़र्व करती थी। ये वो कहानी थी, जो बीस साल पहले ऐसे ही ख़त्म होकर भी कहीं-न-कहीं मेरे अंदर ज़िंदा थी।

रात हुई। पापा ने एक कमरे में मेरी मच्छरदानी बाँध दी। मैं मच्छरदानी में घुसा तो ऐसा लगा कि एक नॉस्टेल्जिया के संसार में प्रवेश कर गया हूँ। रज़ाई अपने ऊपर डाली, साइड से अपनी पीठ के नीचे दबा ली और उसके अंदर ही लेटकर लैपटॉप पर कुछ पढ़ने लगा।

अम्मा बगल वाले कमरे में सोने गयीं। मैं अपने बिस्तर पर बैठा पढ़ रहा था। वहाँ से उनकी आवाज़ आ रही है, वो ईश्वर से सबके कुशल-मंगल की

प्रार्थना कर रही थीं। इस क्षण उनकी आवाज़ में एक बच्चे की मासूमियत थी और उनकी प्रार्थना की लय मुझे किसी सुंदर गीत-सी लग रही थी। मैं थोड़ी देर उन्हें सुनता रहा। मैंने जब से होश सम्भाला है, उन्हें ये करते हुए देख रहा हूँ। अम्मा की आवाज़ जैसे मेरे लिए लोरी का काम कर रही थी। मैं किसी और ही संसार में था। मुझे नींद आने लगी।

4

मुझे याद नहीं कि आख़िरी बार कब ऐसा हुआ कि मुझे सपने न आए हों। मैं कहीं और जाकर आँख खुलते ही वापस अपनी दुनिया में आ जाता हूँ। मनोविज्ञान कहता है कि हमारा दिमाग़ हमें सपने में वो सब दिखाता है, जो हम अपने जीवन में पाना चाहते हैं, पर हम पा नहीं सकते। दिमाग़ को समझ नहीं आता कि क्या सच है और क्या सपना। वो सपने में अपनी दुनिया बनाकर वो सब जी लेता है, जो हम खुली आँखों से जीना चाहते हैं। सपने में महसूस की हुई प्यास सच होती है। सपने में पिया हुआ पानी बस एक कल्पना। कल्पना उसकी और उतने की, जितनी हमें ज़रूरत है। सपने में पिया हुआ पानी हमें इस बात का एहसास कराता है कि हम कितने प्यासे थे। मुझे कई बार प्रेम भी सपने में पानी बनकर मिला है।

आज आँख खुलने के बाद भी नींद में आए सपनों का स्वाद गया नहीं था। उन सपनों की ख़ुशबू आसपास ही तैर रही थी। मैं सपने में माया के साथ था- स्कूल के ग्राउंड में उसके साथ खेलता हुआ। हम एक साथ खेल रहे थे। ये प्रेम था, बचपन का प्रेम, जहाँ किसी के साथ होने से ही सब सुंदर था। मैं भरा-भरा-सा ख़ुश था। उसकी वजह से अब भी मेरे चेहरे पर एक स्माइल थी।

फ़ोन उठाया तो देखा मैंने माया के नाम से इंस्टाग्राम पर सर्च किया था। उसका पूरा नाम था- माया वासुदेव। मुझे कोई प्रोफ़ाइल नहीं मिली तो मैं

सो गया था। रात के सपने का असर ऐसा था कि मैं ये सब भूल चुका था और याद था तो बस वो जो दिमाग़ चाहता था, जिसे उसने पा भी लिया था।

अभी छः भी नहीं बजे थे। मैं यहाँ भी वक़्त से उठ गया और नींद भी पूरी थी। मैं आठ बजे से पहले तैयार हो गया। सूरज निकला तो हल्की ठंड भी जाती रही। माँ ने कहा कि चाहो तो छत पर जाकर धूप सेंक सकते हो।

थोड़ी देर तक छत पर ही घूमता रहा। रात का सपना मेरे साथ-साथ छत पर आ गया था। मुझे ऐसा लग रहा था जैसे मैं अभी वो छोटा क्षितिज ही हूँ- बस एक बड़े शरीर में क़ैद। मैंने फिर से फ़ोन उठाया और माया को ढूंढने की कोशिश की। पहले इंस्टाग्राम, फिर फ़ेसबुक पर। वो कहीं भी नहीं थी। जैसे-जैसे मैं उसके पास जाने की कोशिश में नाकाम होता जा रहा, रात का मेरा सपना मुझे ख़ुद के साथ किया हुआ छलावा लगने लगा। उससे राहत पाने के लिए मैंने सौरभ को फ़ोन लगाया।

"हाँ भाई, कैसा चल रहा है वहाँ? कोरोना ले के तो नहीं पहुँचे?" सौरभ ने एक साँस में ही पूछ लिया।

"अभी तक तो नहीं। हाँ एक दूसरी बीमारी हो गई है।" मैंने कहा।

"अरे! ऐसा क्या हुआ?"

"यार वो एक लड़की थी मेरे स्कूल में। मैंने बताया था न?"

"हाँ भाई, क्या हुआ उसका। मिली क्या आपको?" बोलकर सौरभ मेरी हाँ का इंतज़ार करने लगा।

"मिली पर सपने में। वैसे नहीं मिल रही," मैंने उसी के टोन में जवाब दिया, "इंस्टा, फ़ेसबुक हर जगह देख लिया।"

"पूरा नाम डाल के देखो।" ये बोलते-बोलते सौरभ रुक गया।

"क्या हुआ?" मैंने पूछा।

"भाई, यार आजकल लड़कियाँ शादी के बाद नाम बदल लेती हैं। क्या पता उसने भी अपने नाम में कुछ जोड़ घटा लिया हो?" बोलकर वो चुप हो गया। और इधर मैं भी इस बारे में सोचने लगा।

मुमकिन था कि ऐसा ही हुआ हो। मुझे तो उसके पूरे नाम पर भी यक़ीन नहीं था कि उसका नाम माया वासुदेव ही था या नहीं। फिर भी मेरे पास जितनी इनफॉर्मेशन थी, मैं उसे उसी से ढूँढ सकता था। इस पूरी बात में एक अजीब-सी नाटकीयता थी। नाटकीयता ऐसी कि अगर मैं मान लेता तो ये एक बड़ी कहानी थी और मेरे न मानने से भी कोई बहुत फ़र्क़ पड़ने वाला नहीं था। मेरे अंदर का लेखक इस कहानी को और आगे खींच कर देखना चाहता था कि आख़िर में क्या होगा?

मैं कई बार समझ नहीं पाता कि बस 'मेरे होने' और मेरे अंदर के 'लेखक होने' में वो लकीर कहाँ है- जहाँ से एक शुरू होता है और दूसरा ख़त्म। कई बार एक आँख इस बात पर रहती है कि कहीं ऐसा तो नहीं कि जो मैं लिख रहा हूँ कहीं और का पढ़ा हुआ है, या फिर जो जी रहा हूँ उसे, जो जानता हूँ उसी चश्मे से देख रहा हूँ!

मैंने अपना फ़ोन उठाया और अपने सोशल मीडिया पर पोस्ट कर दिया- Anyone from the RPS School Batch 2002-2006, please get in touch. मुझे लगा कि अगर मेरे स्कूल से किसी ने ये स्टेटस पढ़ा तो शायद बात बन सकती है। स्टेटस पोस्ट करने के बाद पूरे दिन माया का ख़याल मन में बजता रहा, जैसे वह दरवाज़े पर दस्तक दे रहा हो कि उसे अंदर आना है।

मैं शाम होते ही घर से बाहर निकल आया। बाँध पर टहलने गया तो थोड़ी देर रुक गया। मुंबई में रहते हुए मैंने कई बार इस बाँध पर चलने की कल्पना की है। मेरी इस कल्पना में आस्था का साथ भी शामिल था।

आस्था के साथ रहते हुए मैंने ये कई बार सोचा था कि हम जब भी शादी करके पहली बार बक्सर जाएँगे तो इस बाँध पर देर तक घूमते रहेंगे।

मैं दूसरी बार भी आस्था से HIVE में ही मिला था। कल्चरल वेन्यू होने के बावजूद आज कैफ़े वाला एरिया बिल्कुल खाली था। जो थोड़े लोग आज आए थे वे इवेंट में बिजी हो गए थे। हरकत के नाम पर कैफेटेरिया में एक औरत कॉफ़ी बना रही थी और दूसरी तरफ लम्बी टेबल, जिसपर ख़ूब सारी पुरानी किताबों का ढेर रखा होता था, एक बिल्ली करवटें बदल रही थी। इक्का-दुक्का लोग स्मोकिंग एरिया के पीछे थोड़ी देर खड़े होते, सिगरेट फूँकते और फिर ऐसे निकल जाते जैसे वहाँ किसी को जानते ही नहीं।

उस दिन मैं जब आस्था से मिल रहा था तो मुझे लगा जैसे वो भी यहाँ बस इवेंट के बहाने आयी है। बहाना इसलिए, क्योंकि इवेंट तो बंद दरवाज़े के अंदर हॉल में कब का शुरू हो चुका था। पर हम दोनों इस बात को जानते हुए भी इग्नोर कर रहे थे। हमारी दुनिया और बाकी गतिशील दुनिया के बीच कुछ था तो बस एक दरवाज़ा– लकड़ी का मोटा, भारी दरवाज़ा। जिसे मेरी अपनी एक आँख ने लगातार बंद कर के रखा हुआ था। मुझे डर था कि आँख हटाते ही वो दरवाज़ा खुल जाएगा और अन्दर की दुनिया इस दुनिया में घुसपैठ कर बैठेगी। जितनी देर हो सकता था, मैं आस्था के साथ इसी दुनिया में रहना चाहता था।

“मैं कुछ और... दस पंद्रह दिनों के लिए ही यहाँ हूँ,” आस्था की यह बात किसी तिनके की तरह आँख में अचानक गिर पड़ी। मैं यह सुनने के लिए तैयार नहीं था। उसके होंठ अब भी अपनी जगह पकड़ कर वैसे ही बैठे हुए थे, पर आखें कुछ और ही हो गई थीं। थोड़ी देर तक मैं इधर-उधर की बातें करता हुआ ख़ुद को और आस्था को भी, यही बताता रहा कि शायद मुझे उसके जाने से फ़र्क नहीं पड़ता। आख़िर मैं था ही कौन? पर जब मन के अन्दर की सारी गाँठें खुल गईं, तो मुझसे रहा नहीं गया, मैंने पूछा, “दुबारा आओगी?”

दरअसल मैं पूछना चाहता था- “दुबारा आओगी ना...” लेकिन इस वक़्त कुछ सोचकर सिर्फ़ इतना ही पूछा- “दुबारा आओगी?”

ये पूछने के बाद अपनी तिनका पड़ी आँखों में मैं चुपचाप आस्था के चेहरे की बारीकियों को समेटने की कोशिश करने लगा। उसके हाथ, हाथ की उँगलियाँ, उसके बैठने का तरीक़ा, बालों का उसके कंधे पर गिरना, एक साथ दो बार झपक जाने वाली उसकी पलकें, हँसने पर एक अलग दुनिया के खुल जाने का आभास, मैं ये सब कुछ समेट लेना चाहता था, किसी नक्शे की तरह... जिसके सहारे अगली बार जब मैं इस कुर्सी पर अकेला बैठा होऊँ तब भी आस्था तक पहुँच सकूँ। उसे सामने बैठा देख मैं उसे याद कर लेना चाहता था।

आस्था को भी समझ नहीं आ रहा था कि आगे क्या बोलना है, शायद इसीलिए उसने छोटे से बैग से मोबाइल निकालकर मुझे दिखाते हुए एक कविता मेरे सामने रख दी और पूछा- "ये पढ़ी है तुमने?"

मैंने ने उसके हाथ से कविता ली, 'न' में सर हिलाया और कविता पढ़ने लगा- "ट्राम में एक याद: चेतना पारिख़ कैसी हो, पहले जैसी हो। कुछ कुछ ख़ुश कुछ कुछ उदास कभी देखती तारे कभी देखती घास...।"

पूरी कविता पढ़ने के बाद आस्था को मोबाइल वापस दे दिया। होठ दुबारा एक-दूसरे की तरफ़ दबते हुए ऊपर को खिंच गए। आँखें दुबारा नक्शा पढ़ने लगीं। दूसरी आँख ने दरवाज़े को कब का छोड़ दिया था। अब दरवाज़ा खुल रहा था। दरवाज़े के दूसरी तरफ़ की दुनिया की आवाज़ हम तक आने लगी थी। इस आवाज़ में दोनों के अन्दर आने का बुलावा था।

हम दोनों अब भी थोड़ी देर वहीं बैठे रहना चाहते थे, पर किसी ने यह बात कबूल नहीं की... अपनी मुस्कराहट के पीछे इस बात की गाँठें बाँधते अन्दर हॉल में आ गए, जहाँ इवेंट चल रहा था। अन्दर आकर हमने अलग-अलग जगहें पकड़ लीं। अब हम दोनों के बीच एक नयी दुनिया थी और सामने एक गायक गिटार थामे बाउल गा रहा था। मुझे बांग्ला समझ नहीं आती थी पर मैं इसकी वेदना से परिचित था- यह विरह की वेदना थी। इसे मैं तब

से जानता था जब बचपन के दिनों में एक जोगी सारंगी बजाता हुआ फेरी देने आता था। जोगी के सारंगी से निकली वेदना की धार आज भी मेरे अन्दर ऐसी उतरी हुई थी, जैसे म्यान में तलवार उतरती है। उस जोगी की बजाई हुई सारंगी का असर इतना गहरा था कि उसकी याद मुझे बचपन में रुला जाती थी। "आख़िर किसे याद कर के बजाता होगा वो ऐसा राग?" मैं सोते-सोते यह सोचता और अक्सर रोने लगता। अम्मा की नींद खुल जाती और वो मुझे रोता देखकर ख़ुद में समेट लेतीं। आज इस हॉल में बैठे-बैठे यह संगीत सुनकर मुझे फिर से उसी जोगी की याद आ रही थी। एक सारंगी मेरे अन्दर भी राग पकड़ रही थी।

मैं उस रात आस्था के साथ ही लोकल में घर लौटा। आस्था को जहाँ उतरना था, मैंने उससे एक स्टेशन बाद का टिकट लिया था। वो गोरेगाँव में रहती थी पर उसे पता नहीं था कि मैं कहाँ रहता हूँ। मैंने उस दिन कांदीवली का टिकट ले लिया। हर आते स्टेशन के साथ आस्था और मेरी दूरी बढ़ती जा रही थी। ट्रेन के दौड़ने से पहिये और पटरी के बीच होने वाली धड़क-धड़क की आवाज़ अपने अन्दर महसूस हो रही थी, जैसे मैं जिस शहर में हूँ, वो शहर ही मुझे छोड़ कर कहीं जा रहा हो। मैं ख़ुद शहर छोड़ रहा था या आस्था की शक्ल में शहर मुझे छोड़कर दूर हो रहा था यह तय कर पाना मुश्किल था।

"तुमने वो कविता क्यों पढ़ाई मुझे?" मैंने आस्था से पूछा।

"हर ख़याल के लिये वजह तलाशना ठीक नहीं है।" उसने बोला और वो उठकर खड़ी हो गई।

"अरे क्या हुआ? तुम्हें बुरा लगा कुछ? मैंने कुछ ग़लत पूछा क्या?" मैं डर गया जैसे मेरे अंदर का चोर पकड़ा गया हो।

आस्था ने शायद उस चोर को पकड़ लिया था पर उसे उससे कोई एतराज़ नहीं था।

“मेरा स्टेशन आने वाला है,” उसने अपना बैग कंधे पर सम्भालते हुए कहा।

मैं चुप रहा। बस उठकर उसके साथ ट्रेन के दरवाज़े तक आया। ट्रेन धीरे होने लगी थी। मेरा मन बहुत तेज़ भाग रहा था।

ट्रेन रुक चुकी थी। वो प्लेटफ़ॉर्म पर उतर गई, मैं उसे जाते हुए देख रहा था। मेरे अंदर जोगी की सारंगी की धुन बजने लगी थी। वो ऊपर बढ़ती रही और मेरी ट्रेन चलने लगी। हम दोनों अलग दिशाओं में जा रहे थे। मुझे पता था कि आस्था को मैं आख़िरी बार देख रहा हूँ।

मुझे कितना कम पता था तब।

5

मैं अपनी खिड़की से बाहर देख रहा हूँ। सामने जो है वह देखने की बजाय एक दृश्य पेंट करने की कोशिश कर रहा हूँ, जो बाँध पर था, फिर वो ग़ायब हो गया। मैंने देखा, मेरे सामने जो घट रहा है, मैं फिर वहाँ से अनुपस्थित था। लिखने में यह बात बड़ी अजीब सी है पर मैं कहीं मौजूद होते हुए भी वहीं की कल्पना में उपस्थित हो सकता हूँ। ठीक वैसे ही मैं माया और आस्था की कल्पना में उपस्थित था।

दो दिन पहले शुजात ख़ान साब सपने में आए थे, अपना सितार बजाते हुए, तो बड़ा मन था कि उनका कोई गीत सुना जाए। बाँध पर पहुँचते-पहुँचते मैंने “हमरी अटरिया पे आजा रे संवरिया” लगा लिया। सितार और तबले के साथ ये गाना धीरे-धीरे चढ़ना शुरू हुआ और थोड़ी देर बाद मैंने पाया कि मैं कहीं और ही पहुँच गया हूँ। शायद इसमें सितार का कमाल कुछ ज़्यादा हो। मैंने बहुत कमज़ोर क्षणों में ख़ुद को ग़ज़ल, सूफ़ी, फ़ोक और कव्वाली की तरफ़ जाते देखा है। बाक़ी का सारा म्यूज़िक मेरे लिए समाज की सजावट है, पर मेरी रूह जो पानी माँगती हैं मुझे ग़ज़लों, सूफ़ी, फ़ोक

और क़व्वाली में ही मिला है। मैंने सोचा कि इसपर बहुत सोचना व्यर्थ है और इस गीत के साथ बना रहा। आह्हा।

"हम तुम हैं भोले जग है ज़ुल्मी, प्यार को पाप कहता अधर्मी।" इतनी सारी कहानियाँ एक साथ प्रवेश कर गयीं कि मैं ठीक से उन्हें अलग-अलग भी नहीं कर पाया। हमारा सारा अलग-अलग जिया किसी ऐसे ही क्षण में एक हो जाता है। हमें लगता है कि अरे ये तो एक ही कहानी चल रही थी, बस उसके बहाने अलग-अलग थे। थोड़ा दूर करके देखें तो कई बार लगता है कि सबकी कहानी भी एक जैसी ही है- सब एक ही दिशा में अपनी-अपनी गति पकड़े चले जा रहे हैं।

थोड़ी दूर आगे बढ़ा तो लगा कि वापस चलना चाहिए। बक्सर गोलंबर से आगे बसें और ट्रक बहुत धूल उड़ाते हुए जाते हैं। मैं वहीं से वापस मुड़ गया। अब शुजात ख़ान साब "छाप तिलक सब छीनी" गा रहे थे। मैं फिर से चलने लगा मुस्कुराता हुआ। उनके गाने के साथ अंदर भी कुछ धुल रहा था। हाथ फ़ोन की तरफ़ बढ़ा। मुझे जब मुंबई में पहली फ़िल्म मिली थी मैंने तभी LinkedIn से अपना अकाउंट डिलीट कर दिया था।

मैंने LinkedIn डाउनलोड किया। मुझे पता था कि थोड़ा वक़्त लगने वाला है। गोलंबर पर ही चाय की एक दुकान दिखी, जिसपर भीड़ कम थी। मैं वहाँ जाकर उसकी बेंच पर बैठ गया और अपना अकाउंट बनाना शुरू किया। दुकान वाला मुझे बस देख रहा था, बोल कुछ नहीं रहा था। मैंने इशारे में उसे एक चाय लाने को कहा और फिर से फ़ोन पर लग गया।

LinkedIn पर अकाउंट बनाते हुए मुझे ये बात अच्छी लगी कि मैंने अपना करिअर शुरू होने से पहले, जो सपने देखे थे, उनमें से कई सारे सपने जी लिये थे। मेरे पास अपने बारे में लिखने को बहुत कुछ था। प्रोफ़ाइल थोड़ी ठीक दिखने लगी तो मैंने वो किया जिसके लिये LinkedIn डाउनलोड किया था।

मैंने सर्च में जाकर माया का पूरा नाम टाइप किया “Maya Vasudev” और सर्च प्रेस कर दिया। एक प्रोफ़ाइल मेरे सामने आयी। Maya Vasudev- Integrated Marketing, Videography, Communication Specialist, San Francisco.

अँगूठा अपने आप उसकी प्रोफ़ाइल पर चला गया। ये वो माया तो नहीं थी। इतनी देर में चायवाले ने चाय लाकर रख दी। मैंने चाय की चुस्की ली और एक गहरी साँस। थोड़ी देर आसपास देखता रहा फिर दोबारा मोबाइल उठाया। इस बार मैंने सर्च बार को थोड़ा अलग काम दिया- Maya RPS Public School.

मेरे सामने एक साथ चार प्रोफ़ाइल्स थीं- माया सिन्हा, माया रंजन, माया राणे और माया व्यास।

माया सिन्हा कोई पचास साल की औरत थीं। माया राने बाईस साल की लड़की। मैं माया व्यास की प्रोफ़ाइल पर गया। वो प्रोफ़ाइल पूरी नहीं थी। 3 साल पहले उसने वो प्रोफ़ाइल अपडेट की थी। वो गुड़गाँव में काम करती थी। सच बताऊँ तो मुझे माया की शक्ल बिल्कुल याद नहीं थी। वैसे भी किसी का चेहरा देखकर ठीक-ठीक ये बता पाना कि वो इंसान वो है या नहीं बड़ा मुश्किल काम था।

मुझे माया के दाहिने गाल पर उभरा हुआ तिल अभी भी याद था। मैंने प्रोफ़ाइल फ़ोटो को ज़ूम करके देखने की कोशिश की पर मुझे तिल साफ़ नहीं दिखा। मैं ठीक-ठीक नहीं कह सकता था कि ये मेरी माया नहीं थी जिसे मैं ढूँढ रहा था। मेरी चाय ख़त्म हो गई थी। मुझे यहाँ बैठे-बैठे आधे घंटे से ज़्यादा हो गये थे।

फ़ोन में चेक किया तो लगभग चार हज़ार स्टेप्स ही हुए थे। इतने कम स्टेप्स में मैं क्या-क्या कहानियाँ जी कर आ रहा था। घर की तरफ़ बढ़ते हुए पता था कि मैं एक अलग ही यात्रा पर चला गया था। घर पहुँचने से ठीक पहले मैंने फिर से फ़ोन निकाला, और इस बार इंस्टाग्राम सर्च किया

“माया व्यास” अब मेरे सामने पाँच प्रोफ़ाइल्स थीं। मैंने तीसरी प्रोफ़ाइल पर क्लिक किया। हाथ ट्रेंड हो चुके थे। वो तुरंत DP पर गये। ये DP देखते ही लगा जैसे मैं इसे कुछ-कुछ जानता हूँ। ये माया ही थी। मन बार-बार ये बोल रहा था। माया व्यास! वासुदेव नहीं। मैंने उसकी DP को ज़ूम करके देखा। फ़ोटो में दाहिने गाल पर तिल था। ये माया ही थी। दिल की धड़कन थोड़ी बढ़ गयी। मैंने एक ऐसी कहानी का सिरा पकड़ा था जो सालों पहले दफ़न हो चुकी थी। ऐसी कहानी, जो दबा दी गई थी, किसी बीज की तरह, इस पर इस साल के मौसम ने कुछ पानी छिड़क दिया था। ये अब पौधा बन जाएगा।

मैंने तुरंत सौरभ को फ़ोन मिलाया।

“भाई, मिल गई!”

“हाँ तो और क्या एक्स्पेक्ट कर रहे थे आप,” सौरभ भी ख़ुश था, “अब आगे क्या करना है?”

“क्या करना है पता नहीं यार। क्या करना होता है इसके बाद। मुझे तो अभी भी यक़ीन नहीं हो रहा।”

सौरभ ज़ोर से हँसा। उसने फ़ोन स्पीकर पर डाला। भव्या को सारी बात समझाई फिर भव्या ने बोलना शुरू किया।

“पहले तो बधाई, आपको!”

“थैंक यू यार। तुम लोग हो तो मैं यहाँ आ पाया। मलबरी ठीक है?” मैंने पूछा।

“वो ठीक है। सो रही है। और आप को अगर वो मिल ही गयीं हैं तो उनको ये बताना तो पड़ेगा न कि आपने उन्हें ढूँढ लिया है।” भव्या की आवाज़ में एक परवाह थी।

"हाँ पर उसे याद भी होऊँगा क्या मैं? ऐसे randomly मैसेज भेजना ठीक होगा क्या?" मैं उसे मेसेज भेजना तो चाहता था पर ये नहीं चाहता था कि उसे कुछ अजीब लगे।

"कोई random नहीं है। आप लोग एक ही स्कूल में थे। ये तो बात कर ही सकते हैं आप। और आप राइटर हैं, ये तो प्रोफ़ाइल देखकर भी पता चल जायेगा। And trust me we know when a creep message. You are not one of them."

"हाँ भाई, इतना कर के मैसेज नहीं करने का कोई पॉइंट नहीं है। कर डालो।" सौरभ ने पीछे से आवाज़ लगाई।

फ़ोन रखने के बाद मैंने माया को फॉलो कर लिया। आसपास सब बहुत तेज़ी से चलने लगा, जैसे मैं एक नये संसार में खड़ा था। मैं मैसेज पर गया और मैंने टाइप किया- Not sure if you'll remember me- same school, many years ago. Just felt like saying hello.

6

दीवाली बीते चार दिन हुए थे। दो दिन बाद छठ पूजा थी। बीच में नानी से फ़ोन पर बात हुई। नाना की तबियत पहले से बेहतर हुई थी। इस बात ने मुझे थोड़ा आराम दिया था। पर आज मेरे शरीर ने फिर से मुझे बताया था कि आज मेरी रात आसान नहीं होने वाली थी। इसकी आहट मुझे डिनर करने के तुरंत बाद आने लगी थी।

माँ-पापा अपने कमरे में सोने चले गए थे और मैं बाथरूम में उल्टियाँ कर रहा था। पेट में मरोड़ें उठने के थोड़ी देर बाद ही समझ आ गया था कि दर्द वापस आ गया है। मैंने दवाई ले ली थी पर तब तक देर हो चुकी थी। अम्मा यहीं मेरे पास वाले कमरे में सोयी मेरी हालत देख रही थीं। उन्होंने पूछा भी

कि क्या वो आकर मेरी पीठ सहलाएँ? शायद उससे थोड़ा आराम मिले। मैंने उन्हें मना कर दिया।

मुझे पता था, ये दर्द मुझे ही झेलना है और इससे पार पाने का बस एक ही तरीक़ा है- इसे जीना। अम्मा अब भी मुझे देख रही थीं। मैं बोलता रहा कि वो सो जाएँ, दस मिनट में ये दर्द चला जाएगा। पर दर्द जाता और वापस आ जाता। थोड़ी देर बाद दीवार का सहारा लेकर ख़ुद को खींचता हुआ मैं बारामदे के पास बाथरूम में गया और उल्टी कर दी। उल्टी में रात की खायी हुई कढ़ी निकली और उसके साथ मेरी दवा भी निकल गयी होगी, ऐसा मुझे लगा। क़रीब चालीस मिनट के बाद मैंने दूसरी दवा ली और दर्द के गुज़र जाने का इंतज़ार करने लगा।

ऐसे वक़्त में इरफ़ान ख़ान की सेहत के ख़याल और उनकी लिखी हुई कई चिट्ठियाँ याद आती रहीं, जिसमें वो कहते हैं कि मृत्यु के पास आकर सब कितना साफ़ हो गया है, लगता है सब धुल गया है। पर ये दर्द है, कई बार इतनी तीव्रता से उठता है कि बर्दाश्त नहीं होता। एक दिवंगत कबूतर को देखकर विशाल भारद्वाज साब कहते हैं- "एक पंछी उड़ गया अब दूसरा उड़ जाएगा।"

जब भी मैं इस बारे में सोचता हूँ, मुझे लगता है मैं इरफ़ान और विशाल भारद्वाज के साथ उस वक़्त वहीं खड़ा था। ये कहानी मेरे ज़ेहन में बार-बार चलती रही। मैं सोचता रहा कि जो इरफ़ान ख़ान ने झेला होगा उसके हिसाब से मेरा दर्द कहाँ आता है? यह उससे कम है या ज़्यादा या बराबर? क्या हम सब एक दर्द को एक ही तरह से महसूस करते हैं? जीवन में इरफ़ान जैसा बड़ा हो जाने पर भी दर्द हमें कोई राहत क्यूँ नहीं देता? क्या वो सब, जो मैं इस जीवन में पाना चाहता हूँ, पा लूँगा तो इस दर्द के मानी बदल जाएँगे? क्या ये जस्टिफ़ाईड होगा कि अब तो पा लिया सब, अब दर्द हो तो भी जिया जा सकता है। क्या कहीं ऐसे किसी न्याय की व्यवस्था है? यह एक यातना है और एक त्रासदी भी कि दर्द और जीवन की पीड़ा किसी तरह का भेदभाव नहीं करती।

रात के बारह बज के सत्रह मिनट हो रहे थे। पास में मेरी एक SOS दवा रखी थी, जो मैंने आज तक नहीं खोली थी। दर्द में शरीर इतना टूट चुका था कि नींद कब आ गयी, पता ही नहीं लगा। फिर जाने कितना वक़्त बीता, मुझे नहीं पता, पर ऐसा लगा बहुत वक़्त बीत गया है।

उस रात मुझे एक सपना आया। मैं बिस्तर पर लेटा था और अपनी बायीं तरफ़ से दायीं तरफ़ नहीं घूम पा रहा था। थोड़ी देर तक मैं सपने में कराहता रहा और जब आँख खुली तो समझ आया कि वो सपना नहीं हक़ीक़त है। दर्द फिर से उठा था, इस बार और तेज़ी से। मुझे लगा शायद सुबह के चार-साढ़े चार बजे होंगे। घड़ी देखी तो अभी सिर्फ़ डेढ़ ही बजे थे। आह! कितनी लम्बी रात होगी ये। मुझे समझ आ गया था कि मुझे मेरी SOS दवा ले लेनी चाहिए और मैंने बिना वक़्त गँवाए वही किया। थोड़ी देर में नींद आ गयी।

सुबह क़रीब छः बजे के आसपास आँख खुली तो बरामदे में माँ-पापा और अम्मा की खुसुर-फुसुर चल रही थी। अम्मा ने उन्हें बीती रात के बारे में बता दिया था। वो मेरी तबियत के बारे में ऐसे बात कर रहे थे जैसे कोई भेद छुपाने की कोशिश कर रहे हों। दर्द कम हो चुका था पर पेट में कई सारे क्रैम्प्स अब भी थे। मैं उठा और सीधा बाथरूम की तरफ़ गया। माँ-पापा ने मेरा हाल पूछा तो मैंने इशारे से उन्हें चुप रहने को कहा। ख़ुद के शरीर के अंदर ऐसा युद्ध छिड़ा हुआ था कि बाहर की सर्दी कोई असर नहीं कर रही थी।

मुझे बहुत ज़ोरों की भूख लगी थी। पापा ने एक कटोरे में खिचड़ी लाकर दी, मैंने आधी खाई और आधी छोड़ दी। अब मन खाने का नहीं था। अच्छी बात थी कि शरीर ये चीज़ें मुझे बता रहा था और मैं उसके आज्ञाकारी सेवक की तरह उसकी फ़रमाइश पूरी कर रहा था। खिचड़ी खा कर मैं फिर सो गया। उठा तो दर्द पिछली रात से काफ़ी ठीक था, उसने अपना रूप बदल लिया था- अब यह उमड़ता हुआ नहीं, खिंचता हुआ दर्द था।

मैं हमेशा अपने दर्द में कहानी ढूँढने लगता हूँ, अपनी इस आदत से कई बार खीझ हो जाती है। जबकि यह बात मैंने कसौटी पर कसी है कि suffering has no deeper meaning लैपटॉप पूरे दिन एक कोने में मच्छरदानी के अंदर पड़ा रहा। मैं सोचता रहा कि ये सब दर्ज कर लेता हूँ पर शरीर साथ नहीं दे रहा था। हम लेखक के तौर पर कितने स्वार्थी होते हैं, अपने ही दुःख को इस्तेमाल कर लेना चाहते हैं।

अजीब बात है, वही दर्द जो बीच नींद से उठा देता है वही दर्द अंदर ही अंदर इतना थका देता है कि नींद आ जाती है। पूरे दिन दर्द का ट्रिगर समझने और हॉट वाटर बैग से दर्द को सेंकने में चला गया।

अम्मा की बातों से लगता है कि वो अभी भी मेरे अंदर बचपन का बच्चा ढूँढती हैं, जिसे वो कहानी सुनाती थीं। पर मेरा दिमाग़ अपनी यात्रा में इतना बदल चुका है कि मुझे हर बार बच्चा रहने नहीं देता। पर ये तो अम्मा के साथ अन्याय भी है न! मैं क्यूँ उम्मीद करूँ कि उनका अस्सी साल का जीवन मिटाकर अपनी तर्किकता का नया रंग उस पर चढ़ाऊँ। पर मैं कोशिश करता हूँ उनसे बात करते हुए उनकी संवेदना से बात करूँ। कई जगह उनके अंदर का बच्चा भी निकल आता है और वो हँसने लगती हैं। गाँव के घर को याद करती हैं, कहती हैं- "परब-तैयोहरवा के बेर गाँव के घरवा के बड़ा मोह लागेला"।

अम्मा बच्ची ही रही होंगीं, जब वो ब्याह कर हमारे गाँव वाले घर में आयी होंगी। अब वो कुछ सालों से माँ-पापा के साथ रहती हैं बक्सर में। एक तरफ़ से देखो तो गाँव में क्या बचा? कौन लोग बचे? पर घर तो वहीं है, तब भी जब उसमें रहने वाले लोग नहीं हैं। बरसात के दिनों में जब उसकी छत चूने लगती तो बाबा छज्जे पर चढ़कर भरी बारिश में उसे ठीक करते। तीज-त्योहार पर अम्मा पूरा घर लीपतीं। अम्मा की अच्छी या बुरी जैसी भी बात कहें, वो ये है कि वो एक बार को इंसान के साथ भले ही थोड़ा कठोर व्यवहार कर लें पर कई निर्जीव चीज़ों में "जीव" मानती हैं। मुझे याद है

बचपन में जब गाँव के आँगन में धूप बहुत तेज़ होती थी और कोई बर्तन हैण्डपंप पर धूप में रखा होता तो वो कहतीं, “अरे ओकरो के हटा ल स, ओकर जीव जरत होई”। ऐसी कई बातें उन्होंने कई बार की हैं, जो मुझे गाहे-बगाहे याद आती रहती हैं।

गाँव के घर के एक-एक कोने में हज़ारों कहानियाँ बसी हैं और कोई इंसान क्या है बिना अपनी कहानी के? हमने जो भी आज तक जिया है, अगर हम उसे मिटा दें और भूल जाएँ कि हमने क्या-क्या जिया है, तो हम क्या बचेंगे?

मेरे पास बक्सर के घर से जुड़ी कहानियाँ नहीं हैं। यहाँ हैं तो कुछ अवसाद हैं। यहाँ न मैं पैदा हुआ, न बड़ा हुआ, न मुझे यहाँ प्रेम हुआ न ही कोई दुःख। जब भी यहाँ आता हूँ, मुझे कुछ भी ऐसा नहीं दिखता, जिसे देखकर मैं कह सकूँ कि ये मेरी कहानी का हिस्सा रहा है। क्या अपने माँ-बाप से मिल लेना भर ही घर से मिल लेना है? मुझे नहीं लगता। हमारे माँ-बाप भी उस घर का हिस्सा हैं और घर सिर्फ़ हमारे मकान या चारदीवारी भर नहीं है, उसके बाहर भी कितना सारा पसरा होता है। अम्मा को शायद रिश्ते तो यहाँ मिल जाते हैं पर मेरी ही तरह वो ख़ुशबू उन्हें नहीं मिल पाती, जो उनकी कहानी में कभी शामिल होती थी। बाबा क्यूँ अपने आख़िरी दिन तक अपने गाँव में ही रहना चाहते थे, मुझे समझ आता है।

माया को मैसेज भेजे हुए तीन दिन हो गये हैं और इन तीन दिनों में मैंने कम से कम तीन सौ बार ये चेक किया होगा कि उसका कोई जवाब आया या नहीं। उसका जवाब न आना मुझे थोड़ा परेशान कर रहा था। इस आह की उम्र को कम करने का बस एक ही तरीक़ा मुझे समझ आया। वो सब लिख कर दर्ज़ कर लेना, जो मैं जी रहा था, और मैंने वही किया।

बक्सर में रहते हुए मुंबई की शामें याद आ जाती हैं। और यह लिखते हुए मैंने अपने आसपास बक्सर की इस शाम को एक चोर निगाह से निहारा।

जैसे ये जो है, उसे समेट रहा हूँ, कि किसी दिन कहीं और जाकर इसे धीरे से खोलूँगा कि इन शामों में क्या था। अजीब बात है, ख़ुद से कितना छल करते हैं हम।

ये सब लिखने के बाद जैसे मैं थक गया। मैंने फ़ोन उठाया और फिर से माया का मैसेज देखने गया। मेरे पास चार मैसेज आए हुए थे। उनमें एक मैसेज था माया का। जिस लड़की को मैंने बस देखा था, कभी बात नहीं की थी, जिस लड़की को मैं इतने सालों बाद भी नहीं भूल पाया था, यह उसका मैसेज था। मैंने काँपते हाथों से मैसेज बॉक्स पर क्लिक किया। जवाब था "Hi"। मैं थोड़ी देर उस "Hi" को देखता रहा। ये बस "Hi" ही था। न आगे कुछ न पीछे कुछ। मेरे दो लाइन के मैसेज का जवाब था- "Hi"! अब आगे क्या करना था?

मैं ये सोच ही रहा था, कि मुझे दिखाई दिया, वो टाइप कर रही है। फिर मेरी स्क्रीन पर चमका- "कैसे हो? It took me a while to recognize you."

"It took me a while to recognize you." मेरे दिमाग़ में घूमता रहा। मैं भाग कर छत पर गया। क्या लिखना होता है ऐसे में? क्या कह दूँ मैं? मैं सब कुछ बता दूँ क्या माया को? नहीं?? ये ठीक नहीं होगा।

मैंने सौरभ को फ़ोन मिलाया।

"भाई, माया का जवाब आया," मैंने उछलते हुए कहा।

"हैलो... हैलो...," सौरभ की आवाज़ आयी।

"मेरा मन कर रहा है मैं किसी को गले लगा लूँ पर समझ नहीं आ रहा," मैंने अपनी बात पूरी की।

"हैलो... हैलो..." सौरभ को शायद मेरी आवाज़ पहुँची नहीं। वो उधर से हैलो... हैलो करता रहा।

“भाई, वॉइस नोट भेजो मैं करता हूँ कॉलबैक।”

आह! जब सबसे ज़्यादा ज़रूरत होती है तभी नेटवर्क चला जाता है। वॉइस नोट में वो फ़ीलिंग आएगी ही नहीं, जो कॉल पर आती। मैंने नहीं भेजा। एक गहरी साँस ली और आसपास देखने लगा, सब पहले जैसा ही था, बस मेरे अंदर कुछ बदला था।

ऐसे वक़्त में मुझे समझ नहीं आता कि क्या बोलना चाहिए। जो मन में है, सब एक साथ बोल दूँ, तो सामने वाले को अजीब नहीं लगेगा? मैंने सोचा अभी थोड़ा प्रैक्टिकल ही रखते हैं। मैंने माया की बात से ही बात निकाली।

“Hahaha… It's common. We never interacted during our school days.”

ये मैसेज भेजने के बाद मैं कुछ देर तक उसके जवाब का इंतज़ार करता रहा पर उसकी तरफ़ से कोई जवाब नहीं आया। थोड़ी देर में सर पर चढ़ते सूरज की गर्मी महसूस होने लगी। मैं नीचे चला आया।

पूरा दिन माया के जवाब का इंतज़ार करते बीत गया। रात में अम्मा ने छठ पूजा की बात शुरू की। अम्मा ने मेरे नाम पर छठी मैया से एक मन्नत माँगी थी। अम्मा ने ये बात मुझे बताई और पूछा कि क्या मैं इस छठ पूजा में उनका साथ दे सकता हूँ? उनकी आवाज़ में वात्सल्य और अनुरोध दोनों था। मैं अपनी तर्किकता का इस्तेमाल यहाँ तलवार की तरह नहीं करना चाह रहा था। मैंने कहा, “कर लो अगर करना है, इस साल आया हूँ अगले साल का क्या पता।”

उन्होंने दो बार पूछा। फिर बड़ी देर तक हमलोग गाँव की छठ पूजा की बात करने लगे। बाहर की दुनिया में माँ-पापा आते रहे अम्मा कुछ-कुछ करती रहीं पर मेरे अंदर ये सवाल चलता रहा कि मैं बत्तीस साल का आदमी हूँ और मेरी अम्मा लगभग अस्सी साल की होने वाली हैं और हम दोनों की इच्छा कितनी एक जैसी है। यह सिर्फ़ हमारी इच्छा नहीं बल्कि पूरी मानवता की इच्छा है।

मुझे अचानक लगा कि हमारी उम्र का हमारे अंदर बचे जीवन से कुछ भी लेना देना नहीं है। क्योंकि जब मैं अपनी अम्मा से बात करता तो उनकी जीने की इच्छा भी मुझे उतनी ही महसूस होती, जितनी मेरे अंदर थी। मेरी बहन के बेटे के अंदर, जो अभी बस एक साल पहले पैदा हुआ है, उसकी भी वह इच्छा उतनी ही होगी। हम सबके अंदर बराबर ही जीवन बचा हुआ है और सबके जीवन का महत्त्व उतना ही है।

अम्मा की बातों में एक सुखी परिवार की कल्पना थी और आस्था उस कल्पना का एक बड़ा हिस्सा। उनकी बातों में बार-बार आस्था आती रही। आस्था के बारे में जानती थीं। एक-दो बार उन्होंने उससे फ़ोन पर भी बात की थी। उनकी बात मैंने ही कराई थी उससे।

अम्मा बचपन से ही मुझे मेरी शादी के क़िस्से सुनाती आयी थीं। उनका बस चलता तो वो मेरी शादी आठ-नौ साल की उमर में ही कर देतीं। वो मुझे दूल्हा बनते हुए देखना चाहती थीं। उनसे सुनी हुई कहानियों से मुझे कई बार लगता कि वो अपनी किसी कहानी को मेरे माध्यम से जीना चाह रही हैं। प्रेम मेरी कल्पना में अम्मा ने ही डाला था और मुझे अभी लगता था कि अम्मा बस ये चाहती हैं कि मेरी शादी देख लें। पर एक बार उन्होंने मेरी शादी देख ली तो उसके बाद उनकी इच्छा कुछ और देखने की हो जाएगी।

“ओह लईकिया के का हाल बा बबुआ, तोरा दोस्तवा के?” अम्मा के लिए वो हमेशा दोस्त ही रही। जबकि उन्हें शायद ये बात समझ आती थी कि वो बस मेरी दोस्त नहीं है। उससे कहीं ज़्यादा है। पर ऐसे रिश्ते को क्या कहते हैं, उन्हें समझ नहीं आता था। ये रिश्ता उनकी शब्दावली से बाहर की बात थी। सच तो ये था कि मैं ख़ुद भी नहीं जानता था कि आस्था कैसी है। कहीं अंदर-ही-अंदर मैं यहाँ तक चाहता था कि वो कुछ दिनों तक तो ठीक न ही रहे।

“ठीके होई?” मैंने हल्के में जवाब दे दिया।

"का नाम ह ओकर?" अम्मा ने दूसरा सवाल किया। उनको शायद यह बात समझ नहीं आयी थी कि मेरी और आस्था की अब बात नहीं होती। हम करना ही नहीं चाहते। "का नाम ह?" अम्मा ने फिर से पूछा। "माया," मेरे मुँह से अचानक निकला और मैं अपनी ही बात सुनकर चुप हो गया। एक गहरी ख़ामोशी। ऐसा कैसे हुआ?

7

हम जब कोई चीज़ रखकर भूल जाते हैं और बहुत ढूँढने पर भी नहीं मिलती तो हमें उसे ढूँढने की कोशिश छोड़ देनी चाहिए। मुझे ये कहानियों ने सिखाया था।

शहर छोड़कर जाने के बाद एकाध बार ही मेरी बात आस्था से हुई थी। पर पिछले कुछ हफ़्तों से उसने मेरे WhatsApp मेसेज का जवाब देना कब का बंद कर दिया था। मुझे ये बात ठीक नहीं लगी थी। मैंने उसे कई बार कुछ कविताएँ भेजी थीं पर उसकी तरफ़ से कोई जवाब नहीं आया। उसकी WhatsApp DP भी हमेशा से एक मुरझाए हुए फूल की थी। मैं उसे कई बार बड़ी देर तक ताकता रहता। अपने मतलब बनाने की कोशिश करता रहता।

"भाई! ये लड़की मुझे जवाब ही नहीं देती यार। कब का ब्लू टिक हुआ पड़ा है WhatsApp पर," मैंने सौरभ को बताया।

सौरभ ने अपना फ़ैसला सुनाया। "भाई, आपको ऐसा क्यों लग रहा है कि जवाब देना ही असल में जवाब देना होता है। नो रिस्पॉन्स भी तो रिस्पॉन्स ही है।"

ये आदमी कॉमेडी करते-करते कई बार इतना सच बोल जाता है जिसकी मुझे कोई उम्मीद ही नहीं होती। पर बात सही थी- आस्था मुझसे बात नहीं

करना चाहती थी। मुझे भी अपने दिमाग़ से वो सारी कहानियाँ निकालकर अपने काम पर ध्यान देने की ज़रूरत थी। मुंबई में सिर्फ़ कविताएँ लिखने से करियर बनने से रहा। अब अपनी उम्मीद को मारने का यही तरीक़ा बचा था कि मैं उसका नंबर डिलीट कर दूँ और मैंने कर दिया। आस्था की यादों का स्वाद कुछ दिनों तक बुरा लगा पर धीरे-धीरे हल्का पड़ता गया।

अब शाम की वॉक का वक़्त कई बार किसी प्रोड्यूसर या डायरेक्टर के साथ मीटिंग में गुज़रने लगा था। काम के नाम पर कई बड़े वादे और एक छोटी-सी फ़िल्म थी। मैं एक बार में एक ही चीज़ से डर सकता था, तो मैंने काम से डरना चुना। डरते-डरते ही सही मैं काम कर रहा था। मुंबई में तीन महीने बाद ही पहली फ़िल्म का मिल जाना बड़ी बात थी। अब कई बार ऐसा होता कि सौरभ मुझे अपने शो में चलने को कहता तो मेरे पास वक़्त ही नहीं होता था। मेरा HIVE जाना भी धीरे-धीरे बंद हो गया।

फिर एक दिन बिस्तर पर लेटे-लेटे मैं अपना काम कर रहा था तभी फ़ोन की स्क्रीन चमकी। कोई मैसेज था। बाद में देखूँगा सोचकर मैं अपना काम करने लगा। थोड़ी देर में ही फ़ोन की स्क्रीन फिर से चमक उठी। मैंने फ़ोन उठाया तो देखा किसी अपरिचित नंबर से मेसेज आया हुआ था। मेसेज पर एक लोकल न्यूज़पेपर की ख़बर थी। और नीचे लिखा था- “ये देखो। आख़िरकार मेरे कारनामे अब मेरे गाँव के पेपर में आने लगे हैं।” मुझे समझने में देर नहीं लगी कि ये आस्था का मैसेज था।

मैं वहीं बेड पर बैठा-बैठा उससे ऐसे चैट करने लगा जैसे मुझे उससे कोई नाराज़गी ही नहीं थी। बात कविता से शुरू हुई थी और हम दोनों की लाइफ़, काम, पसंद-नापसंद से होते हुए जाने कहाँ-कहाँ जा चुकी थी। मैं कब बैठे-बैठे लेट गया और कब कितनी बार लेटे-लेटे करवट बदल ली मुझे भी नहीं पता था। हमारी बातों में इमोटिकॉन्स और मीम्स का आगमन हो चुका था। उस रात मेरी और आस्था की बात तीन घंटे होती रही। रात के

एक बजे के आसपास उसने कहा कि उसे अब सोना चाहिए। मुझे अभी भी नींद नहीं आ रही थी पर मैंने उसकी बात मानी और उसे गुडनाईट बोलकर अपना फ़ोन नीचे रख दिया। फ़ोन रखने के बाद लैपटॉप की तरफ़ पलटकर देखा तो वो बेचारा दम तोड़ चुका था।

मुझे अब कोई काम नहीं करना था। काम हो ही नहीं सकता था। ये पिछले कुछ घंटों से चल रहा था वो क्या था? अचानक ऐसा कैसे हुआ? जो भी हुआ अच्छा हुआ। मैंने कमरे की लाइट बंद की और बिस्तर पर लेट गया। नींद का कोई नामों निशान नहीं था। खिड़की से रौशनी छनकर मेरे सामने की दीवार से चढ़ती हुई छत तक आ रही थी। मैं उसे बड़ी देर तक देखता रहा। सब सुन्दर-सा हो गया था जैसे। रात में जागना और जागती हुई आँखों से वो सब कुछ फिर से जीना, जो मेरी और आस्था की कहानी में अब तक हुआ था।

मेरा मन अभी भी भरा नहीं था। मैं अब भी आस्था से बात करना चाहता था। नहीं, बात करना नहीं, मैं उसे बस देखना चाहता था। नहीं, देखना भी नहीं वो बस इसी घर में हो, जैसे अभी सौरभ सो रहा है, वैसे ही हो, इतना भी काफ़ी था मेरे लिए। मेरी नाभि से जैसे एक लहर उठी और मेरे दिल तक आयी। मैं झट्ट करके अपने बिस्तर से उठा और अपनी डायरी में कुछ दर्ज़ करने लगा।

आधी रात में मैं ढूँढता हूँ
तुमसे बात करने के तरीक़े
नहीं दिखता कोई रास्ता
आधी रात-सी अधूरी बात को
पूरा करने का
सुबह बहुत दूर है। मैं क्या करूँ?
तुमसे इश्क़ इतना नया

और मेरे ख़याल सारे पुराने
जानता हूँ आदत नहीं है इश्क़
सुबह के इंतज़ार में
मैं कर रहा हूँ अनुवाद
दुनिया की महान
प्रेम कविताओं का
मैं अकेला तो नहीं
जो तड़पा है आधी रात में
अधूरी बात लिए।

यह लिखने के बाद मेरे अंदर जो भी चल रहा था, उसकी गति थोड़ी कम हुई। मैं उस लिखे को बाहर से आती रौशनी में रखकर थोड़ी देर देखता रहा। यह सुन्दर था।

अगले दिन की शुरुआत भी आस्था के मैसेज से ही हुई। उसने मुझे गुड मॉर्निंग लिखकर भेजा था। ये 'कुन-फ़ाया-कुन' जैसा था। उसने कहा गुड मॉर्निंग और मेरी गुड मॉर्निंग हो गई। मैं जैसे उछलकर अपने बिस्तर से उठा। दिन में एक मीटिंग थी खार में ही। FTII के एक फर्स्ट टाइम डायरेक्टर के साथ। मुझे लोकल लेकर जाना था। मैं एक अलग उत्साह के साथ उस मीटिंग के लिए घर से निकला।

लोकल में दोपहर में वैसे भी भीड़ नहीं होती। आस्था अभी बैंक में थी और मुझे अपने दिन के बारे में बता रही थी। आज लोकल में चलते हुए मुझे ऐसा लग रहा था जैसे मैं अकेला नहीं हूँ, वो भी मेरे साथ ही चल रही है।

मैंने मीटिंग ख़त्म की। डायरेक्टर से फिर से मिलने की बात हुई और मैं वहाँ से निकल पड़ा। निकलते हुए आस्था को मैसेज किया कि मैं HIVE के पास ही आया हुआ हूँ। थोड़ी देर तक उसका जवाब नहीं आया। मैंने

सोचा कि मुझे आज HIVE चले ही जाना चाहिए और मैं HIVE की तरफ़ निकल पड़ा।

दिन में HIVE का माहौल काफ़ी अलग था। कैफ़े में भी इक्का-दुक्का लोग ही थे। सब शांत था। मैंने अपना वॉलेट निकाला और एक कॉफ़ी और सैंडविच ऑर्डर किया। और ठीक उसी टेबल पर बैठने चला गया जहाँ मैं आख़िरी बार आस्था के साथ बैठा था। मैंने फ़ोन फिर से देखा। उसका जवाब अभी भी नहीं आया था।

थोड़ी देर में मेरा ऑर्डर आया। खाने से पहले मैंने उसकी फ़ोटो ली और पूरे कैफ़े को नज़र घुमाकर देखा। आज मेरे पास इतने पैसे तो थे कि मैं इस कैफ़े में एक कॉफ़ी और सैंडविच ख़रीद सकता था। आज खाने में स्वाद के साथ-साथ एक तरह का सुख भी था।

मैंने कॉफ़ी और सैंडविच पूरी की और वहाँ से बाहर निकल आया। बाहर आसमान में हल्के बादल थे। मुझे वॉक करना ठीक लगा। मैं उसी सड़क से स्टेशन की तरफ़ लौटने लगा, जिस स्टेशन से पहली बार HIVE आया था।

घर वापस आया तो सौरभ घर पर नहीं था। मैंने उसे फ़ोन किया।

"सौरभ, डिनर क्या करोगे?"

"भाई, मेरा तो नाईट शूट आ गया है आज। आप अपना देख लेना बस।"

"अच्छा! ठीक है।"

इस कॉल के बीच में ही आस्था के मैसेज आने लगे थे। मैंने सौरभ की कॉल डिसकनेक्ट की और आस्था के मैसेज पढ़ने लगा।

"I wish I was there yaar."

"तो आ जाओ," मैंने जवाब दिया।

हमारी बातों का सिलसिला शुरू तो हो गया था पर ये कहाँ जा रहा था, मुझे नहीं पता था। सच बताऊँ तो मुझे शायद पता था कि ये किस तरफ़ जा रहा है पर मुझे ये मानने से डर लग रहा था।

रात के क़रीब दस बजे आस्था का मेसेज आया- "कॉल ऑन माई फोन। मुझे नहीं पता मैंने कहाँ रख दिया है।" ये मेसेज उसने अपने ऑफ़िस के लैपटॉप से भेजा था। मैंने तुरंत उसे फ़ोन किया। थोड़ी देर बजने के बाद फ़ोन उठा। दूसरी तरफ़ आस्था की वही आवाज़ थी। किसी की आवाज़ का असर हमपर इतना गहरा होता है जैसे यादों के सारे पन्ने फिर से हरे हो जाएँ। मुझे लगा जैसे मैं सिर्फ़ चैट पर बात करके ख़ुद से कितनी नाइंसाफ़ी कर रहा था। मुझे उसकी आवाज़ का टेक्सचर किनारे पर आकर टकराती हुई समंदर की लहर के झाग़ जैसा लगा- सॉफ़्टनेस और इंटेंसिटी दोनों में।

हम दोनों आज फिर से घंटों बातें करते रहे। हमने सपनों से लेकर शिकायतों तक सबकी बातें कीं। मैं बार-बार उसे बोल रहा था कि कैसे मुझे उसकी कविताएँ पहली बार सुनकर ही उसे और जानने का मन था। आस्था को जैसे मेरी बात के अंदर की बात समझ आ रही थी। उसने कहा कि मुझे अपनी कविताएँ कहीं छपने के लिए भेजनी चाहिए। मैं उसकी ये बात हँसकर टाल गया।

मैंने आस्था से इतनी सारी बातें कीं, जितनी मैंने शायद कभी ख़ुद से भी नहीं की थीं। कितना अच्छा था ये, अपने मन के बोझ को शब्दों में किसी के सामने रखना। उस रात हम दोनों ने बात करते हुए रात को सुबह कर दिया। और जब सुबह हो गई तब हमें ये बात समझ आयी कि सुबह हो गई है।

"वैसे बातें बहुत कर लेते हो तुम। जितने चुप दिखते हो, उतने तो नहीं हो।" आस्था ने कहा।

"हाँ बात कोई सुनने वाला हो तो बोलने में कोई परहेज़ नहीं है मुझे।" मैंने उसकी बात का जवाब वैसे ही दिया।

हमारी बातों में आज कितनी ही बार चुप्पियाँ आयीं और हमने कितनी ही बार एक दूसरे के बोलने का इंतज़ार किया। ये चुप्पियाँ और इंतज़ार दोनों सुंदर थे। ये किसी लंबे रास्ते पर चुपचाप किसी के साथ निकलने जैसा था। हम दोनों ने आज पहली बार ये दूरी तय की थी। पर मेरे मन का चोर कुछ और भी जानना चाहता था। फ़ोन रखने से पहले मैंने आस्था से पूछा "आर यू डेटिंग समवन?" वह दो सेकंड रुकी, जैसे कुछ सोच रही हो, फिर बोली- "मिलोगे तो बताऊँगी।"
इसका क्या मतलब था?

8

दादी के पूछने पर जब मेरे मुँह से अचानक माया का नाम निकला था तो माँ आसपास ही थीं। उन्होंने सुना होगा। वो एक बार मिली थीं आस्था से। उन्होंने सीधा पूछा, "क्या हुआ तुम्हारे और आस्था के बीच?" ये ऐसी बात थी जिसे मैं ख़ुद पूरी तरह से नहीं समझ पाया था। कई बार अपनी पीड़ा को कुरेदकर समझने की कोशिश ख़ुद के जिये हुए के साथ बेईमानी होती है। अभी अगर कुछ समझ आ रहा था तो बस इतना कि जीवन एक संभावना की नोक पर टिका हुआ अकेलापन है।

साथ रहना हम दोनों का फ़ैसला था पर अलग होना सिर्फ़ उसका। एक रात उसने मुझे बस बताया कि वो अब चली जाना चाहती है। मैंने जितनी फ़िल्में देखी थीं, उन सबकी नक़ल करके मैं उसे समझाने की कोशिश करता रहा पर वो कहती कि इस घर में उसे अपना घर नहीं दिखता। मैं चुन-चुनकर लाया हुआ एक-एक सामान उसे दिखाता कि ये तुमने चुना था, मुझे भी तुमने ही चुना था, लेकिन वो पहले ही कहीं जा चुकी थी।

आस्था से बात करते एक हफ़्ते से ज़्यादा होने वाला था और मुझे अपने सवाल का जवाब चाहिए था। "Are you dating someone?" फिर आस्था का दो सेकेंड ठहरना और उसकी आवाज़, "मिलोगे तो बताऊँगी।" ये मेरे कानों में रह-रहकर गूँज जाता। जिस रास्ते हम बढ़ रहे थे, उससे कविताएँ तो बहुत निकल रही थीं पर अंदर की बेचैनी गाढ़ी होती जा रही थी। क्या मुझे इस रिश्ते को नाम देना था? शायद नहीं, पर मुझे जानना था कि मैं कहीं इसे बस अपने दिमाग़ में एक कहानी तो नहीं बना रहा हूँ।

आस्था का लिखना जारी था। वो कविताएँ लिखती तो मुझे ज़रूर भेजती। उसका लिखा मुझे इंस्पायर भी करता। आस्था वो सब थी जिसे कई सालों से मैं किसी लड़की में ढूँढ रहा था। जब अपनी आवाज़ में वो कोई कविता पढ़ती तो कविता और सुंदर हो जाती। हर चीज़ पर इतना साफ़ और अलग सोचती कि लगता कि मुझे तो कुछ भी नहीं आता। मैं ख़ुश था कि मैं उसके साथ हूँ। पर क्या वो अब भी मेरे साथ थी? मुझे जानना था कि क्या मैं सच में इतना ख़ुशनसीब हूँ कि वो मेरे हिस्से आ जाए। फिर मैंने वो किया जो मैंने कभी सोचा नहीं था।

दिल्ली में 'साहित्य समय' का पहला साल था। मुझे उसके बारे में ज़्यादा पता नहीं था, बस ये पता था कि आस्था को वहाँ अपनी कविताएँ पढ़ने और उसपर बात करने के लिए बुलाया गया है। आस्था इस बात से बहुत ख़ुश थी। उसकी बातों में इस इवेंट को लेकर उत्साह साफ़ साफ़ दिखता था। मैंने फ्लाइट की टिकट्स देखीं, बहुत महँगी थीं। मैंने ट्रेन चेक किया तो उसमें टिकट ही नहीं थी। फिर मुझे एक ऐसी ट्रेन में टिकट मिली, जिसमें मैं सोलह-सत्रह घंटे बैठकर दिल्ली पहुँच सकता था। मैंने सोचा कि प्यार के लिए ये इम्तहान तो कुछ भी नहीं है। मैंने आस्था के इवेंट से एक दिन पहले की टिकट ली। ट्रेन हजरत निज़ामुद्दीन स्टेशन सुबह दस बजे पहुँचने वाली थी। मुझे पता था कि इस सोलह-सत्रह घंटे की यात्रा के बीच आस्था का फ़ोन आएगा, तो मैंने उसे झूठ बोल दिया कि मेरे फ़ोन में कुछ दिक़्क़त आ रही है और मैं इसे सर्विस सेंटर देने जा रहा हूँ।

अगले दिन की ट्रेन पकड़कर मैं दिल्ली पहुँचा। निज़ामुद्दीन स्टेशन के बाहर मैने सराय काले खाँ वाली साइड से ऑटो लिया और इवेंट वेन्यू की तरफ़ चला। ऑटो में बैठे-बैठे दिल्ली की हवा की ठंडक मेरे चेहरे को छू रही थी। रात में नींद पूरी न होने की वजह से मुझे हल्का-सा नशा भी हो रहा था। सर्दियों की धूप में खिली-खिली सड़कें और रंग-बिरंगे लोग नज़र आने लगे थे। मेरी पीठ थोड़ी अकड़ी हुई थी, लगा कि कहीं एक चाय मिल जाती तो मज़ा आ जाता। मैंने घड़ी देखी। आस्था के इवेंट में अभी टाइम था। थोड़ी दूर चलने पर मयूर विहार के पास मुझे एक चाय वाला दिखा। मैंने ऑटो को रुकने को कहा। एक चाय ख़ुद ली और एक चाय ऑटो वाले भैया को पिलायी। मैं चाय की चुस्कियाँ लेते हुए दिल्ली की सड़कों का खुलापन देख रहा था। यहाँ खड़े-खड़े आसमान कितना फ़ैला हुआ लगता है। दूर आसमान में कहीं-कहीं बादल के सफ़ेद फ़ाहे बने हुए थे।

मैं बीस मिनट बाद वेन्यू पर खड़ा था, किसी चोर की तरह। मुझे लग रहा था कि कहीं ऐसा न हो कि आस्था मुझे यहाँ देख ले और मेरे सारे किए धरे पर पानी फिर जाए। यह सोचकर मैंने उसे मैसेज किया- "कहाँ हो तुम?" और वहीं बाक़ी लोगों के साथ वेन्यू के अंदर जाने के लिए मैं लाइन में लगा रहा।

अंदर पहुँचने के बाद बोर्ड पर आस्था का नाम ढूँढा और इवेंट वेन्यू की तरफ़ पहुँचा। फ़ोन देखा तो उसका मैसेज आया हुआ था- "On the way! You got your phone back?"

मैंने उसका मेसेज देखा और मुस्कुरा दिया। "Yeah! The service center guy was quick. Wishing you the best," मैंने जवाब टाइप करके भेज दिया।

'साहित्य समय' का यह ग्राउंड साहित्य प्रेमियों से भरा हुआ था। वहाँ चहल-पहल थी, जिसकी ऊर्जा मुझे बहुत पसंद आ रही थी। जाती हुई एक लड़की को दूर से देखा तो लगा जैसे आस्था हो। मैं ख़ुद को छुपाने की

कोशिश कर ही रहा था कि मुझे समझ आया, मुझे भ्रम हुआ है। मैं मुस्कुरा उठा। इस बार मुस्कुराते हुए मुझे एहसास हुआ कि ये मुस्कान मेरे चेहरे पर लगातार बनी हुई थी, बस वो और बड़ी हो गई थी।

एक घंटे बाद मैं स्टेज के नीचे भीड़ में बैठा आस्था के सेशन का इंतज़ार कर रहा था। थोड़ी देर में होस्ट ने अनाउंसमेंट की। इस सेशन का नाम "नयी आवाज़ें" था और आस्था आज नयी आवाज़ों का प्रतिनिधित्व कर रही थी। मेरा सीना इस ख़ुशी से भरता जा रहा था। फिर थोड़ी देर बाद मैंने आस्था को स्टेज पर बढ़ते हुए देखा। लोगों ने उसका स्वागत ताली बजाकर किया। होस्ट ने आस्था के बारे में कई चीज़ें बताईं, जो मुझे पहले से पता नहीं थीं। आस्था सच में वो जीवन जी रही थी जो मैं जीना चाहता था। आस्था ने अपनी कुछ नयी कविताएँ पढ़ीं फिर साहित्य और कविता पर बात, पर क्या कहा, मुझे कुछ भी याद नहीं। मैं इतने बड़े स्टेज पर उसे देखकर शायद उसी में खो गया था।

बीस मिनट के बाद लोगों ने अपने सवाल पूछने शुरू किएये और मैं सर झुकाए ऐसे बैठा रहा कि कहीं वो मुझे देख न ले। दिल की धड़कन बढ़ी जा रही थी। क्या यहीं खड़े होकर मुझे भी आस्था से अपने सवाल का जवाब माँग लेना चाहिए? नहीं ये ठीक नहीं होगा। उसे भी अजीब ही लगेगा। पर यही तो कहानी होगी कि मैंने अपने हारने की परवाह किए बिना, जो दिल में था वो उसके सामने रख दिया था। शायद मेरी ये यात्रा यहीं आना चाहती थी। शायद हमारी कहानी की नियति भी यही है। नहीं, ये ठीक नहीं होगा, मैं ये सब नहीं कर सकता। ये आस्था के लिए भी अजीब हो जाएगा।

मैं ये सब सोच ही रहा था कि मैंने पाया मेरा हाथ हवा में उठ गया था। लोगों ने मेरी शक्ल नहीं उठे हुए हाथ को देखा। आस्था का ध्यान इतने सारे लोगों में मेरे चहरे पर नहीं गया। माइक मेरे पास आया और उसे लेकर मैं खड़ा हुआ। "मैम! आपसे एक सवाल पूछा था मैंने..." मैंने इतना बोला

ही था कि आस्था ने मेरी तरफ़ देखा और मैंने देखा कि उसकी आँखें बड़ी हो रही हैं। उसे कुछ समझ नहीं आ रहा पर उसने मेरी बात पूरी होने का वक़्त लिया, "...आपने कहा था कि मिलकर बताएँगी आप। आप क्या अब उसका जवाब दे सकती हैं?"

इस वक़्त सिर्फ़ हम दोनों को पता था कि क्या हो रहा है। वो अपनी सीट से उठकर खड़ी हो गई। होस्ट और इवेंट ऑर्गनाइज़र को समझ नहीं आया कि क्या हुआ। होस्ट ने मौक़े को सम्भालते हुए कहा, "सवाल क्या है आपका?"

"मैम को पता है।" मैंने तपाक से जवाब दिया। आस्था ने एक गहरी साँस ली। मुझे इतनी दूर से भी वो साफ़-साफ़ दिख रही थी। उसकी गर्दन ऊपर नीचे हो रही थी और उसकी आँखें अब थोड़ी रिलेक्स्ड थीं। वो माइक को अपने मुँह के पास लेकर आयी और बोली, "आपके सवाल का जवाब थोड़ा लंबा है और यहाँ वक़्त की पाबंदी। मैं आपको ऑफ़ स्टेज जवाब दूँ तो चलेगा?"

"मैं मुंबई से पूरी रात ट्रेन में बैठकर आया हूँ मै'म बस एक जवाब के लिए। इस शहर में तो वक़्त ही वक़्त है मेरे पास।" यह बोलकर मैंने गहरी साँस ली। आस्था सामने खड़ी थी और मैं भीड़ के बीच पर सबकी नज़रें बस हम दोनों को देख रही थीं।

इवेंट ख़त्म होने के बाद मैं जब आस्था के सामने खड़ा था तो मेरा सारा कॉन्फिडेंस पता नहीं कहाँ ग़ायब हो गया। मुझे लगा जिस आदमी ने अभी थोड़ी देर पहले भीड़ में आस्था से बात की थी जैसे वो कोई और आदमी था। आस्था भी कुछ बोल नहीं पा रही थी। देर रात तक फ़ोन पर हमारे बीच जो चुप्पियाँ होती थीं, वो अब हमारे सामने थीं, जिसे सिर्फ़ हम समझ पा रहे थे। भीड़ में से कुछ लोग आएये और उन्होंने आस्था के साथ फ़ोटो लेने की रिक्वेस्ट की।

“क्या मुझे भी एक सेल्फ़ी मिलेगी?” मैंने सवाल किया।

“नहीं!” आस्था के मुँह से निकला, “ये आपके सवाल का जवाब था। और आपने जब ये सवाल मुझसे पूछा था तब मुझे पता नहीं था कि उसका जवाब क्या है इसलिए मैंने ये कहा था कि जब मिलोगे तब बताऊँगी।”

“यहाँ रुकना है या कहीं और चलना है?” मेरे मुँह से निकला।

मेरा ये सवाल हमारे रिश्ते का सवाल बन गया। आस्था को भी वहाँ नहीं रुकना था, वो चल पड़ी मेरे साथ- पुराना जो भी था उसे पीछे छोड़कर। ऑटो में कनॉट प्लेस की तरफ़ जाते हुए हमारी उँगलियाँ एक दूसरे की उँगलियों के साथ खेल रही थीं। ज़बान चुप थी। हल्की-सी मुस्कुराहट थी चहरे पर।

उस रात मैं आस्था के साथ दिल्ली के कई कोने तलाशता रहा। अच्छी खाने की जगहें, मजनू का टीला, ग़ालिब की मज़ार और हौज़ख़ास- हम देर रात तक साथ घूमते रहे।

“कहाँ रुके हो तुम?” रात के साढ़े दस बजे उसने मुझसे पूछा।

“कहीं नहीं।”

“कहीं नहीं मतलब?”

“मतलब कहीं नहीं। मैं तो बस तुमसे अपने सवाल का जवाब लेने आया था।”

“पागल हो क्या? मैं नहीं होती तो कहाँ रुकते?”

“तुम नहीं होती तो मैं क्यों रुकता।” ये बात मैंने उसकी आँखों में देखते हुए कहा।

"चलो मेरे साथ। मकान मालकिन से बचकर घर में घुसना होगा बस। ग्यारह बजे के बाद वो सो जाती है।" आस्था के ये कहने में एक हक़ जताने वाली बात थी। मुझे ये हक़ जताना अच्छा लगा।

ये मैंने प्लान नहीं किया था पर मैं आस्था के कमरे पर था। उसने मुझे अंदर बुलाया और झट से दरवाज़े की कुंडी लगा दी। घर में घुसकर उसने दूसरा दरवाज़ा खोला, जो सामने छत पर खुलता था। उसके सामने दूर तक आसमान फैला हुआ था। सामने जंगल-सी हरियाली थी। दूर घरों से पीली रौशनी आ रही थी और ग़ौर से देखो तो क़ुतुब मीनार भी समझ आता था। हम दोनों आज दिल्ली की इस रात की ठंडक में अपने हिस्से का आसमान जी रहे थे। आस्था ने जैसे दरवाज़े की कुंडी लगाकर पूरी दिल्ली को अपने घर के बाहर बंद कर दिया था और हम इस दरवाज़े से होते हुए अपनी ही किसी दुनिया में दाखिल हो चुके थे।

अगर ये जादू नहीं था तो क्या था? अगर ये कोई फ़िल्मी कहानी नहीं थी तो क्या थी? हम दोनों एक-दूसरे के इतने पास थे और हमारे शहरों के बीच हज़ारों मील का फ़ासला था। इस फ़ासले को भरने के लिए हमारे पास बस कुछ और घंटे थे। हमने जमकर शराब पी और उस फ़ासले को भरने की पूरी कोशिश की। उस रात हम दोनों ने एक दूसरे की ख़ुशबू को पहली बार जाना था।

उस रात के बाद मेरे पास हम दोनों को लेकर सारे सवाल ख़त्म हो चुके थे। मगर मुझे ये बिल्कुल नहीं पता था कि वह रात एक बीते हुए भूत की नज़र ये सब दर्ज़ कर रही थी, जो हम जीते रहे थे। कुछ महीनों तक सब ठीक था। आस्था दिल्ली से ट्रांसफ़र लेकर मुंबई आ गई। हम दोनों ने कांदीवली में एक घर साथ ले लिया था। पर ये घर लेते हुए मुझे पता नहीं था कि यहाँ से ज़िंदगी मुझे एक ऐसी कहानी सुनाने वाली थी, जिसके लिए कोई भी कभी तैयार नहीं होता।

"यहाँ से कहाँ जाओगी तुम?" मैंने उससे पूछा। उसे कहाँ जाना है, ये भी पता नहीं था। आख़िरी के कुछ दिनों में वो बाहर हॉल में सोने लगी थी। मैं अपने कमरे में देर तक जगा रहता। लगातार ऐसा लगता कि वो बस मेरे पीछे आकर सो जाएगी और कहेगी कि सब ठीक है, उसे कहीं नहीं जाना लेकिन ऐसा हुआ नहीं। हमने एक ही घर में दो अलग-अलग संसार बना लिए थे। वो मेरे जीवन में मुझसे इतनी दूर हो गई थी कि उसकी जगह बस मेरे सपनों में बची थी। सपनों में वो किसी और आदमी के साथ आती। मैं उस आदमी की शक्ल नहीं देख पाता था पर मुझे यह बात समझ आती कि वो मुझसे उम्र में बड़ा है। मुझे ख़ुद से बड़े आदमियों से नफ़रत होने लगी थी।

9

कई बार किसी से बात करते हुए ही मुझे लग जाता है कि यह जो बात मैंने बोली है, सतही है। जिस बात तक पहुँचने में मुझे सालों लगे, उसे इस तरह कैसे बता सकता हूँ! इसी वजह से कई बार मैं किसी बात को उसकी जड़ों से शुरू करता हूँ, जिसकी कोई ख़ास ज़रूरत नहीं होती। इस आदत को कैसे ठीक करूँगा, मुझे ठीक से नहीं पता। मैं बस वो सब साफ़-साफ़ सामने वाले को समझाना चाहता हूँ जैसा मैं, महसूस करता हूँ लेकिन हर बार नाकाम होता हूँ।

तीन दिन हो चुके थे पर माया का कोई जवाब नहीं आया था। मैं बार बार अपना फ़ोन चेक करता और उसका पुराना मैसेज पढ़के फ़ोन बंद कर देता। दिन में कई बार ये सोचा कि अपनी तरफ़ से एक और मैसेज डाल देता हूँ। फिर लगा कि desperate लगेगा। पर अगर मैं desperate हूँ तो लगने में क्या दिक़्क़त है? हम इस भाव से इतना बचना क्यों चाहते हैं? इंसान होता है न desperate! किसी ने हमें बता दिया कि desperate होना

अच्छी बात नहीं है और हमने मान लिया! मैं तो हूँ अभी desperate और क्यों न होऊँ। ये माया है, मेरे बचपन का पहला प्यार। जिसकी कहानी में मैंने अपने शरीर पर डंडे झेले थे और मुझे पता भी नहीं था कि ये बात उसे पता भी है या नहीं।

क्यों न होऊँ मैं desperate? अगर मेरे जीवन में एक जगह थी, जहाँ मैं desperate हो सकता था, तो वो ये जगह थी। मैंने फिर से इंस्टाग्राम खोला और माया को मैसेज ड्राप कर दिया- “Hey! Do you wanna do a call sometime?”

दूसरी तरफ़ अम्मा की छठ पूजा की तैयारी शुरू हो चुकी थी। मैं और पापा घर से गोलंबर की तरफ़ पूजा का सामान लेने निकले। छठ के लिए बाज़ार तैयार था। फल की दुकानों पर भीड़ थी। लोगों की आवाज़, सड़क पर चलती गाड़ियों का शोर और हवा में उड़ती धूल सब एक थे। थोड़ी देर वहाँ से अनुपस्थित होकर ये सब सुनो तो लगता जैसे ये चौराहा एक झुनझुना है, जो बस बजे जा रहा है।

पापा ने कुछ सामान वहाँ से लिया, फिर हम फल वाली दुकान पर आ गए। पापा अपनी लिस्ट से सारा सामान बोलते रहे और दुकानदार वो सामान देते रहे। सामान लेकर हम घर लौटे। घर आकर फ़ोन चेक किया तो माया का मैसेज आया हुआ था। मैंने मैसेज देखा और ऐसा लगा जैसे कोई नोटिफ़िकेशन टोन मेरे मन के अंदर बज गई हो।

“I am really sorry. मैं थोड़ा फ़ोन से दूर ही थी। वो घर में छठ पूजा की तैयारी चल रही है न।”

दो बातें एक साथ दिमाग से गुजरीं। पहला, क्या माया अभी घर आयी हुई है? उसका घर है कहाँ? बिहार में कहाँ की रहने वाली थी वो, मुझे नहीं पता था। क्योंकि भभुआ में बहुत सारे परिवार तो बस अपनी नौकरी करने आए थे। दूसरी, मेरी कॉल पर बात करने वाले सवाल का जवाब उसने दिया नहीं

था। मेरा desperate होना आधा तो काम आया था और मैं मान चुका था कि desperate होने में कोई बुराई नहीं है। तो मैंने फिर से कॉल के बारे में पूछ लिया। माया का तुरंत ही जवाब आया। "यार कॉल तो अब पुणे जाकर ही पॉसिबल हो पाएगी।"

मैं उस मैसेज को देख ही रहा था कि उसका दूसरा मैसेज आया- "But we can chat here. Where are you? In Mumbai?"

माया के इस मैसेज से एक बात तो साफ़ हो गई कि वो भी मुझसे बात करना चाहती थी और ये भी कि उसने मेरा इंस्टाग्राम ठीक से देखा था। वरना मैंने उसे अब तक तो ये नहीं बताया था कि मैं मुंबई में रहता हूँ। मैंने बताया, "मैं घर आया हुआ हूँ। यहाँ भी छठ की तैयारी चल रही है। अभी फल लेकर आया।"

"Oh Nice! कैसा लग रहा है?"

"यार, मच्छर बहुत हैं।"

"हाहाहा, हैं तो।" माया ने इस जवाब के बाद एक लिंक भेज दिया mosquito repellent का- "ये मँगवा लो।"

आह! मेरे मुँह से एक हल्की सी साँस निकली और मैं थोड़ी देर इस छोटे से पर सुंदर gesture के बारे में सोचता रहा। घर में छठ पूजा की आगे की तैयारियाँ शुरू हो चुकी थीं। और मेरे मन में? मेरे मन में माया से मिलने की।

छठ पूजा का पहला अर्घ शाम के वक़्त होता है। माँ ने छत पर जाकर चौका बनाया, जैसा घाट पर बनाते हैं। एक बड़े पीतल के परात में पानी रखा, जो नदी का सूचक है। आसपास के कुछ घरों में भी छत पर ही छठ पूजा हो रही थी। बगल के एक लाउड्स्पीकर से छठ के गाने चलते रहे। छठ की धुँधली हो चुकी मेरी स्मृतियाँ रह-रहकर आती रहीं पर मैं उससे कोई मुकम्मल तस्वीर नहीं बना पा रहा हूँ।

पाँच बजने वाले थे। पड़ोस के छत पर लोगों ने अर्घ देना शुरू कर दिया। जब शाम थोड़ी और ढलने लगी तो अम्मा ने अर्घ दिया और मैंने दिलवाया। अर्घ के बाद हम सब थोड़ी देर वहाँ बैठे रहे। मुझे लगा कि अच्छा है, पहला दिन ठीक-ठाक बीता।

अम्मा ख़ुश थीं। मैंने ठीक ही किया कि उनके कहने पर ये सब कर लिया। दूसरी तरफ़ बीच-बीच में माया के मैसेज आते रहे। मुझे लग रहा था जैसे व्रत अम्मा ने रखा और उसका फल मुझे मिल गया हो। अगर यह नहीं भी करते तो क्या करते? घर में कहीं बैठे होते। इससे अच्छा है कि ये मनोरंजन ही हो गया।

दिन ख़त्म हो गया था पर अम्मा का व्रत नहीं। कल सुबह अर्घ है, उसके बाद ख़त्म होगा। वो पूरे दिन भूखी थीं। सब करने के बाद सो गयीं।

मैं कुछ देर तक जगा और माया से बात करता रहा। महीनों से वो अपने घर पर रह रही थी। बातों-बातों में रात के साढ़े ग्यारह बज गए। मैंने उससे पूछा, "तुम्हें नींद नहीं आ रही?"

"यही बात मैं तुमसे पूछने वाली थी? मैं तो एक बजे तक सोती हूँ," उसका जवाब आया।

मैंने कहा, "मुझे लगता है अब मुझे सो जाना चाहिए।"

फिर हम थोड़ी और देर तक बातें करते रहे फिर मेरे हाथों ने फ़ोन साइड में रख दिया। मैंने घड़ी देखी, रात के बारह बजकर पंद्रह मिनट हो रहे थे।

रात में क़रीब साढ़े तीन-चार बजे आँख खुली तो माहौल एकदम बदला हुआ लगा। दूर गंगा तीर से गाने बजने की और ढोल की आवाज़ कमरे में सरकती हुई आ रही थी। ऐसा लग रहा था जैसे कोई कारवाँ-सा चलता हुआ आ रहा हो- अपनी ख़ुशी और उल्लास में डूबा। मुझे ये आवाज़ अच्छी लगी। मैं थोड़ी देर तक सुनता रहा पर आँखों ने साथ नहीं दिया और

मैं फिर सो गया। थोड़ी देर बाद फिर नींद खुली तो फिर से वही आवाज़ चल रही थी और घर के अंदर से भी कुछ आवाज़ें आ रही थीं।

अम्मा, माँ और पापा सुबह के अर्घ के लिए जाग गए थे। पर मेरी आँखें अभी भी पूरी तरह से नहीं खुल रही थीं। मैंने फिर थोड़ी देर तक उस आवाज़ को सुनता हुआ सो गया। इस बार नींद पाँच बजकर चालीस मिनट के आस-पास खुली। फ़ोन देखा तो माया का मैसज WhatsApp पर पड़ा हुआ था। "गुड मॉर्निंग!" मैं ये पढ़कर ख़ुशी से बिस्तर पर उठकर बैठ गया और नींद ग़ायब। माया के मैसेज का रिप्लाई करते हुए मैं बिस्तर से उठा और सीधा छत पर चला गया। अम्मा, पापा और माँ वहाँ पहले से तैयार बैठे थे।

आज ठंड बाक़ी दिनों से ज़्यादा थी। थोड़ी-थोड़ी देर में WhatsApp देख लेता कि माया ने कहीं मैसेज का रिप्लाई तो नहीं किया। उसका उसके बाद कोई जवाब नहीं था। मुझे लगा बिज़ी होगी सुबह से अर्घ में। थोड़ी देर बाद अम्मा ने अर्घ के लिए उठने की कोशिश की। माँ ने उन्हें अपना सहारा दिया। वो आज वाक़ई कल से ज़्यादा कमज़ोर हो गयी थीं। उनके हर एक चक्कर के बाद मैं मन में एक कम गिनता और देखते ही देखते उनके पाँच चक्कर पूरे हो गए। अर्घ पूरा हो गया। मैंने चैन की साँस ली और फिर फ़ोन चेक किया। माया का अभी भी कोई जवाब नहीं था।

थोड़ी देर बाद सब नीचे आ गए। सबको इस बात की ख़ुशी थी कि अम्मा की बरसों पुरानी मन्नत उन्होंने उतार दी। घर में सब ठीक से हो गया था और सब ख़ुश थे।

रात हुई तब तक माया का कोई रिप्लाई नहीं था। डिनर के बाद क़रीब साढ़े नौ बजे मैंने उसे एक मैसेज किया, "I thought there would be more to this conversation than the गुड मॉर्निंग!"

उसका तुरंत रिप्लाई आया "Well, I thought the same. I assumed you must be busy with puja at home coz I was for most part of the day."

"I thought the same. Also, you woke up early toh must have slept."

हम दोनों पूजा के सहारे अपने-अपने परिवार और मान्यताओं की बातें करते रहे। उसने कुछ फ़ोटोज़ मुझे भेजीं। बातों-बातों में माया ने बताया कि पिछले साल उसके बड़े पापा का देहांत हो गया था। इस वजह से इस बार छठ में रौनक़ थोड़ी कम थी। मैंने भी अपने परिवार के बारे में उसे कुछ बातें बतायीं। हमारी बातों में कुछ बातें हम ठीक वैसी ही समझ लेते जैसी हैं और कुछ बातें एकदम ही अलग तरह से समझ आतीं या नहीं आतीं। माया बहुत धार्मिक तो नहीं थी।

हमारी इन बातों में मेरे लिये ग़ौर करने वाली बात यही थी कि हम अपने स्कूल के दिनों की बात ही नहीं कर रहे थे। हम आपस में अभी वही बाँट रहे थे जो हम जी रहे थे। शायद हमारे अतीत का रास्ता था ही नहीं या शायद हमारे वर्तमान से होकर ही हम अपने अतीत तक पहुँच सकते थे। मुझे माया के बारे में पता नहीं था पर मेरी उससे मिलने की इच्छा तेज़ होती जा रही थी। यह इच्छा उस ख़ाली जगह जैसी थी, जिसे पता था कि वो एक दिन भर जाएगी।

मैंने थोड़ी देर के लिए फ़ोन किनारे रखा- कितना सुंदर था सब। माँ और पापा दोनों ख़ुश थे। दादी की कमज़ोरी भी दो तीन दिन आराम के बाद चली जाएगी। मुझे इस बात की ख़ुशी थी कि मैंने इस पूजा में उनका साथ दिया था। हवा में हल्की ठण्ड अपने अंदर एक सोंधी-सी ख़ुशबू लेकर चल रही थी। ये ख़ुशबू मुझे बचपन की याद दिलाती। मेरे भी पेट में कोई दर्द नहीं था। शरीर हल्का लग रहा था और उसके ऊपर रज़ाई की गर्माहट की एक परत लगातार बनी हुई थी। दादी फिर से कोई भजन गा रही थीं। शब्द साफ़ नहीं थे पर उनकी लय साफ़ थी।

10

माँ ने मच्छरदानी में हाथ डालकर मुझे गहरी नींद से जगाया- "क्षितिज! क्षितिज! उठो बेटा"। मैंने कच्ची नींद में अपनी आँखें खोलीं तो देखा माँ अपना बैग लिए हुए मेरे सामने तैयार खड़ी हैं और पापा उनके बग़ल में खड़े थे।

"हम लोग, नानी गाँव जा रहे हैं," पापा ने बोला।

"नानी गाँव?" मैंने आँख मलते हुए कहा। माँ और पापा के बीच एक सन्नाटा था, जो मेरे ये सवाल पूछते ही छँट गया।

"तुम नींद पूरी कर लो और हो सके तो दस बजे तक वहाँ आ जाना," माँ ने कहा।

मैंने घड़ी देखी, अभी छः बजकर सत्रह मिनट हुए थे। मुझे हमारे बीच के सन्नाटे से समझ आया कि क्या हुआ है। मैं तेज़ी से बिस्तर से उठा, "मैं चलता हूँ आपके साथ।"

"नहीं, तुम अम्मा को नाश्ता करा के आना। यहाँ रहना भी ज़रूरी है।" पापा की बातों में एक आतुरता थी, जैसे वो सब एकदम से ठीक कर देना चाहते हों।

इस वक़्त मेरा दिमाग़ लगाना ठीक नहीं था। मैंने बस अपनी गर्दन हिला दी। माँ और पापा नानी गाँव के लिए निकल गए। मैंने घर का बड़ा दरवाज़ा बंद किया और कमरे में आकर थोड़ी देर कुर्सी पर बैठा रहा। थोड़ी देर बाद समझ आया कि मैंने कोई गरम कपड़ा नहीं पहना। कमरे में ठंड घुस चुकी थी। मुझे जल्दी से बहुत सारे काम निपटाने थे। मैंने बिस्तर पर पड़ी गर्म चादर उठाई और लपेटा और सुबह की अपनी ज़िम्मेदारियों की तरफ़ बढ़ा।

मैं सीधा किचन में गया। किचन में कुछ भी खाने को नहीं था। अगर अम्मा को खाने से पहले ये बता दिया कि माँ और पापा नानी गाँव गये हैं और किस

वजह से गये हैं तो वो खाना नहीं खाएँगी। अम्मा को सुबह-सुबह सबसे पहले चाय चाहिए होती है, कम चीनी वाली। मैंने चाय बनाई, उनको दी।

जब उन्होंने खा लिया तो मैंने अम्मा को बताया कि नाना जी की तबियत थोड़ी ज़्यादा ही ख़राब है। माँ और पापा नानी गाँव जा चुके हैं। मुझे भी एक बार मिलने जाना होगा आख़िरकार मैं घर भी उनकी तबियत के बारे में सोचकर ही आया था।

आठ बजे के आसपास थोड़ी धूप निकल आयी और मैं नानी गाँव के लिए बस में बैठा था। नानी जब माँ को फ़ोन करतीं तो नाना की बिगड़ती हालत की बात करती थीं। पिछले कुछ दिनों से नाना का शरीर रोज़ टूटता जा रहा था। कई बार कमरे से उनकी कराह सुनने को भी मिली थी लेकिन नानी ने हमें यह सब इसलिए नहीं बताया था ताकि अम्मा की छठ पूजा ठीक से पूरी हो जाए। मैं क्या इस बार भी नाना से नहीं मिल पाऊँगा? बस भी रुक-रुककर चल रही थी, या बस मुझे ही ऐसा लग रहा था? मैं मुंबई से भागकर नाना जी से मिलने ही आया था पर पता नहीं मैं उनसे मिल भी पाऊँगा या नहीं। अजीब बात है, ये सब मेरे दिमाग़ में चल रहा था लेकिन दिल तक नहीं पहुँच रहा था।

जब नाना के घर पहुँचा तो एक सन्नाटे के बीच आस-पड़ोस के लोग मुझे देख रहे थे। घर की दालान में कुछ औरतें बैठी थीं। मैं उनमें से किसी को नहीं जानता था पर मैंने सर हिलाकर हैलो किया और घर के अंदर की तरफ़ बढ़ गया। नानी अंदर कुर्सी पर चुपचाप बैठी हुई थीं। माँ पीछे आँगन में कुछ काम कर रही थीं। मुझे क्या करना है, समझ नहीं आया तो नानी के पास जाकर बैठ गया।

नानी कुर्सी से उठीं और उन्होंनें मुझे पानी दिया।

“बाक़ी लोग कहाँ है?” मैंने पानी पीते हुए पूछा।

"बगिया में। मिट्टी उठाने," यह बोलकर उन्होंने गिलास मेरे हाथ से ले लिया।

"किसी ने मेरा इंतज़ार क्यों नहीं किया? मैं रास्ते में था।" मैंने बोला। इतने में माँ भी वहाँ आ गईं।

"कोरोना का टाइम है। सब जल्दी-जल्दी में ही करना है।" माँ ने कहा।

"मैं जा रहा हूँ बगिया," मैं उठकर खड़ा हो गया।

मेरी यह बात इतनी स्वाभाविक थी कि किसी ने कुछ नहीं कहा। न रोका न जाने को। मैं घर से निकलकर बगिया की तरफ़ भागा।

बगिया नाना जी के पापा का लगाया हुआ आम का बाग़ीचा था। उन्होंने ये सोचा था कि जब पेड़ बड़े हो जाएँगे तो उन्हें बेचकर बच्चों की पढ़ाई और शादी के खर्च निकल आएँगे। पर उसकी कभी नौबत ही नहीं आयी। पेड़ अपनी ज़मीन पर बढ़ते रहे। सालों साल फल देते रहे।

मेरे वहाँ पहुँचने से पहले ही सब ख़त्म हो चुका था। पापा बाक़ी लोगों के साथ मुझे रास्ते में वापस आते हुए मिल गये। किसी को देखकर ऐसा नहीं लग रहा था कि वो किसी की मिट्टी जलाकर आ रहे हैं। वो आदमी जो अभी गया है वो कल तक ज़िंदा था, वो आदमी मेरा नाना था। ये बातें भी बस मेरे दिमाग़ तक ही थीं, दिल अब भी शायद इस बात को समझ नहीं पा रहा था।

मैं बगिया तक अकेला गया। वो जगह बदल गई थी। उसके एक कोने में नाना जी की चिता की राख अभी भी पड़ी हुई थी। मैं उस राख को थोड़ी देर देखता रहा। हवा में जले हुए माँस की बू अभी भी तैर रही थी। नाना का पूरा शरीर हवा में अणु बनकर घुल चुका था। मैंने बचपन में बगिया के पेड़ों के आम ख़ूब खाये थे। उन पेड़ों को इसकी मिट्टी ने सींचा था और अब इसी मिट्टी में नाना जी का होना भी शामिल था।

मैं कभी भी अपने चाहने वालों से उनके आख़िरी वक़्त में नहीं मिल पाया। जैसे बाबा गए थे वैसे ही नाना भी चले गए। मैं हर बार देर से पहुँचता रहा। पंडितों के हिसाब से तेरहवीं का कार्यक्रम अगले पाँच दिनों में ही निपटाना था। महामारी ने हमारे जीने के नियमों के साथ-साथ हमारे मरने के नियम भी बदल दिए थे। बीच में फ़ोन देखा तो माया का मैसेज आया हुआ था। "हम पुणे में मिलेंगे अब। मैं परसों निकल रही हूँ।" मैंने उसका जवाब नहीं दिया। थोड़ा अजीब था पर शायद सच भी यही था कि मैं एक साथ ज़िंदगी के दो ध्रुवों पर खड़ा था- एक जीवन ख़त्म हुआ था और मैं एक नये जीवन का सिरा पकड़े खड़ा था।

पर ऐसे ही दो ध्रुवों के बीच शायद यह बात साफ़ होती है कि हमें हमारी ज़मीन की कितनी ज़रूरत है। नानी से उस रात लम्बी बात हुई। वो नाना के आख़िरी दिनों की बात करती रहीं। बताती रहीं कि उन्होंने नाना को उनकी आख़िरी साँस तक देखा था। बात करते करते उन्होंने कहा कि सोचो तो ये भी कितनी अजीब बात है कि एक आदमी, जिसने सीमा पर युद्ध लड़ा हो, वो युद्ध में नहीं अपने घर की चौखट के अंदर बीमारी से मरता है।

नानी बच्ची थीं जब उनकी शादी हुई थी। नाना भी बच्चे ही थे; दसवीं की पढ़ाई भी पूरी नहीं की थी कि उनकी शादी हो गयी और दसवीं का रिज़ल्ट आने से पहले ही मेरे मामा का जन्म हो गया था। वो गाँव में जहाँ भी निकलते, गाँव के लोग उन्हें देखकर बातें बनाते और कहते कि ये लड़का इसी उमर में बाप बन गया। नानी तो नाना से भी दो साल छोटी थीं। नाना बेचारे इतने परेशान हो गए कि गाँव वालों की बातों से बचने के लिए अपने किसी रिश्तेदार के पास पंजाब चले गए। नाना के वो रिश्तेदार फ़ौज में थे। नाना वहाँ जाकर क्या कर रहे हैं, इस बारे में नानी को ज़्यादा पता नहीं था। दसवीं पास होना उस वक़्त के लिए बड़ी बात थी। कुछ ही महीनों में नाना की नौकरी लग गयी और उसके कुछ महीने बाद, वो नानी और मामा को अपने साथ रहने के लिए ले गए।

नानी जैसे-जैसे ये सब बातें बता रही थीं, ऐसा लगा जैसे फिर से सब जी रही हों। मेरे सामने उनका जीवन एक छोटी-सी लड़की के जिये हुए जीवन-सा सामने बिखरा हुआ था। मुझे लगा कि इस जीवन में किसी का साथ चलना कितनी सुंदर बात है! एक जीवन ख़त्म हो जाने पर भी हम उस इंसान की यादों के साथ बाक़ी का जीवन जी सकते हैं। नानी की बातों में मैंने उस रात वो सुंदरता देखी थी, जो नाना के साथ होने से आयी थी; वो दोनों एक-दूसरे के सबसे अच्छे दोस्त थे।

इस बीच मैं नानी के आसपास ही रहने की कोशिश करता पर उनके साथ रहते हुए मुझे ये समझ आया कि मुझे उनके साथ रहने की ज़्यादा ज़रूरत है नहीं। वो जब भी नाना की बातें करतीं तो उसमें एक चहक होती थी। उनके उठने-बैठने और बोलने में एक खुलाव आ गया था। नाना की आत्माशांति के साथ कहीं न कहीं नानी आज़ाद हो गयी थीं।

दुनिया को लगातार एक तरह के मातम में रहने की आदत हो गयी तो कोई भी मातम बहुत बड़ा नहीं लगता। यह भी भयानक है कि हमें इसकी आदत हो जाती है। हमें पता होता कि मातम घर के सामान के साथ कहीं रखा हुआ है, पर अब उसपर कोई इतना ध्यान नहीं देता। इन सबके बीच मैंने वो मातम की जगह पापा के अंदर देखी। नाना के जाने के बाद वो चुप से हो गए थे। तेरहवीं के बाद भी वो ज़्यादा किसी से बोल नहीं रहे थे। मुझे पता था उनसे दिन में बहुत सारी बातें नहीं की जा सकती हैं।

उस रात मैं पापा के साथ ही सोया। मैंने बात शुरू की उनके पैर दबाने से। उनका पैर दबाते हुए मैंने उनसे जानने की कोशिश की कि वो नाना के जाने के बाद कैसा महसूस कर रहे हैं? क्या बाबा के जाने के बाद भी उन्हें ऐसा ही महसूस हुआ था या वो कुछ और था? पापा थोड़ी देर तक चुप रहे फिर उन्होंने कहा कि यह अलग है- कहीं-न-कहीं बाबा के चले जाने के लिए मानसिक रूप से तैयार थे पर इस वक़्त नाना के चले जाने के लिए नहीं।

"आपकी आख़िरी बात क्या हुई थी उनसे?" मैंने पूछा। पापा इस बार बड़ी देर तक चुप रहे। उन्हें याद नहीं था कि नाना से उनकी क्या बात हुई थी, वो कुछ और ही बोलने लगे- "जानते हो एक बार जब तुम बहुत छोटे थे, तब हम सब गाँव आए थे। उस समय मेरी तबियत इतनी ज़्यादा ख़राब थी कि हमको लगा था कि हम नहीं बचेंगे। हमारे पास एक जीवन बीमा था फिर भी उसी दिन हमने गाँव के एजेंट को फ़ोन करके बुलाया, दूसरा बीमा कराने के लिए। हमको लगा कि अगर हम नहीं भी रहे तो कम से कम तुम लोगों के लिए कुछ कर जाएँ। तुम लोगों को कोई तकलीफ़ न हो।" मैं पापा का पैर दबाते हुए उनकी यह बात चुपचाप सुन रहा था। छाँट रहा था उसके अंदर से कुछ तकलीफ़ें, यह समझने की कोशिश में कि पापा चुप क्यूँ रहने लगे थे। पापा अभी बोलते रहे, मैं सुनता रहा।

"आपको कभी डर लगता है?" मैंने पापा से ये सवाल पूछा। यह सवाल मेरा नहीं था। दरअसल इंटरनेट की इस दुनिया ने हमें यह बताया था कि हमारे पापा अपनी बातें किसी से शेयर नहीं कर पाते। वो अपने इमोशंस को अपने तक ही रखते हैं। पर उन्हें भी वो सारे इमोशंस फ़ील तो होते हैं। "कैसा डर?" पापा ने सवाल के बदले दूसरा सवाल कर दिया। "मतलब किसी भी तरह का डर कि ये नहीं हुआ तो या वो नहीं हुआ तो?" मैंने दुबारा कोशिश की। "नहीं नहीं, हम इतना नहीं सोचते हैं। जब जैसा होगा देखा जाएगा," पापा ने कहा।

शरीर दबाने की वजह से उनकी आवाज़ धीरे हो गयी थी। उनको नींद आ रही होगी। मैं चुप हो गया और उनका हाथ दबाता रहा। थोड़ी देर उनके हाथ को अपने हाथ में लेकर ये महसूस करता रहा कि क्या पापा का हाथ भी एक वक़्त के बाद बाबा के हाथ जैसा हो जाएगा? कितना और वक़्त है पापा के हाथ को बाबा जैसा होने में। कितना जीवन बाक़ी है? और अब पापा और मेरे हाथ के बीच कितना वक़्त है?

मैंने अपने और बाबा के हाथ को एक जैसा देखा था और बीच में अब था पापा का हाथ। मैंने उनसे नज़र बचाते हुए अपने हाथ को पापा के हाथ के साथ रखकर देखा। दोनों हाथ अलग थे। पर पापा का हाथ एक दिन बाबा का हाथ हो जाएगा।

उस रात मुझे बहुत देर तक नींद नहीं आयी। पापा के बग़ल में मैं कई बार सोया था बचपन से पर आज पहली बार लगा कि मेरा शरीर उनसे बड़ा था। क्या पापा का जीवन भी उतना ही सरल था, जितना उनकी बातों में दिखता था या वो सिर्फ़ सरल मानते आए थे?

पापा की बग़ल में लेटे हुए मैं उनके जीवन के बारे में सोचने लगा। इस यात्रा में बाबा और नाना भी रह-रहकर आ जाते और कहीं एक छोर पर मैं खड़ा मिलता, इन सबसे दूर। मुझे लगता है पापा नाना के जाने के बाद शायद अकेला महसूस कर रहे थे। पापा कहते कि वैसे तो तुम्हारे नाना सेना में हैं, पर हैं बहुत ही कवि हृदय आदमी। एक बार पापा ने कहा, अच्छी बात यह कि मेरे तुम्हारे अंदर माँ की तरफ़ के ज़्यादा गुण आए, पापा की तरफ़ से कम। क्या मेरा लेखक होना उन्हें ये बताता था?

मैं बड़ी देर तक बिस्तर पर लेटा रहा। फ़ोन उठाया तो माया का मैसेज पड़ा हुआ था। "कैसे हो?"

मैं कैसा हूँ? ठीक ही था मैं। "ठीक ही हूँ मैं," मैंने जवाब में टाइप कर दिया। माया को पता नहीं था कि मैं नाना के घर आ चुका हूँ। मेरा मन भी नहीं हुआ था उसे ये बताने का।

"I am in Pune. We can talk."

मुझे अभी फ़ोन पर बात करने की इच्छा नहीं थी।

11

जीवन के कई नाटकीय क्षणों में मैं नाटकीयता ढूँढने की कोशिश करता हूँ तो वो वैसे नहीं दिखती, जैसी होनी चाहिए। जब भी कोई मेरे लिखे हुए की नाटकीयता के बारे में पूछता है तो मुझे किसी एक साधारण-से दिन की साधारण-सी बात याद आती है। मैंने जब-जब सोचा कि जीवन इस तरफ़ को जाएगा तो मुझे जीवन ने हैरान किया है। मुझे जब-जब लगा कि लोग इस तरह का बर्ताव करेंगे तो लोगों ने हैरान किया है। नाटकीयता शायद साधारण दिनों और साधारण घटनाओं से दूरी बनाने से पैदा होती है।

मुझे लगता था कि नाना का जाना बस मेरे दिमाग़ में था परन्तु आज सालों बाद अब मुझे लगता है कि यह एहसास दिमाग़ से रिसता हुआ मेरे दिल तक पहुँच चुका है। उनके जाने का ख़ालीपन हमेशा नहीं रहता पर कभी-कभी किन्हीं क्षणों में तीव्रता से महसूस होता है कि अब मैं उनसे कभी नहीं मिल पाऊँगा।

नाना के घर से सारे कर्मकांड निपटाकर हमलोग जब बक्सर वापस आ रहे थे तो पापा ने मुझसे पूछा, “तुम्हारी तबियत कैसी है अब?” पापा मेरे पेट दर्द की बात कर रहे थे।

मैंने कहा, “ठीक है।”

“और शादी का कुछ हुआ? क्या सोच रहे हो?” उनका दूसरा सवाल था।

मैं इस सवाल के लिए अब हमेशा तैयार रहने लगा था। पर मैं इसका क्या जवाब देता? मेरे बोलने से पहले ही पापा ने आस्था की बात शुरू कर दी। वो जानते थे कि हम साथ थे। शायद माँ ने उन्हें ये बात बतायी हो। पर माँ ने पापा को क्या बताया होगा?

"बेटा देखो, लोग ज़िंदगी में आते-जाते रहते हैं, ये सब सोच के ज़्यादा परेशान नहीं होना चाहिए। जीवन रुकता है क्या किसी के लिए!" पापा का पूरा ज़ोर इस बात पर था कि अब अगले आने वाले साल में मुझे शादी कर लेनी चाहिए।

पापा से मैंने इस बारे में कभी खुलकर बात नहीं की थी। मुझे लगता था इस बारे में बात क्यूँ ही करनी, जब मुझे शादी करनी होगी मैं कर लूँगा! पर अब बस शादी कर लेना इतना सरल नहीं था, जितना पापा के वक़्त में था। मैंने सोचा कि पापा को साफ़-साफ़ बता दूँ कि आजकल डेटिंग और शादी के बीच के सफ़र में क्या होता है। मैंने उन्हें माया और आस्था दोनों के बारे में बताया। वो सुनते रहे। उनकी चुप्पी एक तरह का समर्थन थी शायद।

हाँ मैंने माया के बारे में ये नहीं बताया कि ये वही लड़की है जिसकी वजह से मेरा स्कूल छोड़ने की नौबत आ गई थी। सारी बात सुनने के बाद उनका बस एक ही सवाल था-

"और तुम माया से शादी करना चाहते हो?"

"मुझे नहीं पता पापा," मैं बोला, "मुझे लगता है मेरी कहानी कहीं रुक गयी है। थोड़े दिनों तक लगती है कि चल रही है, आगे बढ़ रही है फिर थोड़े वक़्त बाद मैं भूल जाता हूँ कि मेरी कहानी क्या थी!"

पापा मेरी बात सुनकर हँस दिए। नाना जी के जाने के बाद मैंने पहली बार पापा को हँसते हुए देखा था।

घर पहुँचकर दोपहर में मैंने सौरभ को फ़ोन लगाया। उसकी अलग कहानी चल रही थी। वो ख़ुश था। उसने मेरी बात भव्या से कराई।

भव्या बोलने लगी, "यार मुझे मलबरी इतनी ज़्यादा पसंद आ गयी है कि मैं सोच रही हूँ इसको किडनैप कर लूँ।"

"देख लो अगर तुम्हारे साथ जाती है तो ले जाओ।"

"वैसे क्या हुआ आपकी मैडम का? कैसी बातचीत चल रही है?" भव्या का सवाल था।

"हाँ यार, बात तो चल रही है। और अच्छी चल रही है पर देखते हैं। मिलकर ही पता चलेगा।" ये मेरा आस्था के साथ सालों का अनुभव बोल रहा था।

सौरभ ने बताया कि वो और भव्या अपने घरवालों को एक-दूसरे के बारे में बताना चाह रहे हैं। उससे पहले उन्हें मुझसे इस बारे में बात करनी थी। मुझे उन दोनों से बात करके अच्छा भी लगा और हँसी भी आयी। अच्छा इसलिए कि वो मुझे अपनी लाइफ़ में इतनी important जगह दे रहे थे। और हँसी इसलिए आयी कि वो एक ऐसे आदमी से राय माँग रहे थे जिसे ख़ुद पता नहीं था कि उसके जीवन में क्या होने वाला है।

फ़ोन रखने के बाद जैसे मैं अपनी दुनिया में वापस आ गया था। माया को अभी तक आस्था के बारे में नहीं बताया था। सोचा जब उससे मिलूँगा तब बता दूँगा। क्या वो ये बात समझेगी कि मैंने उसे ये सब पहले ही क्यों नहीं बताया? शायद इतना किसी को भी समझाने की ज़रूरत नहीं है, क्योंकि किसी को समझाना शायद बस हमारा भ्रम होता है। सामने वाला तभी उस बात को समझ पाएगा जब उसे समझना होगा।

फेरनेंदो पेसोआ ने अपनी किताब "The book of Disquiet" में लिखा है- "… What is there to confess that is worthwhile or useful? What has happened to us has happened to everyone or to only to us; if to everyone, then it's no novelty, and if only to us, then it won't be understood..." तो यह जो समझने और समझाने का चक्र है उसके बारे में शायद सोचना ही बेकार है। मैं भी इस चक्र से बाहर निकलने की कोशिश में लगा हुआ हूँ।

छठ पूजा को बीते हफ़्ता हो गया था पर अम्मा की कमज़ोरी ठीक नहीं हुई थी। वो पूरे दिन सोती रहीं। बीच-बीच में उठती और खाना-खातीं और फिर आराम करतीं। इस उमर में इतना तो होना ही था। बचपन में मैं माँ के पास कम और अम्मा के पास ज़्यादा सोता था। वो ख़ूब सारी कहानियाँ सुनाती थीं और मैं सुनते हुए उनकी दुनिया में चला जाता; हँसता, रोता और ख़ुश होता। एक बार तो अम्मा सो गयीं थी और मैं रो रहा था। मेरी हूँक सुनकर उठीं और पूछा, "क्या हुआ।" मैंने रोते-रोते उन्हें बताया कि मुझे उस जोगी की याद आ रही है। मैं तो अपनी अम्मा की गोद में कहानी सुनता हुआ सो रहा हूँ पर वो अभी कहाँ होगा? क्या उसने खाना खाया होगा? क्या उसकी अम्मा उसको नहीं ढूँढती होगी। अम्मा ने मेरे सवाल का क्या जवाब दिया था मुझे याद नहीं पर मुझे सीने से लगाकर सुला लेना याद है। शायद अम्मा के उस रात मुझे सीने से लगाकर सुला लेने से उस जोगी की याद कहीं मेरे दिल में गहरी उतर गई। मुझे तब कहाँ पता था कि मेरे हर विरह के क्षण में वो जोगी आने वाला था अपनी सारंगी बजाता हुआ। वो जोगी सच में मेरे लिए बिछड़ जाने का पर्याय बन गया।

रात हुई, सब हॉल में डाइनिंग टेबल पर बैठे बातचीत कर रहे थे। अम्मा मेरे सामने बैठीं थीं। माँ बीच की कुर्सी पर बैठकर सब्ज़ी काट रही थीं और पापा घूम-घूमकर टीवी देख रहे थे। अम्मा की बातों में फिर मेरी शादी की बात आयी। कहने लगीं कि कोई शहर की भी लड़की लेकर आओगे तो हमें कोई दिक़्क़त नहीं है। तुम्हारी माँ भी तो शादी से पहले शहर में ही रहती थीं। हाँ, माँ तो शहर की लड़की थी और शादी के बाद उनका गाँव आना हुआ था पर मुझे नहीं लगता कि उनके लिए वो जीवन आसान था।

मुझे मेरी माँ की एक इमेज याद है कि वो आँगन में झाड़ू लगा रही है और मैं बरामदे में खड़ा उनका झाड़ू लगाना देख रहा हूँ। तब माँ परेशान थी और मुझे ये अच्छा नहीं लग रहा था। मेरा ख़ुद का परिवार मेरी माँ को ताने क्यों मार रहा था? मैंने वो बचपन की एक बात छेड़ दी। सबको ये लग रहा था

कि इसे कैसे याद है सब। क्योंकि मैं शायद उस वक़्त ठीक से तीन साल का भी नहीं रहा होऊँगा। मेरी बात में बचपन की वो स्मृतियाँ थीं, जो मैंने कभी परिवार में किसी से कहीं ही नहीं थीं।

जैसे ही मैं वो बातें अम्मा को बताने लगा उन्हें लगा मेरी आवाज़ में रोष आ गया और वो गंभीर होती गईं। अम्मा को लगा मैं उनपर कोई निजी आक्षेप लगा रहा हूँ। जबकि मेरा ऐसा कोई इरादा नहीं था, मेरी बात सुनने और समझने से पहले ही उन्होंने उस बात के आसपास की इतनी सारी बातें निकालकर रख दीं कि मेरी बात बहुत पीछे रह गयी। वह ख़ुद को उन बातों से अलग करने के लिए मुझपर अटैक करने लगीं। माहौल गरमा गया। मुझे भी अम्मा पर ग़ुस्सा आया। अम्मा पर नहीं, उनके manipulate करने पर। क्या मेरी बात उनतक पहुँच नहीं रही थी या वो उस बात को मानना नहीं चाहती थीं? अपनी ग़लती मान लेने से वो छोटी तो नहीं हो जातीं पर उन्होंने बात का जवाब देने के बजाय manipulation चुना था। मैं डाइनिंग टेबल पर उठ खड़ा हुआ चिल्लाने लगा।

माँ और पापा बीच-बीच में बोलने लगे कि “अरे कोई बात नहीं”, “बेटा तुम चुप हो जाओ” और इस तरह की और भी बातें। पर मैं भी चुप नहीं हो रहा था। मुझे इस बात पर ग़ुस्सा आ रहा था कि मेरी पूरी बात सुनने से पहले ही बात कहीं और घुमा दी गयी है। लोगों को सुनने की आदत क्यूँ नहीं है, जो उनसे कहा जा रहा है। मैं कह कुछ और रहा हूँ और सुना कुछ और जा रहा है। अपनी ग़लती एक बार मान लेने में आख़िर परेशानी क्या है? कौन किसको उम्र क़ैद देने जा रहा है! और शादी बस इसलिए करनी है कि लड़की से घर का काम करवाया जा सके तो मुझे नहीं करनी। आपके बोलने से, आपके हिसाब से तो बिल्कुल नहीं करनी। मज़ाक़-मज़ाक़ में शुरू हुई बात बहुत आगे निकल आयी थी।

अम्मा ने अब माँ-पापा पर पर्सनल अटैक शुरू कर दिया था। कहने लगीं कि “इन लोगों के लिए जितना किया है किसी के लिए नहीं किया और ये

आज मुझे ऐसा बोल रहा है।” मैंने अपना माथा पीट लिया। पापा ने टीवी का वॉल्यूम बढ़ा दिया। माँ भी चुप होने का इशारा कर रहीं थीं पर मेरा गुस्सा बढ़ता जा रहा था।

बीच में मैंने कुछ बोला भी फिर अम्मा ने हफ़्ते भर पहले की कोई बात निकाली और कहने लगीं, “ये कह रहा है कि आप लोगों ने किसी का ठेका नहीं लिया तो किसी में तो मैं भी आ गयी न।” मुझे इस बात की एकदम उम्मीद नहीं थी। यह बात तो मैंने माँ को किसी और संदर्भ में कही थी। माँ की उम्र भी बढ़ रही है, उनके पास भी इतने सारे काम होते हैं तो वो अपना ध्यान रखें या आस-पड़ोस के रिश्तेदारों में कौन ख़ुश है और कौन दुःखी का हिसाब रखेंगी- मैंने ये कहा था, पर अम्मा ने उसे अपने ऊपर ले लिया था!

पापा ने भी उन्हें कहा, “ए माई ई त तू ज़्यादा सोच तारे”। अम्मा का चेहरा उनके हर वाक्य के साथ गिरता जा रहा था। एक अजीब-सी बेचारगी थी, जिसके साथ एक अजीब-सी क्रूरता का एहसास भी था। मैंने ख़ुद को कंट्रोल किया क्योंकि यह बात मुझे अब समझ आ गयी थी कि यहाँ तर्क करने का कोई फ़ायदा नहीं है।

थोड़ी देर सब शांत रहे। माहौल तीन मिनट में ही अजीब हो गया था। थोड़ी देर में अम्मा वहाँ से उठीं और बारामदे में अपने बिस्तर पर चली गयीं। मैं वहीं बैठा रहा। माँ मुझे समझा रही थीं कि उनसे बहस मत किया करो। मैं चुप था। थोड़ी देर बाद माँ उठीं और अम्मा को देखने गयीं। उन्होंने उन्हें दूर से ही पर्दा हटा कर देखा। मेरे पास वापस आयीं और बोलीं, “रो रही हैं।” मुझे यह सुनकर अच्छा नहीं लगा। ऐसा लग रहा था मैं उनका दोषी हूँ। अजीब बात है पर सब कुछ अचानक से बदल गया। मैं वहाँ से उठा और सब कुछ वहीं छोड़कर उनके पास गया। वो तकिए के एक तरफ़ मुँह करके लेटी हुई थीं। मैं उनके साइड में बैठा और कहा, “का भयिल अम्मा”। “कुछ ना,” उन्होंने कहा। उनका गला भर्राया हुआ था। मैंने उनका चेहरा अपनी तरफ़ घुमाया और कहा, “त रोवत काहें बाड़ू”।

"हमरा से बहस मत कायिल कर, हमारा बरदास ना होला।"

"ठीक बा, ना करब," बोल कर मैं धीरे-धीरे उनका माथा सहलाने लगा। ऐसा लग रहा था जैसे किसी बच्चे को मना रहा हूँ। रुक-रुककर मैं उनसे बातें करता रहा, वो बिना किसी लाग-लपेट के सीधा-सीधा जवाब देती रहीं। उनकी नाराज़गी में एक सादापन था, जो नाटकीय नहीं था। इसे देखते हुए मुझे ये साफ़-साफ़ दिख रहा था कि उनके ख़ुद को बचाने वाले तर्क में कई सारी मिलावटें थीं। मैंने कहा, "चल हमरा साथे बम्बई, हमारा संगे रहिह"।

"ना तहरा-हमरा ना पटी," उन्होंने कहा।

इतना सादा! साफ़-साफ़ बोल दिया कि मेरी और तुम्हारी नहीं पटेगी। फिर वो कहती रहीं कि उनसे बहस नहीं होती है। मन अजीब हो जाता है। उमर हो रही है... वगैरह-वगैरह। मैं बैठा बैठा सुनता रहा। उनकी बात नहीं काटी। जो था उनको कह देना था। मैंने बस एक ही बात कही, "आपको अपनी बात कहने के लिए इतने बेटे हैं, इतने नाती हैं, इतने लोग हैं। पर मेरे पास तो एक ही अम्मा है न। मैं किसके पास जाऊँ अपनी शिकायत कहने?"

थोड़ी देर हमलोग बात करते रहे, उनके चेहरे से दुःख की रेखाएँ थोड़ी कम हुईं। मैंने उनको कहा, "आप मेरे पास सो जाइए" पर इस बार उन्होंने यह कहकर मना कर दिया कि नहीं, नहीं सोऊँगी, तुम चले जाओगे तो मैं कुँहूँक के रह जाऊँगी। उन्होंने यह बात बहुत आसानी से कह दी थी। इस बात की नाटकीयता जितनी इस पन्ने पर लग रही है, वो जब घट रही थी, तब उतनी नहीं थी। सच तो यह भी है कि उस बात का इतना सरल होना ही मुझे खटक रहा था। "तुम चले जाओगे तो मैं अकेली कुँहुँक के रह जाऊँगी" यह वाक्य किसी फ़िल्म में होता तो हम उसे कितना एप्रिशिएट करते। पर यह बस ऐसे ही हो गया। यहाँ तक कि मुझे इसके बारे में लिखते हुए यह लग रहा है कि मैं इसे और नाटकीय बनाता जा रहा हूँ। मुझे यहीं रुक जाना चाहिए।

बीच में पापा भी आए। पर्दा सरकाकर इशारे से पूछा कि कैसी हैं अम्मा? मैंने इशारे से कहा, "इन कंट्रोल"। वो चले गए। वो नहीं पड़ना चाहते ज़्यादा कॉन्फ़्लिक्ट में। मेरे जैसे ही हैं। थोड़ी देर बाद मुझे लगा कि अभी के लिए सब ठीक है तो मैं वहाँ से चला गया। अंदर आया तो माँ ने कहा "क्या ज़रूरत थी आख़िरी दिन यह सब करने की। इतने दिन इतना ठीक से रहा और जाते-जाते ये कर दिया।"

सोचा कि हम सबके अंदर किस तरह की क्रूरता भरी हुई है, जिसे अंदर तक दबा लेने के लिए हमने अपने आस-पास इतने यत्न किए हैं। ग़लती किसकी थी उस बात में? मैं क्यूँ ढूँढ रहा था किसी ऐसे किरदार को, जिसकी ग़लती होनी ही थी। क्या हमारे हर कड़वे अनुभव के पीछे किसी का होना ज़रूरी है? शायद नहीं। पर दिमाग़ वो वजहें ढूँढता है, चाहे वो वजहें कितनी ही अजीब क्यूँ न हों। ये सारी बातें लगातार दिमाग़ में चलती रहीं और फिर कब नींद आ गयी कुछ पता नहीं चला।

अगली सुबह देर से आँख खुली। दिमाग़ का एक हिस्सा कह रहा था, आख़िरी दिन है, यह दिन घर वालों के साथ बिताना ठीक होगा। पर उनके साथ बिताए दिन तो पूरे दिन में हमेशा ही पसरे रहते हैं। हम क्या इस बात को कभी ठीक-ठीक समझ पायेंगे कि किस व्यक्ति के साथ बिताए हुए कौन से क्षण हमारे लिए सबसे ज़्यादा मायने रखते हैं? हमारे होने की त्रासदी यही है कि अगर कोई ऐसा वक़्त होता भी हो तो वो हम उसके गुज़र जाने के बाद समझ पाते हैं।

अपने आस-पास के माहौल को नज़र घुमाकर देखा और सोचा कि कल यही सब याद कर रहा होऊँगा कि मैं यहाँ था। मैंने ख़ुद को कहा कि वापस आ जाओ, धूप खिली हुई है। बहती हुई हवा में हल्की ठंड थी जैसे हवा पानी की बहुत महीन बूँदों के साथ बुनकर चल रही है। यह मैंने सालों बाद महसूस किया था। मुंबई की हवा में यह एहसास नहीं है। वहाँ की हवा में

उमस होती है। थोड़ी देर छत पर रहा, आसपास देखता हुआ, आदत से मजबूर, कुछ ढूँढता हुआ।

माँ मेरे जाने की तैयारी में लगी हुई थीं। पापा छत पर ऐसे बैठे थे जैसे मेरे जाने से उन्हें कोई फ़र्क़ नहीं पड़ने वाला। छत पर गया तो देखा अम्मा धूप सेंक रही हैं। रात में जो भी हुआ था रात के साथ वहीं छूट गया था। मैं उनके पास जाकर बैठा। थोड़ी देर बाद वह तेल लेकर आयीं और मेरे बालों में लगाने लगीं। मुझे रात की बात पर और अफ़सोस हुआ। कितने साधारण लोग हैं मेरे घर वाले। साधारण तरह से ग़ुस्सा होने वाले, साधारण तरह से ही प्यार जताने वाले, साधारण तरह का जीवन जीते हुए कुछ साधारण-सी इच्छाएँ रखने वाले लोग।

यह बूढ़ी औरत, जिसे मैं अम्मा कहता हूँ, बस अपने नाती के साथ थोड़ी देर बैठना चाहती थी। उसे उसकी शादी देखनी थी। शादी जो उस बूढ़ी औरत के लिए सुखी होने का पर्याय था। उसे और क्या ही चाहिए था! उसे इस बात से ज़्यादा फ़र्क़ नहीं पड़ता था कि मैं जीवन में क्या क्या कर रहा हूँ। इस औरत की बस एक साधारण-सी इच्छा थी कि मैं ख़ुश रहूँ, ख़ूब पैसा कमाऊँ और उसके ज़िन्दा रहते मैं शादी कर लूँ। अम्मा का मुझे तेल लगाना अपने छोटे-से नाती से मिलना था।

अम्मा बताती हैं कि जब मैं पैदा हुआ था तो उनकी हथेली के बराबर ही था। गाँव की एक बहुत बूढ़ी अम्मा जब मुझे देखने आयीं तो उन्हें मुझे देखकर आश्चर्य हुआ। उन्होंने मेरी अम्मा से पूछा "कैसे पालोगी इसको?" अम्मा यह कहानी बताते हुए बताती हैं, उन्होंने उन्हें जवाब दिया- "मैया आप इसे बारह दिन बाद देखना।" उसके बाद से अम्मा ने मुझे अपने पास ही रखा। रात में उठ-उठकर कई बार तेल मालिश करतीं। मैं माँ के पास तभी जाता जब मुझे दूध पीना होता। बारह दिनों के बाद बरही पर फिर से वो बूढ़ी अम्मा हमारे घर आयीं और मुझे देखकर हैरान थीं। अम्मा की तेल मालिश

का असर ऐसा था कि अब मेरे बचने-न-बचने का कोई सवाल नहीं था। माँ ने मुझे जन्म दिया था और अम्मा ने जीवन जीने की शक्ति।

आज अम्मा फिर से मेरे बालों में तेल लगा रही थीं। मैं अपने मन में जन्म की कहानी दोहरा रहा था। सामने छत पर धूप पसरी हुई थी। साफ़ आसमान में सफ़ेद बादल तैर रहे थे। मेरी नज़र छत पर सूखते कपड़ों पर गयी और फिर बाक़ी के घरों पर। थोड़ी दूर पर गली से एक आदमी चुपचाप चला जा रहा था। यह सब कुछ अलग-अलग दिखते हुए भी एक दृश्य में बँध गया। मैं सोचने लगा कि मेरे जाने के बाद भी ये सब ऐसा ही होगा, जैसा है। यह सारा दृश्य यहीं होगा पर मेरे लिए स्मृति बन जाएगा। क्या मैं इस दृश्य को हमेशा के लिए ऐसा ही रख सकता हूँ कि जब भी मुझे यहाँ फिर से लौटना हो तो मैं बस उस दृश्य को याद करूँ और यहाँ आने की इच्छा पूरी हो जाए। तभी उस दृश्य में माँ का प्रवेश हुआ। उन्होंने क्या-क्या रख लिया और क्या-क्या बाक़ी है के सवाल किए।

मेरी फ़्लाइट शाम को पाँच बजे के आसपास थी। कैब वाले महेंद्र सिंह जी बारह बजे ही आने वाले थे। घंटों की उल्टी गिनती शुरू हो चुकी थी। मैंने बैग में सारा सामान पैक कर लिया था। माँ लगातार मुझसे "सब रख लिया" के सवाल किए जा रही थीं। अम्मा बार-बार कह रहीं थी कि जल्दी दोबारा आना और ठीक से रहना। पापा का कहना था कि तबियत ठीक करो अपनी।

महेंद्र सिंह जी थोड़ी देर बाद हमारे घर पहुँच चुके थे। मेरे जाने का वक़्त और सिकुड़ चुका था। ऐसे में वक़्त मुझे हर बार किसी किताब के आख़िरी कुछ पन्नों-सा जान पड़ता है। जैसे हमें पता हो कि बस दो बार और पन्ने पलटेंगे और ये कहानी ख़त्म हो जाएगी। उन दो पन्नों में हमेशा कुछ ऐसा छिपा होने का एहसास होता है, जो हमें पूरी किताब में नहीं मिल । कुछ ऐसा जो हमारी इतने पन्नों की यात्रा को एक अर्थ दे। जीवन में ऐसा नहीं

होता। जीवन की किताब में वो दो पन्ने भी वैसे ही निकल जाते हैं जैसे पूरी किताब।

मैं दूसरे पन्ने की आख़िरी लाईन पर था। सबके पैर छू रहा था। पैर छूने के बाद भी सब मेरे साथ थोड़ी दूर तक चले। घर के पास के मंदिर के पास महेंद्र सिंह जी की कार खड़ी थी। मैंने कार के पीछे अपना सामान डाला और सनग्लासेस लगा के महेंद्र सिंह जी के साथ सामने की सीट पर बैठ गया। कार चली और चलकर थोड़ी ही दूर पर मुड़ गयी। घर-परिवार पीछे छूट गया।

समोसे की दुकान, उसके पास का पेट्रोल पम्प, कचौड़ी के ठेले, चौक का मंदिर, सड़क पर उड़ती धूल और उसी सड़क पर चलते हुए लोग थोड़े अलग दिखने लगे थे, जैसे मैं अब उन्हें बाहर से देख रहा हूँ। एक हल्का धोखा देने के एहसास ने ग्लानि बनकर मेरे अंदर प्रवेश किया।

आदतन मोबाइल निकलाकर दिमाग़ में चल रहे ख़यालों को लिखने लगा। इन्हीं ख़यालों में माया का ख़याल भी दाखिल हुआ। सोचा उसे मैसेज करता हूँ पर नहीं किया। लगा कि उसे मैसेज करना उसके ख़याल को रोक देना होगा। मैं इस ख़याल के साथ थोड़ी देर रहना चाहता था।

महेंद्र सिंह जी मुझे बता रहे थे कि कैसे वो मुझे टाइम से पहले ही वाराणसी एयरपोर्ट पहुँचा देंगे। इसी बीच माया का फ़ोन आया। उसने मुझे happy journey बोलने के लिए फ़ोन किया था। मुझे पता था हमारी बात किस तरफ़ जा रही है। हम दोनों इस बात को उस तरफ़ ले जाना चाहते थे पर हम दोनों को यह बात पता थी कि अगर ये बात उस तरफ़ न भी जाए तो हम वापस लौट जाएँ। क्या बिना किसी टीस के यहाँ से वापस लौट जाना मुमकिन था? क्या मुझे माया को आस्था के बारे में अब बता देना चाहिए?

एयरपोर्ट पहुँचते हुए मुझे याद आया कि मेरे पास महेंद्र सिंह जी को देने के लिए बिल्कुल भी कैश नहीं है। मुझे उनको चार हज़ार रुपए देने थे।

मैंने उनसे बस ये पूछा था कि "आसपास क्या कोई ATM होगा? मुझे पैसे निकालने हैं।" मेरी बात सुनकर ऐसा लगा जैसे उनकी चिंता बढ़ गयी हो। उनकी आवाज़ में ऐसा भाव आया जैसे उनको ये सवाल ही ठीक नहीं लगा। आसपास कोई ATM नहीं था।

"क्या UPI पेमेंट करने का कोई तरीक़ा है?" मैंने पूछा। उन्होंने थोड़ी देर सोचने के बाद अपने बेटे को फ़ोन किया और उससे एक अकाउंट नम्बर लिया जिसपर ऑनलाइन पेमेंट की जा सकती थी। UPI पेमेंट ऑप्शन नहीं था।

"पर इस अकाउंट पे पेमेंट करने में थोड़ा टाइम लगेगा।" मैंने अकाउंट नम्बर देखते हुए कहा। महेंद्र जी फिर परेशान। मैंने उन्हें समझाने की कोशिश की कि यह कोई UPI अकाउंट नहीं है इसलिए इस अकाउंट को एड करने में और इसके ऐक्टिवेट होने में कम-से-कम एक दिन का वक़्त तो जाएगा ही। महेंद्र जी को मेरी बात समझ आ रही थी पर ठीक नहीं लग रही थी।

उनको लग रहा था जैसे कहीं उनके पैसे न मारे जाएँ। मैं इस डर को समझता था पर मुझे इस तरह के अविश्वास की अब आदत नहीं थी। मुंबई में ये बातें बहुत ही सामान्य थीं जहाँ लोग एक-दूसरे पर भरोसा करते थे और ऐसी मुश्किलों को समझते थे। यह अपने-अपने अनुभवों की बात भी हो सकती है पर महेंद्र जी का असंतोष इतना था कि "ठीक है कोई दिक़्क़त वाला बात नहीं है" के पीछे से भी रिस रहा था।

मुझे यह पूरा प्रकरण ही अजीब लगा। मैं थोड़ा झुंझला-सा गया। "आप अपने बेटे का मोबाइल नम्बर दे दीजिए मैं पैसे भिजवाता हूँ। अगले तीस मिनट में।" वो मान गए। मैंने कार से अपना सामान निकाला और डिपार्चर गेट की तरफ़ बढ़ने लगा। जाते-जाते महेंद्र जी ने फिर से कहा, "ठीक है कोई दिक़्क़त वाला बात नहीं है।" उनकी बात मुझे इतनी खोख़ली लगी कि मैं उनको जवाब भी नहीं दे पाया। मैंने तुरंत सौरभ को सारी डिटेल्स

भेजकर पैसे भेजने के लिए फ़ोन किया। उसने फ़ोन नहीं उठाया। महेंद्र जी का मेरे पास रखा हुआ पैसा मुझे किसी भार जैसा लग रहा था जो मुझे जितनी जल्दी हो उतार फेंकना था। मुझे तो ये भी याद नहीं था कि आख़िरी बार मेरे साथ ऐसा कब हुआ था।

एयरपोर्ट पर ज़्यादा भीड़ नहीं थी। मैं चेक-इन करके अपने गेट की तरफ़ बढ़ने लगा। इतने में माया का फ़ोन आया। मेरी आवाज़ की झुँझलाहट वो भाँप गई। पूछने पर मैंने सब साफ़-साफ़ बता दिया। एक तो मुझे भूख तेज़ लगने लगी थी ऊपर से ये पैसे वाला नाटक। ग़लती मेरी ही है, मुझे कैश लेकर चलना चाहिए। माया ने बोला, “तुम मुझे डिटेल्स भेज दो मैं ट्रांसफर कर देती हूँ”

“नहीं यार, वो हो जाएगा मैं देख लूँगा,” मैंने एक कैफ़े की तरफ़ बढ़ते हुए जवाब दिया। फ़्लाइट में अभी दो घंटे का वक़्त और था। माया ने फिर से अपनी बात दोहरायी और कहा, “तुम चाहो तो मुझे वो पैसे मिलकर दे सकते हो। मैं तो बस उधार दे रही हूँ।” मैंने फिर माना कर दिया, “मैं बाद में बात करता हूँ ज़रा भूख लग रही है।”

“ठीक है।”

मैंने फ़ोन रखा और एक कॉफ़ी ऑर्डर की। कैफ़े वाले ने तुरंत ही कॉफ़ी दे दी। मैंने कॉफ़ी का एक घूँट लिया और पूरा मुँह बिगड़ गया। ये कॉफ़ी तो नहीं थी। मुझे लगा एक घूँट और लेकर देखता हूँ। फिर वही हुआ। मैंने कॉफ़ी डस्टबीन में फेंकी। कैफ़े पर खड़े लड़के ने पूछा, “क्या हुआ भैया, पसंद नहीं आयी?” बिना जवाब दिए मैं आगे बढ़ गया।

कोने में एक कुर्सी पकड़ी और अपना बैग खोला। मेरे पास घर का लाया हुआ भूजा था, जो मैं बिना किसी प्लेट-कटोरी के खा सकता था। पेट में कुछ गया तो जैसे दिमाग़ ने काम करना शुरू किया। दिमाग़ ने काम करना

शुरू किया तो माया का आईडिया इतना बुरा भी नहीं लगा। फ़ोन उठाया तो देखा वो साइलेंट पर था और महेंद्र जी दो बार कॉल कर चुके थे। आह! क्या करूँ मैं??? मैंने WhatsApp पर सौरभ को भेजी हुई डिटेल्स को माया को भेज दीं- "Send 4K on this. Please."

फ़्लाइट आने में अभी एक घंटा बाक़ी था। मेरी बायीं तरफ़ चार सीट छोड़कर एक आदमी बैठा था, जो शायद अपनी पत्नी से बात कर रहा था। शायद वो उसे मना रहा था। उसकी बातों में औसत हिंदी फ़िल्मों के संवाद की झलक थी: "हाँ मैं पागल हूँ, क्योंकि, तुमने मुझे पागल बनाया है।" मुझे उसकी बातें रोचक लग रही थीं। मैं चुपचाप उसे सुनने लगा। बीच-बीच में मैं उसे देख भी लेता। थोड़ी देर तक उसकी बातें सुनने पर मुझे इस बात का एहसास हुआ कि उसकी बातों में प्रेम कम और प्रेम पा लेने की चतुराइयों की क्रूरता ज़्यादा थी। उसकी बातों के नाख़ून पैने थे, जो दूसरी तरफ़ से प्रेम को खरोंचकर पा लेना चाहते थे।

उसकी बातें सुनते हुए मुझे अपनी वो सारी बातें याद आने लगीं जो मैंने ऐसे क्षणों में आस्था के साथ की थीं। हमारे रिश्ते को बचाने के लिए मैंने जो बातें उससे की थीं उसकी भाषा अलग थी पर भाव तो यही था। आज जब मुझे दूर से उसकी एक झलकी दिखी थी तो मुझे समझ आया था कि मैं पैने नाखूनों वाले इस जानवर को जानता हूँ। पर अब यह जानवर मेरे लिए बस एक किरदार था, जो मेरा मनोरंजन कर रहा था। उस आदमी की बातें सुनते हुए मुझे लगता रहा कि यह आदमी इस दुनिया में आदमियों के अंदर का आदमी है। ये वो आदमी है, जो किसी भी क़ीमत पर प्रेम पाना चाहता है। मैं भी आस्था के साथ किसी भी क़ीमत पर रहना चाहता था।

हमारे संबंध के शुरुआती दिनों में मैंने भी ऐसी बातों के आसपास की बात की थी। हाँ अब मैं वो इंसान नहीं था पर क्या मैं माया के साथ भी ऐसा ही कर रहा हूँ? मुझे माया से बहुत जल्दी थी मिलने की। क्या हमारे बीच जो

चल रहा था वो प्रेम था या हम बस एक दूसरे के अकेलेपन के साथी थे? ये सारे सवाल हमारे मिलने पर ही पूरे हो सकते थे। मुझे इस बात का डर भी था कि कहीं हमारी उम्मीदों और हमारे यथार्थ के बीच इतनी बड़ी खाई न हो कि जब हम मिलकर एक-दूसरे को आवाज़ लगाएँ तो वो एक-दूसरे तक पहुँचे ही न।

फ़्लाइट टेक-ऑफ़ होने से पहले ही मेरी आँख लग गयी जो टेक-ऑफ़ के चालीस मिनट बाद खुली। मैंने दोबारा सोने की कोशिश की और थोड़ी देर बाद सफल भी हुआ।

आँख तब खुली जब फ़्लाइट ने मुंबई touch down किया।

भाग 3

तुम वो तो नहीं

जो कहानी मैं लिख रहा हूँ, उसमें जितनी माया उतनी ही आस्था भी शामिल है। मैंने कोशिश की कि इसमें मैं मेरी और माया की बात ही रखूँ। क्योंकि जब पहली बार माया को देखा था तो उस कहानी में बस मैं और माया थे। पर मैं यह कैसे भूल सकता था कि पिछले बीस साल के किसी जुलूस-से गुज़रे जीवन के बाद आज मैं यहाँ खड़ा था। और वो जीवन ही क्या जो हमारी पीठ पर अपने निशान न छोड़ जाए?

♡

मुंबई आए एक हफ़्ता होने को था। सौरभ और भव्या अब भी मेरे घर पर ही थे। मैं अपना पेट-दर्द दिखाने एक डॉक्टर के पास गया। मेरे डॉक्टर का कहना था कि मेरी तबियत ख़राब होने की वजह कहीं-न-कहीं मेरी इमोशनल हेल्थ है। पर मेरी इमोशनल हेल्थ को क्या हुआ? मैं तो एकदम ठीक हूँ। और जहाँ लगातार चलते मेरे सवालों की बात है, वो तो बचपन से चलते आए हैं।

पापा भी तो यही बताते हैं कि मैंने बचपन से ही बहुत सारे सवाल पूछता था। इतने कि रात में उन्हें सोने नहीं देता था। अब मेरे यही सवाल मुझे सोने नहीं दे रहे थे। अब न 'पापा' की भूमिका में पापा थे, न डॉक्टर की रिपोर्ट में मेरी बीमारी का कुछ पता चल रहा था।

एक रात पेट का दर्द वापस लौटकर आया। घबराकर आँख खोली तो दर्द ग़ायब था। यह दर्द सपने में हो रहा था। फिर नींद आयी और फिर से दर्द वापस आ गया। मेरे सामने आस्था थी पर अभी तो मैं माया के बारे में सोच रहा था। माया, जो मेरा बचपन का प्यार थी, जिसके लिए मैंने ईश्वर तक के दरवाज़े खटखटाए थे। तेरह साल की उम्र में चार साल प्यार, लगभग आधा जीवन था। नहीं ये आस्था से जुड़ा दर्द तो नहीं हो सकता।

माया का ख़याल सुबह उठने के बाद का पहला ख़याल होता। सुबह की कॉफ़ी मैं सौरभ और भव्या के साथ ही पीता। सौरभ के जीवन में भव्या का आना सुंदर था। जब दोनों मेरे सामने बैठे होते तो वो दृश्य पूरा लगता। मैंने कई बार इस सुबह की कॉफ़ी में माया के होने की कल्पना की पर कभी सौरभ को बताया नहीं। मैं अभी न माया के बारे में ज़्यादा बात करना चाहता था और न ही उससे वीडियो कॉल पर बात। मैं हमारी बातों को हमारे मिलने के लिए बचाकर रखना चाहता था, जहाँ उसे बोलते हुए देख सकूँ।

यह साल का आख़िरी महीना था। कुछ जगहें खुलनी शुरू हो चुकी थीं। सौरभ ने एक दिन बताया कि अगले हफ़्ते पुणे में उसका शो है। आप चलोगे? उसने पूछा।

"पुणे में कैसे? मुंबई में shows नहीं हो रहे हैं क्या?"

"एक्चुअली, वहाँ एक फ़ेस्टिवल जैसा है, दो दिनों का। एक दिन मैं भी परफ़ॉर्म कर रहा हूँ। अभी बड़े इवेंट्स करने की परमिशन नहीं मिल रही इसलिए इनडोर ही कर रहे हैं। और कॉमिक्स हैं, खुजली मिटाने कहीं भी जा सकते हैं," बोलकर वो हँस पड़ा।

“मैं चलता हूँ,” मैंने तुरंत ही जवाब दे दिया, “और तुम भव्या?”

“नहीं नहीं, आप लोग जाओ। वैसे भी मैं इसके सारे जोक्स सुन चुकी हूँ।”

“स्टेज पर अलग होता है यार। लोग एक्चुअली हँसते हैं,” सौरभ बोला।

“जब मुंबई में होगा तब जाऊँगी। मैं यहाँ मलबरी के साथ रह लूँगी,” भव्या की बात भी सही थी।

हम दोनों का पुणे जाने का प्लान बना। मैंने माया को अपने प्लान के बारे में बताया। वो ख़ुश थी। उसने उसी ख़ुशी में फ़ोन कर दिया। मैंने फ़ोन काटकर उसे मैसेज किया। “बात करते हैं। आवाज़ को मिलने के लिये बचाकर रखते हैं।”

“ऐसा क्यों?” उसका सवाल था।

“पता नहीं, फ़ीलिंग है। और दो दिन की तो बात है।”

“ठीक है। कहाँ रुकने वाले हो तुम?”

मुझे पुणे के बारे में कुछ भी पता नहीं था। सब सौरभ ने प्लान किया था। मैंने उससे सारी डिटेल्स लीं और अगले दिन माया को भेज दीं। मैं माया से बीस साल बाद मिलने वाला था...यह कई जनम बाद मिलने जैसा था।

हमने एक प्राइवेट कैब बुक की और सुबह-सुबह पुणे निकल पड़े। मैं बच्चों-जैसा ख़ुश था।

“भाई, इतना लंबा तो मैं रहा नहीं किसी लड़की के साथ। सोच रहा हूँ घरवालों से बात कर ही ली जाए,” सौरभ भव्या के बारे में बात कर रहा था।

वैसे सच तो ये था कि उसे भव्या के साथ रहते हुए कुछ ही हफ़्ते हुए थे पर उन दोनों के कम्फ़र्ट को देखकर सच में ऐसा लगता था मानो कितने सालों से साथ रह रहे हों। सौरभ की बातों में किसी बच्चे-सी मासूमियत थी।

"और घर में एक इंसान तो होगा कमाने वाला," बोलकर सौरभ हँस दिया।

"सही है, तुम दोनों को ठीक लगता है तो क्यों नहीं। वैसे भी करके ही समझ आता है कि ये ठीक है भी या नहीं।"

सौरभ मेरी बात में हामी भर रहा था। "आपकी कहानी कुछ आगे बढ़ी?" उसने थोड़ा संजीदा होते हुए पूछा।

मैंने गहरी साँस ली, "मैं तुम्हारा इस्तेमाल कर रहा हूँ।"

"मतलब?"

"मतलब ये कि मैं ये जो पुणे जा रहा हूँ न, अपनी कहानी से मिलने ही जा रहा हूँ," मैंने मुस्कुराते हुए कहा। मेरी मुस्कुराहट थोड़ी देर तक मेरे चहरे पर बनी रही कि उसे वो पढ़ सके। उसे पढ़ने के बाद वो जैसे उछला, "क्या बात कर रहे हो आप! अरे! सही भई, सही!" फिर वो तीन सेकंड के लिए चुप हुआ और बोला- "यार छुपा रुस्तम निकले आप तो!"

शायद मेरी कहानी उसकी कहानी को भी हवा दे रही थी। थोड़ी देर हम दोनों चुप रहे। मैं क्या ही कहता। उसकी ख़ुशी मुझे ख़ुश कर रही थी। मुझे नहीं पता था माया से मिलकर कहानी किस तरफ़ जाने वाली थी पर मैं उस क्षण ख़ुश था। हम दोनों पुणे पहुँचने ही वाले थे।

पुणे पहुँचकर हमने अपना सामान अपने होटल के कमरे में रखा और तुरंत ही कॉमेडी क्लब निकलने की तैयारी करने लगे। सौरभ को अगले दो घंटे में एक रिकॉर्डिंग करनी थी।

क्लब तीसरी मंज़िल पर था और काफ़ी बड़ा था। उसके बाहरी छत वाले हिस्से में रेस्टोरेंट था और अंदर परफ़ॉर्मेंस के लिए जगह थी। लोग अपनी-अपनी सुविधा के अनुसार मास्क लगाकर और उतारकर काम कर रहे थे।

मैंने माया को मैसेज किया और पूछा कि ये क्लब उसके घर से कितनी दूर है। क्लब उसके घर से दस मिनट की दूरी पर था।

“माया का घर क्लब से बस दस मिनट दूर है,” मैंने सौरभ को बताया।

“तो भाई, जाओ मिल लो,” सौरभ ने तपाक से कहा।

मैं सोच रहा हूँ उसको वहीं बुला लेता हूँ। अलग से मिलूँगा तो awkward न हो जाए।

उसने कहा, “क्या बात है भाई!”

मैं इस बात पर झेंपकर हँस पड़ा- “ऐसा नहीं है यार।” क्या ही जवाब देता। मैं?

“भाई, क्या सही कहानी चल रही है यार अपनी,” उसने जैसे आश्चर्य करते हुए कहा। मैं उसे बस सुनना चाहता था।

“आप देखो आप आस्था के जाने के बाद कितना परेशान थे। मुझे तो लगा था कि भाई इस आदमी को कैसे बाहर निकाला जाए उस डिप्रेशन से। पर आज देखो आपने तो गेम ही बदल दिया। मतलब, यार ये सब बातें हम आपस में तो कर ही सकते हैं न!” बोलकर वो हँस दिया।

“मैं डिप्रेस्ड था? तुम्हें ऐसा लगता है?” मेरे मुँह से निकला।

“अरे भाई, हम सब लोग कहीं-न-कहीं होते हैं डिप्रेस्ड। किसी का दिख जाता है, किसी का नहीं दिखता। मुझे दिख रहा था, क्योंकि मैं आपसे इतना क्लोज़ था।”

सौरभ की बात शायद सही थी। किसी अँधेरे से गुज़रते हुए हम कहाँ बता पाते हैं कि हम कितने अँधेरे में थे। वो तो जब हम उससे पार पा जाते हैं, तब समझ आता है। हमारे जीवन के उजाले हमारे अँधेरे पर भी रोशनी डालते हैं।

मैंने माया से क्लब में आने के लिए पूछ लिया। उसने कहा कि वो थोड़ा लेट आ सकती है। क़रीब तीन बजे के आस-पास। मैं आज माया से मिलने वाला था। मेरी नज़र घड़ी पर लगातार बनी हुई थी। होटल से निकलने से पहले मैंने उसे मैसेज किया ताकि वो मेरे पहुँचने तक क्लब पहुँच जाए।

मैं और सौरभ ने होटेल से रिक्शा बुक किया और क्लब की तरफ़ निकल पड़े। एक कुलबुलाहट लगातार बनी हुई थी। अचानक मैंने उसे अपने हाथों में महसूस किया और मेरा हाथ मेरे फ़ोन की तरफ़ गया। फ़ोन ने ख़ुद ही नोटपैड खोला और उँगलियाँ कुछ दर्ज करने लगीं– कुलबुलाहटें, ये तेरी आहटें अब हैं आने लगीं।

मैंने लिखे हुए को देखा और फिर से उँगलियों में हरकत हुई- "गुनगुनाता हूँ, मैं ख़ुद से बुदबुदाता हूँ - तेरा नाम, हैं छिपीं जिसमें राहतें- कुलबुलाहटें।"

ये लिखकर पूरा किया और थोड़ी देर उसे देखता रहा।

> "कुलबुलाहटें,
> ये तेरी आहटें अब हैं आने लगीं।
> गुनगुनाता हूँ, मैं ख़ुद से बुदबुदाता हूँ - तेरा नाम,
> हैं छिपीं जिसमें राहतें-
> कुलबुलाहटें।"

ये जो भी हो रहा था, सुंदर था। मैंने ऑटो से बाहर की तरफ़ देखा। आज का दिन, खिला हुआ दिन था। धूप पूरी थी। सड़कों पर गाड़ियों की ठीक-ठाक भीड़ थी। इतने में माया का फ़ोन आया। वो वेन्यू पर पहुँच चुकी थी। थोड़ी देर में हम वेन्यू के नीचे पहुँचे। मैंने ऑटो में बैठे-बैठे ही देखा कि माया काली ड्रेस पहने नीचे खड़ी थी। मैंने सौरभ की तरफ़ देखा और सौरभ ने माया की तरफ़। उसे देखते ही समझ आ गया कि ये वही माया है। "She has dressed up and all भाई"

“yeah” मैंने कहा। वो सुंदर लग रही थी पर काफ़ी अलग भी। अब तक का सारा अतीत किसी सुंदर कल्पना-सा सामने खड़ा था, कोई कहानी बनने के लिए। कितने लोगों के साथ ऐसा होता होगा कि बचपन का प्यार दोबारा दस्तक दे? मैं थोड़ी देर उसे देखता रहा। उसके गाल का तिल दूर से समझ आ रहा था। उसे देखते हुए मैंने अपने दाएँ गाल को छुआ, एक गहरी साँस अंदर ली और आँखें बंद कर लीं। बंद पलकों के अंधेरे में बचपन का प्रेम कई सारे धुंधले दृश्यों में तैर गया। हवा में एक ठंडापन था और ऐसा लगा जैसे सरसों के फूल खिलने ही वाले हैं। मैं थोड़ी देर उसके साथ रहा, सरसों के फूलों की ख़ुशबू का इंतज़ार करता हुआ। ये वो कहानियाँ थीं, जिनकी कोई फ़िल्म बन सकती थी; हमारी सबसे कठिन परिस्थितियों से निकली हुई सुंदर कहानी। मैं यहाँ तक कैसे पहुँचा?

मैं ऑटो से उतरा और गर्मजोशी के साथ आगे बढ़ा। पर उसके पास आते ही मैं बहुत देर तक उससे नज़रें नहीं मिला पाया। हाथ मिलाना है या गले मिलना है। या फिर कोहनी से कोहनी छुआकर औपचारिकता- हम यह तय नहीं कर पाए। इसलिए उससे मिलना वैसा मिलना नहीं हुआ जैसे मैं मिलना चाहता था। उस असहजता को कम करने के लिए मैंने एक जोक मारा, जो बुरी तरह औंधे मुँह गिरा।

फ़ोन पर जब हमारी बात होती थी तब तो ये हँस देती थी। अभी क्या हुआ? ख़ैर किसी से सामने मिलने पर हमें ख़ुद के पूरा-का-पूरा दिख जाने का डर रहता है। फ़ोन के पीछे एक सुरक्षा रहती है। किसी से मिलने पर हमारा पूरा-का-पूरा होना ही दाँव पर होता है। फिर सामने वाला जब हमारी बातों को रिजेक्ट कर रहा होता है तो सिर्फ़ इतना ही नहीं कर रहा होता, वो हमारे पूरे अस्तित्व को रिजेक्ट कर रहा होता है।

लिफ़्ट से ऊपर जाते हुए भी मैं यही सोच रहा था कि मैं ख़ुद को उसके सामने कितना बिखेरूँ। पर मैंने ख़ुद को लगातार यह कोशिश करते पाया

कि मैं किसी बात की डोर फेंक रहा हूँ उसकी तरफ़, इस उम्मीद में कि वो उसे पकड़ कर मेरी तरफ़ आ जाए। किन्तु ऐसा होता दिख नहीं रहा था।

ऊपर पहुँचकर मैंने एक साइड टेबल पकड़ी और बैठ गया। माया से अब भी औपचारिक बातें ही हो रही थीं। मैं उससे बार-बार नज़रें मिलाने की कोशिश कर रहा था। उसके दाहिने गाल पर बने तिल को ठीक से देखने की कोशिश कर रहा था पर मेरी नज़रें बार-बार उसके चेहरे से गिर रही थीं। मैंने कई बार यह नाकाम कोशिश की। वो तो अच्छा हुआ कि इतने में वेटर मेन्यू लेकर हमारी टेबल पर आ गया। मैंने माया की तरफ़ वो मेन्यू बढ़ा दिया।

"मैं नूडल्स खा सकती हूँ," उसने कहा। हालाँकि यह नूडल्स खाने का कोई वक़्त नहीं था।

"नूडल्स!" मैंने उसकी बात को रिपीट कर दिया। उसने मुझे ऐसे देखा और मैं ये तुरंत समझ गया मुझे यह नहीं बोलना चाहिए था। तबियत तो मेरी ख़राब चल रही थी। मुझे अपनी सेहत का ध्यान देना था, उसे नहीं। वो जो भी चाहे खा सकती थी।

हमने अबतक अपने मास्क उतार दिए थे। अब मैं उसका पूरा चेहरा देख पा रहा था। हमने खाना ऑर्डर किया। उसके लिए नूडल्स और अपने लिए खिचड़ी मंगाई। वेटर ने दो बार मुझे देखा और मना कर दिया। "सर यहाँ हमलोग खिचड़ी तो नहीं बनाते हैं।" मैंने वेटर को प्यार से अपनी हालत समझाई तो उसने मना नहीं किया। हमारा ऑर्डर आने तक हम बातें करते रहे। मास्क के उतरने और एक दूसरे को देख पाने की वजह से हम दोनों की बातों में एक सहजता आ गयी थी। उसने मेरे मास्क की तारीफ़ की-
"I like your mask."

"Which one?" मैंने उसपर भी एक जोक मारा और वो हँस पड़ी। पहली बार उसने मेरी कोई डोर पकड़ी थी।

थोड़ी देर बाद खाना आया। एक दूसरे से शेयर करने का कोई मतलब नहीं था। उसने प्लेट में अपना खाना लिया और थोड़ी देर उसे देखती रही। मैं उसे उसके खाने को देखता हुआ देखता रहा। उसने मुझे उसे देखते हुए देखा और हँस पड़ी।

"पहली बार किसी को कैफ़े में खिचड़ी खाते हुए देख रही हूँ!"

"पहली बार शायद किसी से ऐसे मिल भी रही हो!" मेरे मुँह से निकला। उसने उसका कोई जवाब नहीं दिया। फिर से एक Awkwardness सरककर हमारे बीच आ गई थी, जो मुझे बोल रही थी– देख न मुझे, मैं अभी यहीं हूँ। मैं उसे इग्नोर कर रहा था।

बातों ही बातों में मैंने उसे सौरभ के शो के बारे में बताया तो उसने मुझसे पूछा, "क्या मैं ये शो देख सकती हूँ?" उसने स्टैंड-अप शो live पहले कभी नहीं देखा।

"ऑफ़कोर्स! तुम्हारा नाम है गेस्ट लिस्ट में।"

थोड़ी देर बात करने की कोशिश करने के बाद मैंने टाइम देखा। शो शुरू होने वाला था। हम क्लब के अंदर गए। अंदर रोशनी बस इतनी थी कि सीटें दिख पा रही थीं। हम दोनों पीछे की दो कुर्सियों पर बैठ गये। हम अभी इतने क़रीब बैठे थे कि एक-दूसरे को ठीक से देख भी नहीं पा रहे थे।

जब शो शुरू हुआ तो मैं देखना चाहता था कि वो कैसे रिऐक्ट कर रही है पर हमारे बीच इतना भी फ़ासला नहीं था कि मैं उसे बिना conscious किए देख सकूँ। हाँ मैंने बीच में एक दो बार कोशिश ज़रूर की थी पर उसके ठीक पास बैठकर उसे देखना थोड़ा अजीब था। Awkwardness अब मेरे पैरों से लिपट गई थी और मैं बार-बार अपने पैरों को झटक रहा था।

थोड़ी देर में मुझे समझ आया कि उसे शो पसंद आ रहा है। एक घंटे का शो डेढ़ घंटे चला। डेढ़ घंटे मैंने उससे कोई बात नहीं की थी। बीच-बीच

में अगर मेरा पैर उससे ग़लती से भी छू जाता तो मेरे मुँह से सॉरी निकल जाता। फिर लम्बी चुप्पी। इस लम्बी चुप्पी ने शो से पहले शुरू की हुई बात की ज़मीन भी उजाड़ दी थी। चलते शो में हमारे बीच का उपजा हुआ सन्नाटा शो के बाद भी चलता रहा।

चूँकि मैं उससे ऐसे ही बस कॉफ़ी पीने के लिए नहीं मिल रहा था, यह सन्नाटा थोड़ा खल रहा था मुझे। बार-बार यह ख़याल आता कि अगर मैंने माया से बात आगे बढ़ा ली तो मैं वैसा जीवन नहीं जी पाऊँगा जिसकी कल्पना मैंने अपने बारे में की है। मैं ख़ुद को बार-बार याद दिलाता रहा कि हमारे बीच कुछ नहीं होकर भी इतना कुछ था जिसका असर मेरे जीवन पर आज भी था। आज मेरे एक निर्णय से, ये जो अभी सामने घट रहा था, मेरे पूरे जीवन में पैर पसार सकता था।

इसीलिए शो के बाद वेन्यू से निकलते हुए जब माया ने कहा कि अब उसे घर लौट जाना चाहिए तो मैं झट से राज़ी नहीं हुआ। "दस मिनट रुक जाओ, एक कॉफ़ी पीते हैं साथ में, फिर चली जाना," मैंने कहा। वो रुक गयी जैसे रुकना चाहती थी। जैसे उसे बस मेरे ये कहने का इंतज़ार था। हम वापस क्लब के बाहर वाली छत पर थे। हमने कोने में एक टेबल पकड़ी और बैठ गए।

इस बार बैठे तो ऐसा लगा जैसे जगह बदलने से हमारे बीच का समीकरण बदल गया हो। बैठे तो बस एक कॉफ़ी पीने के लिए थे पर कॉफ़ी ख़त्म होने के काफ़ी देर बाद तक हम बातें करते रहे।

उसकी हँसी उसका सहज होना साफ़-साफ़ बता रही थी। यहाँ बैठकर उसका चेहरा खिला था और अपने अंदर भी मैंने महसूस किया कि मैं उससे अब अपने किसी दोस्त की तरह बात कर पा रहा था। जब से हम मिले थे तब से लेकर अब तक यह वक़्त हमारे बीच का ख़ूबसूरत वक़्त था और मैं आदतन इस बात को उससे बोलना चाहता था। मुझे लगता है, अगर हम

किसी क्षण में ख़ुश हैं, तो हमें वो बात हमारे साथी को बता देनी चाहिए। "अच्छा हुआ हम यहाँ बैठ गए। काफ़ी बढ़िया बातें हो गयीं न?" मैंने कहा।

उसने सिर हिलाते हुए मेरी बात पर हामी भरी। मैं उस वक़्त सच में ख़ुश था। ख़ुश इसलिए भी कि मैं जिस कहानी के बारे में ये सोच रहा था कि उसका अंत एक बड़े ही उदासीन मोड़ पर होगा, उसका अंत वहीं नहीं हुआ था। कहानी आगे बढ़ गयी है। माया ने भी अपने परिवार के बारे में, जीवन के बारे में बताया। उसका काम बड़ा ही इंटरस्टिंग था- 'peace-builder'.

"ये क्या होता है? पहले कभी सुना नहीं," मैंने पूछा।

"So basically, दुनिया में जहाँ भी external या internal war या conflict like situation होती है, हमारा काम वहाँ होता है। जैसे एक conflict है इंडिया और पाकिस्तान का। अगर इन दोनों देशों के लोग आपस में एक दूसरे से बात न करें तो बस उन्हें वो इण्डियन और पाकिस्तानी की पहचान से ही जानेंगे। तो ऐसे में हमारा काम होता है ऐसे दो लोगों को एक साथ लाना, बात कराना कि वो एक दूसरे के Human side को समझ पायें और आगे peace disturb न हो।"

"Wow! ऐसा भी काम होता है!" मुझे इसका कोई अंदाज़ा नहीं था।

"हाँ, ये तो दो कंट्रीज की बात हो गई। अब हमारे देश के अंदर ही ऐसे कई conflicts हैं, जो चलते रहते हैं। पर वो riot न बनें और peace बना रहे, उसके लिए हम ये काम करते हैं।"

माया का काम सच में बहुत इंटरस्टिंग था। मैं उससे पूछना चाहता था कि ये काम उसने क्यूँ और कैसे चुना? मैं उससे ये भी पूछना चाहता था कि क्या वो किसी रिश्ते में है? पर यह बड़ा ही घिसा पिटा सवाल था। और शायद वो सब बर्बाद कर सकता था, जो हम दोनों के बीच था। कुछ बातें तो समझने की होती हैं न। और मुझे जो समझ आ रहा था कि माया अभी ख़ुश थी। और उसने मुझसे मिलने से पहले effort डाले थे।

मैं चुपचाप उसके दाहिने गाल के तिल को देखता रहा। वो पहले से थोड़ा बड़ा हो गया था। मेरा मन हुआ कि मैं उससे पूछूँ कि क्या जो स्कूल में मेरे साथ हुआ था उसे पता है? पर बातों का बहाव किसी और दिशा में था। थोड़ी देर बाद हम दोनों की सहमति इस बात पर हुई कि अब हमें यहाँ से उठना चाहिए। जो दो लोग बैठे थे, और जो दो लोग उठ रहे थे, वो अलग-अलग लोग थे।

मैं उसे नीचे तक छोड़ने आया। पता चला वो अपनी कार में आयी थी। जब हम उसकी कार की तरफ़ बढ़ रहे थे, मेरे दिमाग़ में माया, माया कम और किरदार ज़्यादा हो गयी। मुझे उसकी वो कहानी दिखने लगी, जिसमें वो एक लड़के से मिलने आयी थी।

हमारी बात के शुरुआती दिनों से लेकर आज तक का दिन, जिसमें कितनी ही आशाएँ, अपेक्षाएँ और कहानियों के अंदर की कहानी एक साथ चल रही थी। तभी उसकी आवाज़ ने मेरे अंदर फ़ैल रही कहानी को रोक दिया।

"एक वॉक लें क्या आस-पास?" हम कार के एकदम पास खड़े थे। वो शायद थोड़ी और देर साथ रहना चाहती थी। "ज़रूर" मैंने कहा और फिर हम वहीं पीछे की सड़क पर टहलने निकल गए। उस इलाक़े के आसपास जो भी जगहे थीं, वो उन जगहों से अपना सम्बन्ध मुझे बता रही थी। मैं उसकी कहानी को आसपास पसरा हुआ देख रहा था।

"छः साल पहले मेरी शादी हुई थी क्षितिज," शायद ये वॉक करने का आईडिया उसे इसीलिए आया था कि मुझे ये बता सके। पर मैंने ऐसा पहले क्यों नहीं सोचा कि हाँ माया मैरिड हो सकती है! मैंने अब तक जो कहानी अपने दिमाग़ में बनाई थी, जिसे मैंने अपनी चुप्पी में सँभाल रखा था, वो टूटने वाली थी।

"CA था वो। माँ-पापा ने ही शादी करवाई थी। यहीं पुणे में ही रहता है।" उसने बोलना चालू रखा। मेरी चुप्पी अब भी बनी हुई थी। मुझे लग रहा था

कि मैं किसी और लड़की से बात कर रहा हूँ। ये कोई और ही लड़की तो थी। अगर मेरे और माया की कहानी के बीच बीसेक साल का मेरा जीवन गुज़रा है तो उसका भी जीवन होगा ही मगर ये बीस साल की कहानी मेरी कहानी पर अभी भारी पड़ रही थी।

जब हमने साथ चलना शुरू किया था तब मेरे अपने जीवनसाथी की कल्पना भी हम दोनों के बीच साथ-साथ चल रही थी। अब ये नयी कहानी उस कल्पना को मुझसे दूर किए जा रही थी। मैं उसके साथ चल तो रहा था पर मेरी कल्पना के चित्र से उसका चित्र मेल नहीं खाता था। वो भरभरा कर गिरता रहा।

"मुझे लगा तुम्हें बता देना चाहिए। ये बातें मिलकर हों तो अच्छा रहता है," उसने रुककर कहा।

"पर ये तुमने मुझे क्यों बताया माया?"

वो हल्का-सा मुस्कुराई, "तुम मुझसे मिलने क्यों आए क्षितिज?"

मैं चुप रहा। शायद उसने मेरी चुप्पी को पढ़ लिया। पर ऐसे क्षणों में क्या करते हैं, मुझे पता ही नहीं था। ऐसे में उचित सामाजिक व्यवहार क्या होता है?

"मैं किसी रिश्ते की शुरुआत झूठ से नहीं करना चाहती," माया ने अपनी बात पूरी की। मेरा दिमाग़ अब भी, 'क्या करना है'- पर अटका हुआ था। मैंने ऐसी मीटिंग की उम्मीद तो नहीं की थी। यहाँ से मेरी और माया की कहानी शुरू होने वाली थी और मुझे अभी इतनी हिम्मत भी नहीं थी कि मैं उससे कुछ सवाल पूछ सकूँ? क्या हम आख़िरी बार मिल रहे थे?

अब हम दुबारा उसकी कार के सामने खड़े थे। "Okay then," मैंने वहीं खड़े-खड़े कहा। "Yeah. अच्छा लगा इतने सालों बाद मिलकर," उसने थोड़ा झिझकते हुए कहा। आदतन मेरे मन के अंदर से "See you again" निकलने ही वाला था कि मैंने उसे रोक लिया। हम दोनों ने एक फॉर्मल और

कैज़ुअल के बीच का hug किया। फिर से वही awkwardness जो हमारे मिलने पर हमारे बीच थी। वो अपनी गाड़ी में अंदर बैठ गयी।

खड़े-खड़े उसको देखकर मैंने हाथ हिलाया और वापस क्लब की तरफ़ मुड़ गया। वापस लौटते हुए यह उम्मीद रही कि वो अपनी कार मेरे पास से ही निकलेगी पर थोड़ी देर तक ऐसा नहीं हुआ। मैंने पलट कर देखा तो वो सड़क के दूसरी तरफ़ अपनी कार घुमा रही थी। उसके और मेरे रास्ते अलग थे।

वापस क्लब आया तो सौरभ ने पूछा, "कैसा रहा?" "Not happening," मेरा जवाब था। बाक़ी कुछ और उसे बताने की ज़रूरत थी नहीं, वो समझदार आदमी था।

2

मुंबई से पुणे जाते हुए उसी हाइवे पर इतनी सारी कहानियाँ अपने अंदर पनपती हुई देखी थीं कि अब मैं लौटते हुए कोई नई कहानी नहीं जी रहा था। पुराना जिया हुआ बार-बार दोहराता रहा। मैंने बड़े यत्न से अपनी उन कहानियों पर भरोसा किया था, जो मैं जीना चाहता था, मगर जी नहीं पाया। माया से मिलने की कहानी को मैंने उसके पार जाकर देखा था। यह कहानी एक उदासीन कहानी थी। क्या बाक़ी की कहानियाँ भी ऐसी ही उदासीन होतीं अगर मैं उसने मिला होता?

♡

घर में मैंने अपना कमरा सौरभ और भव्या के नाम कर दिया था। मैं हॉल में सोने लगा था। इस बारे में हमारी कभी बात नहीं हुई थी। मुझे हॉल में सोते-सोते अब कई बार आस्था की याद आ जाती, जैसे अभी आ रही है। यही जगह, जहाँ मैं सर घुमाकर देखता हूँ तो बाहर की खिड़की से कितना सारा प्रकाश पर्दों से होते हुए भीतर की तरफ़ आ रहा है।

इस हॉल ने कितने ही दौर देखे हैं। जब हमने यह घर लिया था तो यह जगह एकदम अलग थी। हमने सोचा था कि साथ रहते हुए हम एक-दूसरे को इतना जान लेंगे कि आगे की ज़िंदगी एक साथ रह पायेंगे। खिड़की पर पर्दे भी आस्था के मन मुताबिक लगाए थे। इस खिड़की से आती रौशनी को हमने कई बार एकसाथ देखा था। वो रौशनी दीवारों पर पड़ते हुए एक चित्र-सा बनाती थी। आस्था कई बार उसी रौशनी के चित्र में बैठे-बैठे अपने काम करती रहती। फिर एक दौर आया जब हमने अपने कमरे अलग कर लिए थे। तब इस रौशनी और इस चित्र के मायने बदल गए थे। ऐसा लगता था जैसे कोई और है, जो आकर हमारे घर के उस राज़ में दख़ल दे रहा है, जो मेरे और आस्था के बीच है। मुझे इस रौशनी से भी अजीब-सी कोफ़्त होने लगी थी। अब जब इस रौशनी को ऐसे गिरते हुए देख रहा हूँ तो इसके मायने एकदम बदल गए हैं।

अंदर कमरे से दरवाज़ा खुलने की आवाज़ आयी। पलटकर देखा तो भव्या मेरे पीछे खड़ी थी।

“क्या हुआ, नींद नहीं आ रही आपको?” उसने पूछा। इस सवाल का जवाब उसे भी पता था। “सौरभ क्या कर रहा है?” मैंने पूछा।

“वो सो गया और मुझे नींद नहीं आ रही,” बोलते हुए वो खिड़की के पास चली आयी।

“थैंक यू, यहाँ आने के लिए। मलबरी का ध्यान रखने के लिए।”

हम दोनों थोड़ी देर वहीं खड़े रहे। फिर उसने पूछा, “तबियत कैसी है आपकी अब?”

“सौरभ ने बताया?”

“हाँ,” उसका जवाब था।

"अभी तो ठीक है। आगे देखते हैं।" बातों ही बातों में भव्या ने अपनी सिगरेट निकाली और जलाने लगी। मैंने उसे सिगरेट जलाने से मना कर दिया।

"आप सिगरेट नहीं पीते?"

"मैंने छोड़ दी।"

"छोड़ दी? ये मिरैकल कैसे हुआ। मेरी तो चाहकर भी नहीं छूट रही।" उसका अगला सवाल था।

दरअसल मैं जब आस्था से मिला था उस वक़्त सिगरेट पीता था। शुरुआत उससे कहीं पहले से हुई थी एक आध ड्रैग लेने से पर आस्था के आने के बाद मैं उससे उसकी आधी बची सिगरेट माँग लिया करता। शुरुआती दिनों में हम दोनों अक्सर सोने से पहले रात में एक सिगरेट जलाते, पीते और फिर सो जाते। पर सिगरेट को मोहब्बत के दायरे कहाँ पता थे। वो मेरे जीवन में आस्था के बिना भी अपनी जगह बना चुकी थी।

मैं अब रोज़ की तीन सिगरेट पीने लगा था। जब आस्था और मेरे संबंध का एक संसार खिसककर दो संसारों में बटने लगा, तो उस जगह में और सिगरेट आने लगी। मैं अब दिन की छः से सात सिगरेट पीने लगा था। कहीं कोई सिगरेट पीता हुआ दिख जाता, उसकी ख़ुशबू आ जाती या फिर कभी बहुत ग़ुस्सा आता, कभी अकेलापन होता, इन सारी जगहों में सिगरेट साथ चलने लगी थी।

अजीब बात तो यह थी कि हमारे संबंध के शुरुआती दिनों में आस्था की सिगरेट छूटने लगी थी। छूटने नहीं, कम होने लगी थी। लेकिन एक वक़्त के बाद मुझे पता नहीं चला मैं ख़ुद भी सिगरेट की गिरफ़्त में था। सीने के पास, अंदर की तरफ़ एक ख़ालीपन-सा महसूस होता था। हमारी लड़ाईयों में सिगरेट के प्रति मेरा ग़ुस्सा कोई और रूप लेकर आने लगा था। दरअसल

मेरी और आस्था के बीच सिगरेट एक ऐसी जगह बन गयी थी, जहाँ से चलकर जाते हुए, उसे मैं कहीं और जाते हुए देख पाता।

सचिन के साथ रहते हुए सिगरेट और शराब दोनों उसके लिए अपने दायरे पार कर चुके थे। सचिन लगभग पचास साल के आसपास का अधेड़ आदमी था। वह आस्था के ही बैंक में काम करता था पर वो दिल्ली में था। जब मैं और आस्था मिले थे तब आस्था उस रिश्ते में जूझ रही थी। कविताएँ उसके लिए उस जूझने से निकली हुई कोई बात थी। उस अजीब से रिश्ते की वजह से उसकी ख़ुद की शराब इतनी ज़्यादा हो गई थी कि अब वो शराब उसपर हावी होने लगी।

जब मैं उसे HIVE में मिला था, तो वो सब ठीक करने दिल्ली जा रही थी। या तो यह मेरी नज़रों का धोखा था या प्रेम पाने की desperation मुझे आस्था में यह सब देखने से रोक रहा था।

जब हमारा रिश्ता शुरू हुआ तो शराब उसके जीवन से लगभग चली गई, वो इससे ख़ुश थी। लेकिन जब हमने साथ में रहना शुरू किया, उसके लिए हमारा रिश्ता और ठोस हो गया, उसे शायद ये लगने लगा कि इसके बाद तो हम शादी कर लेंगे तो कुछ महीने बाद उसकी शराब फिर से बढ़ गई। शराब बढ़ी तो सिगरेट भी बढ़ी। मुझे शुरू-शुरू में ये समझ नहीं आया पर जब समझ आया तो ये बात मेरे हाथ से बाहर जा चुकी थी। वो नशे में सचिन के बारे में बात करने लगी थी। वो ऑफ़िस में होती और सचिन की फ़ोटोज़ स्क्रीनशॉट मार के मुझे भेजती। मुझे समझ नहीं आता कि उसपर क्या बोलना है।

एक वक़्त के बाद वो जैसे सिगरेट पकड़ती थी, मुझे उसमें एक तरह का गुस्सा झलकना शुरू हो गया। वो हमारी चलती बहस में ज़ोर से सिगरेट को उसकी गर्दन से मरोड़कर बुझाती और तिलमिलाती हुई कमरे से बाहर निकल जाती।

मुझे किसी तरह हमारे बीच सब ठीक करना था। एक दिन मैंने उसे उसके ऑफ़िस में फ़ोन किया और कहा कि आज मैं उसके लिए कुछ बनाना चाहता हूँ। उसे यह बात अच्छी लगी। हमने तय किया कि हम आज शाम साथ बिताएँगे। मैं बाहर जाकर चाइनीज़ बनाने का सारा सामान ले आया। हमारे बिस्तर की चादर भी थोड़ी पुरानी हो गयी थी तो मैं एक नई चादर और दो गिलाफ़ भी ले आया। आस्था को घर शाम साढ़े सात बजे तक पहुँचना था तो मैंने सारी तैयारी वैसी ही की थी। बहुत दिनों बाद हम साथ में ऐसे बैठने वाले थे।

अब साढ़े-सात बज रहे थे। सब्ज़ियाँ काटकर मैंने एक साइड में रख लिया था और दूसरी तरफ़ नूडल्स उबालने की तैयारी कर रहा था। साढ़े-सात से थोड़ा ज़्यादा वक़्त हुआ और दरवाज़े की घंटी बजी। मैंने दरवाज़ा खोला और आस्था सीधा आकर मुझसे लिपट गयी। "सॉरी!" उसने कहा। उसका शरीर ढीला पड़ा हुआ था। "सॉरी, सॉरी, सॉरी," वो बोले जा रही थी। मुझे शराब की बू आयी। "तुम पीकर आयी हो?" मैंने जानते हुए भी यह पूछा। "सॉरी," फिर से उसका जवाब था। आस्था इतना पी चुकी थी कि वो ठीक से बोल भी नहीं पा रही थी। मैंने उसे कमरे में ले जाकर बिठाया। पानी में एक नींबू निचोड़कर दिया। अब तक मेरा मन ख़राब हो गया था।

बात सिर्फ़ शराब की नहीं थी। बात शराब के उसके जीवन में लौट आने की थी। उसके जीवन के पिछले दो साल के दौर में शराब ने उसे बस ख़राब ही किया था। अपनी बातों में भी वो बार-बार शराब को धिक्कारती, जिसकी वजह से अपने जीवन में उसने लगातार ग़लत फ़ैसले लिए थे।

मुझे नहीं पता, उन फ़ैसलों को यहाँ लिखना चाहिए या नहीं! शायद नहीं, क्योंकि आस्था यहाँ अपना पक्ष बताने के लिए नहीं है। पर मैं अपने हिस्से की कहानी ज़रूर लिख सकता हूँ। वो कहानी, जिसमें मैंने ख़ुद को कई जगहों पर असहाय महसूस किया। मुमकिन है, ऐसा कई बार हुआ हो, जब

मैंने आस्था से उस तरह बर्ताव न किया हो, जैसा मुझे करना था। वो बार-बार मुझसे एक ही सवाल पूछा करती कि क्या हम एक दूसरे के अकेलेपन के साथी हैं? मैं इस सवाल से डर जाता था। आस्था का अतीत, शराब और सिगरेट का एक धागा था, जो मुझे उससे दूर करता जा रहा था। शराब पीने के बाद वो ऐसी लड़की बन जाती, जिसे मैं जानता ही नहीं था। मुझे समझ ही नहीं आता था कि मैं उससे कैसे बात करूँ।

मैं ऐसे क्षणों में डर जाता, एक स्वार्थी-सा डर, जो मुझे यह एहसास दिलाता कि आस्था मेरे पास नहीं है। मैं ख़ुद को कैसे बचा सकता था इस अकेलेपन से? चिल्लाकर? रोकर? या चुप रहकर? शायद प्रेम भी उसका एक रास्ता हो सकता था पर वो प्रेम किसके लिए? ये तो वो आस्था थी जो आज मेरी गली से होती हुई सड़क पर भागी जा रही थी। वो नशे में थी और मैं उसके पीछे दौड़ता हुआ उससे माफ़ी माँग रहा था। किस बात के लिए? मुझे नहीं पता। थोड़ी देर पहले मैं उसे नूडल्स खिला रहा था। बात करते-करते मैंने उससे बोला कि उसने मेरी शाम ख़राब कर दी है। उसने मेरी तरफ़ एकटक देखा और निकलकर घर से बाहर भागने लगी।

हमें यहाँ आसपास के लोग जानते हैं। मैं आस्था के पीछे-पीछे भाग रहा था, शायद गली में कुछ लोगों ने यह देखा भी हो। क्या यह बात ग़लत है कि प्रेम में इतनी ताक़त होती है कि वो हर मुश्किल से पार पा सकता है? अगर यह सच है तो क्या मैं ठीक से प्रेम नहीं कर पा रहा था? मैं इतना लाचार कैसे था, जैसे यह भीख माँग रहा हूँ कि कोई मुझसे प्रेम करे। आस्था उस दिन सीधा हमारे घर के पास वाली वाइन शॉप पर रुकी थी। मुझे एकदम समझ नहीं आ रहा था मैं क्या करूँ। मुझे उसे देखते हुए ऐसा लगा जैसे मेरे आसपास का सारा संसार बहुत तेज़ी से घूमता हुआ अंदर की तरफ़ फ़ोल्ड हो रहा हो। मैं इस आस्था को नहीं जानता था। वक़्त के साथ वह मुझसे लगातार दूर होती जा रही थी।

उस दिन पहली बार आस्था हॉल में सोयी और मैं अपने कमरे में। उसे मेरी ख़रीदी हुई बेडशीट पर नहीं सोना था। हमारे एक ही घर में दो संसार बनने की शुरुआत उसी दिन हुई थी। उसी दिन सोचा था कि मैं अब सिगरेट को कभी हाथ नहीं लगाऊँगा। मेरे जीवन से सिगरेट और शराब दोनों उस दिन से चले गए। मैंने ये कहानी भव्या को बताई। वो मेरी कहानी सुनकर दो सेकंड तक चुप रही।

फिर बोल पड़ी, "ये तो राइटर के क्लीशे से एकदम अलग है।"

"वैसे तुम जला लो अगर तुमको पीनी है तो," मैंने उसे कहा।

"नहीं इतनी इंटेन्स कहानी सुनने के बाद तो नहीं।"

"कॉफ़ी पियोगी?"

"I don't mind."

"सौरभ के लिए भी बना दूँ?" मैंने पूछा।

"न, न, सो चुका है वो।"

मैं किचन की तरफ़ आ गया और भव्या मेरे साथ मेरे पीछे-पीछे, "वैसे क्या लिख रहे हैं आजकल?"

इस सवाल का जवाब देने में मुझे थोड़ा वक़्त लगा। मैंने उसे एक फ़िल्म के बारे में बताया जो मैंने थोड़े दिनों पहले लिखकर ख़त्म किया था। पर स्टूडियो वो फ़िल्म अभी तो नहीं बना रहा था। मेरी और बाक़ी राइटरों की दो साल की मेहनत यह दुनिया कभी नहीं देख पाएगी फिर भी हमलोग इस बात से ख़ुश थे कि हमारे पास इस पैंडेमिक के दौरान काम था और पैसा लगातार आता रहा था। "और हाँ, एक किताब लिखने की कोशिश भी कर रहा हूँ मैं," अपनी बात पूरी करते हुए मैंने कहा।

"कोशिश क्यूँ कर रहे हैं?" भव्या अपने दूसरे सवाल के साथ तैयार थी।

"यार कोशिश इसलिए कि अभी समझ नहीं आ रहा है कि वो किताब जा कहाँ रही है।" खौलते पानी को देखते हुए मैंने कहा।

"किस बारे में है? फ़िक्शन?"

"लिखने के बाद तो सब फ़िक्शन ही हो जाता है।" ख़ुद भी समझते हुए मैंने उसे यह जवाब दिया।

मुझे नहीं पता कि जब मैं लिख रहा होता हूँ, उसमें कितना जिया हुआ और कितनी कल्पना आती है? सच कहूँ तो मैं जानकर यह खेल बिगाड़ना भी नहीं चाहता। अगर मैं अपने कमरे में बैठकर हिमालय की चढ़ाई के बारे में लिख रहा होता हूँ तो वो भी मुझे उतना ही साफ़ दिख रहा होता है जैसे मेरे सामने लैपटॉप स्क्रीन पर उभरते हुए शब्द। उनसे दूर किसी और दिशा में निकल जाना अपनी ईमानदारी से हट जाना है। मुझे जितना पता था मैंने भव्या को बताया और French press से कॉफ़ी ब्रू करके दोनों के लिए निकाल ली।

रात के ढाई बज रहे हैं और कॉफ़ी का असर ऐसा है कि मैं बिस्तर पर बस करवटें बदल रहा हूँ। थोड़ी देर पहले तक भव्या जो साथ खड़ी बातें कर रही थी, कमरे में जा चुकी है। मैं चाहता था वो थोड़ी और देर मेरे साथ रुके पर मैं उसे रोकना नहीं चाहता था। मैंने अपने मन के चोर को पकड़ लिया था, वह इस वक़्त बस किसी से बात करना चाहता था। एक धागा-सा खिंचा था, और यादों की एक धार, नहीं यादों की धार नहीं पर एक तरह की भावनाओं का सिलसिला खुल-सा गया, जहाँ से सब बहता जा रहा था।

मैंने फ़ोन उठाया और माया का नाम अपने WhatsApp पर सर्च किया। उसने अपनी profile picture बदल ली थी। मैं थोड़ी देर उसे देखता रहा। वो अपनी profile picture में हमेशा ही अलग लगती थी। जब मैं उससे

मिला था तब वो उतनी आकर्षक नहीं थी। मैंने उसे एक मैसेज भेजा- "Still Awake?"

तुरंत ही उसका जवाब आ गया- "हाँ, हाँ। पर तुम अभी तक कैसे जगे हुए हो?"

उसका जवाब आ जाएगा मुझे ऐसी उम्मीद नहीं थी। पर मुझे अच्छा लगा। उसे नाना जी के बारे में पता था। उसने वो पूछा भी पर मैं उस वक़्त उससे इस बारे में बात नहीं करना चाह रहा था। उसने मुझसे पूछा भी कि फिर किस बारे में बात करनी है तुम्हें? मुझे नहीं पता, मुझे किस चीज़ के बारे में बात करनी है। मैं अचानक किसी बच्चे-सा बर्ताव करने लगा था। बिना बात के उससे कुछ भी बोल रहा था। तभी उसने अचानक मुझे फ़ोन कर दिया। मैं इस वक़्त में माया से बात करना चाह रहा था पर बोलकर नहीं। मुझे हमारे बीच की यह जो दूरी थी उसमें एक जादू सा घटता हुआ दिख रहा था जिसमें मैं बच्चा था। मैंने फ़ोन तुरंत काट दिया। फिर उसे मैसेज में ही बताया कि मुझे उससे बोलकर बात नहीं करनी। थोड़ी देर तक उसका कोई जवाब नहीं आया। थोड़ी देर इंतज़ार करने के बाद मुझे ऐसा लगा जैसे मेरे अंदर का बच्चा मुझे छोड़ कर थोड़ी दूर जाने लगा। तभी मैंने उसे एक दूसरा मैसेज डाला- "किधर हो तुम?"

"मैं यहीं हूँ," उसका जवाब आया। वो अभी भी टाइप कर रही थी, "एक्चुअली, थोड़ी भूख लग रही थी तो किचन में चली गयी थी। फ़ोन बेड पर ही था।" मैं फिर किसी बच्चे-सा तुतलाने लगा। "मुझे भी भूख लगी है," मैंने कहा। माया इस खेल को समझ चुकी थी। उसने मुझे अपनी एक फ़ोटो भेजी, जिसमें उसके सारे बाल एक तरफ़ को किए हुए थे और नाइट सूट पहना हुआ था। ऐसा लग रहा था मैं इस वाली माया को तो जानता ही नहीं। यह माया, जो मुझे पुणे में मिली थी और जो WhatsApp DP में है, से एकदम अलग थी। मुझे लगा कि इस रात तीन बजे के खेल में वो भी मेरा साथ देने लगी है।

मुझे इस वक़्त ऐसा एहसास हो रहा था जैसे इस वक़्त हमें कोई भी नहीं देख सकता। यह वो वक़्त है जब हम ख़ुद को ख़ुद से छुपा सकते हैं। इस वक़्त में हम अपने उस हिस्से के साथ हैं, जिसे हमने दिन में समाज की पहरेदारी के बीच देखा ही नहीं। मैंने उसकी फ़ोटो पर कुछ लिखना चाहा पर फिर बस एक emoji से उसका जवाब दिया। जवाब में उसने भी मुझे वही emoji भेजा। यह ख़ुद की आवाज़ को ख़ुद के पुकारने पर सुनना था। मैंने पाया कि मेरे शरीर की गर्मी अचानक से बढ़ने लगी है। मैं इस वक़्त कुछ भी सम्भालना नहीं चाहता था। मैं इन दो सालों से लगातार सबकुछ सम्भाले ही जा रहा था। मैं अभी एकदम बच्चा था और वही रहना चाह रहा था। हाँ मैं अभी बस एक ही चीज़ सम्भाल सकता था और वो थे मेरे हाथ। मैं लगातार टाइप कर रहा था। मुझे अचानक एहसास हुआ कि मेरी साँस और तेज़-तेज़ चलने लगी है। कान गरम होने लगे हैं। मैं और माया अभी एक ऐसी चोरी एक साथ कर रहे थे जिसमें हम दोनों को पता था कि हम एक दूसरे से क्या चुरा रहे हैं। माया ने कुछ और फ़ोटोज़ मुझे भेजीं।

वो बता रही थी कि उस दिन जब मैं उसे पुणे में मिला था तो वो मेरे साथ और थोड़ी देर घूमना चाहती थी। मैंने उससे पूछा कि अगर मैं उसे अपने साथ आने को कहता तो क्या वह आती। उसने कहा, अगर तुम पूछते तो ज़रूर आती। मुझे पूछना चाहिए था। क्या करती वो उस रात मेरे साथ रहकर? मैंने पूछा।

हम साथ बहते-बहते रात के चार बजे के पास आ गए थे। मेरे अंदर के मनमानी करने वाले बच्चे ने कई बार अपना रूप बदला था। मेरा हाथ कब सरककर मेरी पैंट के अंदर मुझे छूने लगा था, मुझे पता भी नहीं चला। मेरे आसपास की जगह सिमटकर कम होती जा रही थी जैसे मैं इस वक़्त सिर्फ़ और सिर्फ़ वहीं रहना चाहता था। बात करते-करते मैं उससे बीच में पूछ भी लेता कि कहीं उसे नींद तो नहीं आ रही। थोड़ी देर में मैंने अपनी आँखें बंद कर लीं और पाया कि मेरा सारा अस्तित्व देह के एक बिंदु पर टिका हुआ

है। मैं माया से अपनी मुलाक़ात और अभी एक इस बिंदु को बंद आँखों से बार-बार दोहरा रहा था, लगातार, जब तक मेरे हाथ उसके हाथ नहीं हो गए। और फिर थोड़ी देर बाद मैं इस संकरे रास्ते से ऐसे निकला जैसे किसी दूसरी तरफ़ रौशनी में निकल आया हूँ।

शरीर अब भी गर्म था। अब और गर्म जान पड़ता था। मैं थोड़ी देर आँखें बंद करके बस लेटा रहा। आँख खुली तो देखा माया ने फिर से फ़ोन किया था एक मिनट पहले। मैंने उसे फ़ोन लगाया। इस बार उसने फ़ोन काट दिया और मैसेज भेजा। "I was just checking if you slept or not?" "अरे तो फ़ोन उठाओ न?" मैंने उसे लेटे-लेटे ही मैसेज किया। इस बिंदु पर आकर ऐसा लग रहा था जैसे हमने अपने बीच लगाया हुआ एक पर्दा गिरा दिया हो। हम उस दिन पाँच बजे तक बातें करते रहे। सुबह होने में अभी डेढ़ घंटे बाक़ी थे। मन हल्का लग रहा था। मैंने चुपचाप अपनी आँखें बंद कर लीं।

अगली सुबह लगातार चली आ रही सुबहों से अलग थी। ऐसा नहीं है कि बीती रात जो हुआ था, वो मेरे साथ पहली बार हुआ था, किन्तु आज की सुबह एक नयी सुबह थी। आँख खुलने से पहले ही माया का ख़याल मन में आया। तुरंत फ़ोन उठाकर देखा कि कहीं कोई ऐसा मैसेज तो नहीं जो मैं ऐसे ही पढ़े बिना सो गया हूँ। कोई मैसेज नहीं था। सुबह के नौ बजकर चौंतीस मिनट हो रहे थे। मैं थोड़ी देर हमारी बातचीत को पढ़कर मुस्कुराता रहा। क्या पागल चीज़ है इंसान भी। मैं बिस्तर से उठ गया।

सौरभ और भव्या अब भी अपने कमरे में सो रहे थे। मैं किचन की खिड़की पर आकर खड़ा हो गया। आज सोसाईटी में थोड़ी चहल-पहल थी। दुनिया वापस अपने ट्रैक पर आती हुई दिख रही थी।

आज सौरभ और भव्या का घर में आख़िरी दिन है। भव्या और मलबरी की दोस्ती इतनी अच्छी हो गयी है कि वो मज़ाक़ में उसे किडनैप करके ले

जाने की बात करती है। मलबरी मेरे पैरों में आकर सोती है पर खाना माँगना होता है तो वो भव्या के पास जाती है। आज जब हम खाने पर बैठे तो भव्या ने सौरभ को बताते हुए कहा, “ये किताब लिख रहे हैं, पता है तुम्हें?” सौरभ को यह बात पता नहीं थी पर वो सुनकर चौंका भी नहीं। उसका बस इतना सा जवाब आया, “इनको बहुत पहले किताब लिख लेनी चाहिए थी।” उसकी बात सुनकर हम दोनों हँस पड़े।

भव्या जोगेश्वरी ईस्ट में चकाला मेट्रो स्टेशन के पास रहती थी। एयरपोर्ट पर काम करती थी। चूँकि दुनिया बंद थी तो कहीं किसी कैफ़े या रेस्टोरेंट में वो डेट पर तो नहीं जा सकते थे इसलिए दोनों एक सुपर-मार्केट में घर का सामान ख़रीदते हुए घंटों बातें करते थे। दोनों को एक-दूसरे की बातचीत पसंद आयी थी। फिर एक दिन भव्या को दूध की ज़रूरत थी और सौरभ बाहर निकला था तो वो दूध पहुँचाने उसके घर गया। उसके घर जाने के बाद सौरभ को ये बात समझ आयी कि सिर्फ़ लड़की ही नहीं, लड़की जिस घर में रहती है वो भी अच्छा है। उस शाम चाय पीने के बाद सौरभ उसके साथ ही रहने लगा था।

मुझे यह कहानी भव्या बता रही थी। बीच-बीच में सौरभ ने कोशिश की थी कुछ-कुछ चीज़ें मुझे बताने की, पर जिस तरह से भव्या बता रही थी, वो सौरभ पर भारी पड़ती। बातों-ही-बातों में मेरी शादी या रिलेशनशिप की बात निकल आयी। क्या मैं अपनी जान-पहचान वाले सर्कल में किसी लड़की से नहीं मिल सकता था? मुझे इस बात का जवाब तो पता था पर मैंने कभी इसे ज़ाहिर नहीं किया था। पर इसका सही जवाब तो यही था कि नहीं। मेरा संसार वैसे भी बहुत छोटा था। छोटे संसार के पूर्वग्रह भी बहुत छोटे होते हैं। मैं अपने संसार में किसी से अपनी तरह से नहीं मिल सकता था। मेरे संसार में मेरे बारे में सबको कुछ न कुछ ख़बर थी। लोग मुझे जानते थे और यही जानना मुझे ठीक से जानने नहीं दे रहा था।

डेटिंग एप्स की परेशानी यह थी कि वो मुझे प्रेम कम और कोई जॉब इंटरव्यू ज़्यादा लगने लगा था। कई हफ़्तों तक किसी से बात करने के बाद बातें अचानक से बंद हो जातीं। बातों का यह संसार बार-बार बनता और बार-बार बिखर जाता। इस लॉकडाउन और बीमारी के दौरान मैं ख़ुद इतना बिखर चुका था कि भटकना नहीं चाहता था। मुझे एक सुरक्षा, एक आश्वासन चाहिए था कि मेरी बात भले ही किसी से ख़त्म हो जाए पर बिखरे ना। कम से कम मैं ऐसे लोगों से मिलना चाहता था जो उस दौर में थे, जिसमें मैं था।

इन्हीं बातों को बताते हुए मैंने उन लड़कियों की बात भी की, जिनसे मैं मिला। मेरी कहानी अब माया पर आकर खड़ी थी। उस रात की बात के बाद से मेरी बातें माया से बदल गयी थीं। अब हम हर रोज़ रात में फ़ोन पर बात करने लगे थे।

उससे बात करते हुए मेरे मन में कहीं न कहीं एक चोर रहता कि कहीं मेरी बातें सौरभ और भव्या तक न जा रही हों। हम दोनों तब तक बातें करने लगे थे जब तक हम दोनों में से कोई एक सो नहीं जाता था। होने को इस बात को तीन दिन ही हुए थे पर यह सब इतना गाढ़ा था कि मुझे ऐसा लगता जैसे माया लगातार मेरे साथ ही चल रही है। हमारी बातों में फिर से मिलने की बात हुई। माया ने ये बताया था कि उसे अगले हफ़्ते ही मुंबई काम से आना था। मैंने उससे ये नहीं पूछा कि कहाँ, और कैसे? क्योंकि मैं ये जानता था कि वो झूठ बोल रही है। मैं इस झूठ में साथ देना चाहता था। यह झूठ दुनिया में चल रहे कड़वे सच से बहुत अच्छा था इसमें दो लोगों के मिलने की उम्मीद थी। एक गर्माहट थी जो इस महामारी के दौरान ठंडी पड़ चुकी रूह की ज़रूरत थी।

सौरभ और भव्या चले गए थे। मैं उनके लिए भी ख़ुश था। माया अगले हफ़्ते आने वाली थी। मैं हमारे लिए भी ख़ुश था। हम दोनों ने मेरे घर पर ही उसका रहना तय किया था।

इस बार जब मैं माया से मिलूँगा तो क्या किसी नयी माया से मिलूँगा? क्या इस बार हम दोनों मिलते ही एक दूसरे को गले लगा लेंगे? कैसा लगेगा उसे मेरा घर? क्या मुझे घर में कुछ सामान और ले आना चाहिए? शायद बाथरूम में टिशू पेपर रख देना ठीक होगा? घर में कोई नहीं है क्या हम एक ही बिस्तर पर एक साथ सोएँगे या अलग-अलग? इतने सारे सवाल लगातार मेरे दिमाग़ में चल रहे थे। उस रात मैं टाइम से सो गया।

सुबह साढ़े पाँच बजे आँख खुली। थोड़ी देर बिस्तर पर लेटा-लेटा कुछ-कुछ सोचता रहा। इतने में मलबरी भी उठ गयी थी। मेरे पास आकर मुझे उठाने की कोशिश करने लगी। मुझे समझ आ गया कि बच्चे को भूख लगी है। मैं उठा, किचन में गया और उसको खाना दिया। किचन की खिड़की से बाहर का आसमान सुंदर दिख रहा था। दूर एक हल्के नारंगी रंग की बिल्डिंग थी जो अभी-अभी पेंट हुई लग रही थी। लगा आज मुझे बाहर दौड़ने जाना चाहिए। कितने वक़्त से मैं दौड़ने नहीं गया था।

मैंने ब्रश किया, जूते का फ़ीता बाँधा और सोसाइटी से बाहर निकल आया। बाहर निकलते ही नज़र चाँद पर गयी। वो अब भी मेरे सर के ऊपर ही था। पता नहीं कितने दिनों से मैंने इतनी सुबह-सुबह चाँद नहीं देखा था। मैंने चाँद की फ़ोटो ले ली और बाहर सड़क पर आ गया। दुनिया का कारोबार भी शुरू होने को था। मैं सड़क से सीधा निकलता हुआ बगल वाले पार्क में गया। मोबाइल में शुजात ख़ान की ग़ज़ल लगाई और सड़क पकड़कर अपने इलाक़े के बाहर निकल आया।

ग़ज़ल चली जा रही थी और मैं सड़क पर बहा चला जा रहा था। मैं मुंबई में भाग रहा हूँ या बक्सर में? इस बार इन दोनों में कितनी समानता है। मैं फिर से कहीं और चला गया था। प्रेम फिर से जीवन में आया था। जब हम किसी हाई-इंटेंसिटी पर कुछ महसूस कर रहे होते हैं तो हमारे आसपास का स्पेस मायने नहीं रखता। वो ग़ायब हो जाता है। इसका उल्टा भी उतना

ही सच है कि जब हम कुछ भी महसूस नहीं कर पाते तो हमें हमारा एक स्पेस होना सबसे ज़्यादा समझ आता है। शायद इसीलिए जब हम जीवन में किसी उदासी से गुजर रहे होते है तो उससे निकलने के लिए सबसे पहले अपने स्पेस को बदलते हैं।

मैं भागते-भागते बोरिवली से पास पहुँच गया था- घर से चार किलोमीटर की दूर। मेरा रनिंग एप 5.6 किलोमीटर की दौड़ दिखा रहा था। मुझे लगा मुझे घर की तरफ़ लौटना चाहिए।

घर की तरफ़ लौटते हुए सड़क पर भीड़ बढ़ गयी थी और मेरा शरीर भी थकने लगा था। शुजात ख़ान की ग़ज़ल मैंने बंद कर दी। पता नहीं क्यूँ पर पूरी तरह उजाला होते ही, उजाले से थोड़ी देर पहले का आकर्षण सिमट चुका था। मैंने रास्ते में आने वाले ऑटो को हाथ दिया और घर की तरफ़ वापस लौट आया।

घर के पास पहुँचने पर नारियल पानी वाले भैया दिखे। मेरा घर यहाँ से कोई दो सौ मीटर भी नहीं होगा। मैं वहीं उतर गया। गला प्यास से सूख रहा था। मैंने वहीं नारियल पानी पिया और घर की तरफ़ निकल आया। घर की तरफ़ आते हुए मुझे अच्छा लगा कि मैं इतने वक़्त बाद दौड़ने गया था। मैं थोड़ा हल्का महसूस कर रहा था।

लिफ़्ट लेकर ऊपर आया। लिफ़्ट खोलने से पहले ही मुझे मलबरी की आवाज़ सुनाई देने लगी। ये क्यूँ बोले जा रही है? पर लिफ़्ट से बाहर निकलते ही मुझे इसकी वजह पता चली। दरअसल जब कोई भी दरवाज़े पर खड़ा होता है तो मलबरी को पता चल जाता है। मैं भी जब कभी दरवाज़ा खोल रहा होता हूँ वो अंदर से आवाज़ लगाने लगती है। और अभी मेरे आने से पहले वो इसलिए आवाज़ लगा रही थी कि दरवाज़े पर माया अपने सूटकेस के साथ खड़ी मेरा इंतज़ार कर रही थी।

मैं माया को ऐसे अचानक देखने के लिए तैयार नहीं था। मैं ठिठक गया। वो मुस्कुरा रही थी और मैं को अलग-अलग उच्चारणों में बोले जा रहा था- "Fuck! Fuck! Fuck!"

मैंने दरवाज़ा खोला और हम अंदर आए। मैं इस बार माया से ठीक से नज़रें नहीं मिला पा रहा था। मुझे थोड़ी शर्म-सी आ रही थी। मैं अपनी शर्म वाली जगह को शब्दों से भरने की कोशिश कर रहा था। मैं लगातार बोलता जा रहा था। मेरी धड़कन बढ़ी हुई थी। "तुम्हारी बस तो आठ बजे की थी?" मैंने पूछा। "हाँ पर मैंने सोचा कि तुमको सरप्राइज़ दिया जाए," उसका जवाब था।

"सरप्राइज़ दे तो दिया तुमने। पानी दूँ?" मैंने तेज़-तेज़ बात करते हुए कहा। उसे देखकर मन तो कर रहा था कि मैं उसे गले लगा लूँ पर यह बस मेरी कल्पना में था। उसके सामने आते ही कल्पना थोड़ी छुप-सी गयी थी। क़ायदे से हमें एक-दूसरे को देखते ही कस के गले लग जाना चाहिए था। पर अभी ऐसा कुछ भी हुआ नहीं था। एक अजीब-सी शर्म और घबराहट मैं अपने शरीर में महसूस कर रहा था। अपने ही घर में इतना नर्वस था कि अपने हाथों को ठीक से कैसे रखूँ समझ पाना मुश्किल था। हम सीधे बेडरूम में ही आ गए थे। मैंने कमरे के पर्दे खोल दिए थे। बाहर से सुबह-सुबह की खटपट की आवाज़ आ रही थी। मैंने खिडकी बंद कर दी। आवाज़ कम हो गयी।

माया मलबरी के साथ खेलने लगी। मैं वहीं बेड पर बैठ गया। माया का घर में होना अपने आप में एक कहानी थी। मैं उस वक़्त उस कहानी को देख रहा था। उसने मेरी तरफ़ देखा और पूछा कि "क्या सोच रहे हो तुम?" मुझे यह समझने में थोड़ा वक़्त लगा पर मैं जो भी सोच रहा था मैंने उसे बता दिया। हम एक दूसरे के क़रीब बैठे थे पर एक दूसरे को छू लेने की हिम्मत दोनों में से किसी को नहीं थी। जबकि हमें यह बात पता थी कि हम दोनों

एक दूसरे से कितना मिलना चाहते थे। "तुम चाय पियोगी या कॉफ़ी?" मैंने उससे पूछा।

"कॉफ़ी," उसका जवाब था।

मैं उठकर किचन में चला गया। हम दोनों के बीच की नर्वसनेस ख़त्म करने का यह तरीक़ा ठीक लगा मुझे। फ्रिज खोलकर देखा तो समझ आया कि घर में दुध ख़त्म है। "दूध ख़त्म है," मैंने माया को बताया। वो भी आकर किचन में ही खड़ी हो गयी थी। "मैं मँगा लेता हूँ। फ़ोन कर दूँगा दे जाएगा," मैंने अपनी बात ख़त्म की। "हम बाहर भी जा सकते हैं। बाहर ही चलते हैं," उसने सुझाया।

मैंने घड़ी देखी अभी नौ बजकर तीस मिनट होने वाले थे। घर के पास वाला कैफ़े खुलने में अब भी तीस मिनट बाक़ी थे। तय हुआ कि हम नहा-धोकर फ़्रेश हो जाते हैं, तब तक कैफ़े खुलने का टाइम भी हो जायेगा। मुझे ये बात ठीक भी लगी। घर के पास वाले कैफ़े गए हुए मुझे बहुत वक़्त हो गया था। और यह अच्छा मौक़ा था, वहाँ फिर से जाने का। माया अपने कपड़े लेकर बाथरूम में जा चुकी थी। मैं यह सोचकर ख़ुश हो रहा था कि मैं उसके साथ कॉफ़ी पीने अपने घर के पास वाले कैफ़े में जा रहा हूँ।

कैफ़े में जाते ही मुझे कैफ़े वाले ने पहचान लिया। हैलो कहा और मुस्कुराते हुए सामने मेन्यू लाकर रख दिया। माया मेन्यू को देखती रही और मैं उसे। इतने दिनों बाद इस कैफ़े में आकर ऐसा लग रहा है जैसे किसी पुराने दोस्त से मिल रहा हूँ। अजीब बात है कि मेरी थोड़ी बहुत दोस्ती कैफ़े वाले से थी। उसका नाम मोहित है। पर हमने ज़्यादा बात नहीं की। जबकि इस जगह पर आकर मैंने देखा कि मुझे ज़्यादा आत्मीयता का एहसास हुआ। जगहें हम पर चुपचाप असर छोड़ती हैं। माया ने अब तक ऑर्डर कर दिया था। "तुम क्या लोगे?" उसने पूछा। मैंने मेन्यू देखा और कश्मीरी कहवा ऑर्डर

कर दिया। हालाँकि मुझे पता नहीं था कि उसका स्वाद कैसा होगा। मोहित ने हमारे आने के बाद कैफ़े में गाने चला दिए थे।

हम दोनों चुप रहे, एक दूसरे को देखते हुए। मैं जानना चाहता था कि उसके मन में क्या चल रहा है।

तभी उसने सवाल किया। "तुम शादी के बारे में क्या सोचते हो?"

"मैं समझने की कोशिश कर रहा हूँ," मैंने थोड़ा सोचते हुए जवाब दिया।

"मुझे तो ये किसी लॉटरी जैसी लगती है।"

तब तक उसकी कॉफ़ी और मेरा कहवा आ चुका था।

"कैसे? लॉटरी कैसे?" मैं जानना चाहता था। ऐसा नहीं है कि मुझे नहीं पता था कि उसका क्या मतलब है। पर मुझे उससे ठीक ठीक यह समझना था कि वो क्या सोच रही है।

बिना एक सेकंड गँवाये उसने जवाब दिया।

"लॉटरी मतलब, अगर लग गयी तो लग गयी। अगर नहीं लगी तो 'लग' गयी।" बोलकर उसने अपनी कॉफ़ी उठा ली।

मैं उसे देखता रहा और उसे देखते हुए ख़ुद को भी। मुझे इस पल में लगा जैसे मैं उसके और पास आ रहा हूँ।

"फ़िलॉसफ़र टाइप बात की है तुमने।"

"कोई फ़िलॉसफ़ी नहीं है। आजकल सिम्पल बात भी कह दो तो लोगों को फ़िलॉसफ़ी लगने लगती है।"

"फिर से फ़िलॉसफ़ी!"

मोहित काउंटर के पीछे खड़ा शायद हमारी बातें सुन रहा था। पर मुझे जानना था कि माया अब शादी के बारे में क्या सोचती है। मैं उसकी बातों से हमारा भविष्य छाँटने की कोशिश कर रहा था।

"देखो, मैंने ख़ुद को रोका नहीं है। पर हाँ थोड़ी सतर्क ज़रूर हो गई हूँ। अब बस लड़के का मुँह देखकर प्यार नहीं करना।" बोलकर ख़ुद ही हँस पड़ी।

मैं उससे बहुत कुछ पूछना चाहता था पर यह सही वक़्त नहीं था। कितना पूछना होता है किसी के पास पहुँचने के लिए और कितना छोड़ना, मैं ये कभी ठीक से समझ नहीं पाया। मैं चाहता था कि वो मुझसे आस्था के बारे में पूछे पर उसने भी नहीं पूछा।

हमारी कॉफ़ी ख़त्म हो चुकी थी पर कैफ़े में कोई और आया नहीं था।

"तुम शादी के बारे में क्या सोचते हो?" उसने पूछा।

"Same," मैंने बिना सोचे जवाब दिया। "हाँ, मतलब लॉटरी तो है। पर जब तक टिकट नहीं ख़रीदेंगे, पता कैसे चलेगा कि हम जीत सकते भी हैं या नहीं।" मैंने पता नहीं कैसे बोल दिया। मैंने ख़ुद से कभी ये बात नहीं की थी।

"कॉफ़ी कैसी लगी तुम्हें?" मैंने पूछा। माया को कॉफ़ी पसंद आयी थी। मेरे पास बात करने के लिए बहुत कुछ बचा नहीं था। लॉटरी वाली बात करने के बाद मुझे ख़ुद ऐसा लगा था जैसे मैं माया के साथ रहने के लिए ख़ुद को तैयार करने लगा था। बिना ये कहे हुए मैं उससे ये कहना चाहता था कि मैं शायद यह लॉटरी तुम्हारे साथ खेल सकता हूँ।

हमें काफ़ी वक़्त हो गया था वहाँ बैठे-बैठे। पर वहाँ बैठना ठीक लग रहा था। थोड़ी देर में मैंने बिल मँगवाया और मोहित को बाय बोलकर हम बाहर निकल आए। बाहर निकलकर घर की तरफ़ थोड़ी दूर चले ही थे कि माया ने पूछा "यहाँ कोई ग्रोसरी स्टोर है क्या?"

"हाँ, क्या हुआ?"

"मैं सोच रही हूँ आज रात का खाना मैं बनाती हूँ। चाइनीज़ पसंद है तुम्हें?" मैंने हाँ में सर हिलाया।

ग्रोसरी लेकर हम घर आ गए। रात में, साथ में मिलकर खाना बनाया। दरअसल खाना तो माया ने ही बनाया मैंने बस उसका साथ दिया। अब तक मलबरी को भी यह समझ आ गया था कि माया यहीं रुकने वाली है। खाना खाने के बाद हम दोनों मेरे कमरे में देर तक जागते रहे। मैं खिड़की पर बैठा रहा और वो बिस्तर पर।

मैं किसी लड़की से प्रेम करके बस उसका हो जाना चाहता था। हर बार मुझे ऐसा लगा कि मैं जिस संबंध में हूँ, यही हमारा आख़िरी संबंध है, पर ऐसा हुआ नहीं था।

बाहर से देखें तो माया ने अभी मेरे कमरे में बैठे-बैठे एक ख़ाली जगह भर दी थी। पर ये तो बस एक रात थी। कितनी रातें ऐसी थीं जो आस्था के साथ अपना खारापन लिए इस घर ने देखी थीं। पूछा क्यूँ नहीं कुछ भी मेरे अतीत के बारे में? और मैं क्यूँ बताना चाहता हूँ उसे सब कुछ? शायद यह एक क़बूलनामा जैसा है, मैं उसे बताकर जिससे आज़ाद हो जाना चाहता हूँ।

देर रात तक हम जगे रहे। बातें करते। मैंने उसे ज्ञानेंद्रपति की कविता "ट्राम में एक याद" पढ़कर सुनाई। वो कविता सुनकर रोने लगी। मैंने उसे तुरंत चुप कराना ठीक नहीं समझा। मैं इस पल में पूरी तरह से ईमानदार रहना चाहता था। मुझे पता था, रोना कई बार, चाहे किसी भी वजह से हो, कितना ज़रूरी होता है। मुझे उसकी वजह नहीं जाननी थी लेकिन थोड़ी देर में मैं आकर उसके पास बैठ गया। अपना हाथ उसके हाथ पर रखा। थोड़ी देर में वो चुप हो गयी। ये पहली बार था जब हमने एक-दूसरे को छुआ था। उसके हाथ छोटे थे, एक चिकनापन लिए हुए।

उसने मेरी तरफ़ देखा और ख़ुद ही बोलने लगी, "मुझे नहीं पता क्या हुआ, मैं रोने कैसे लगी?"

"पर मैं जानता हूँ कविता के असर को," मैंने कहा।

"हाँ शायद इसकी वजह से ही," वो अब लगभग चुप हो चुकी थी।

"तुम क्या हमेशा से राइटर बनाना चाहते थे?" उसका दूसरा सवाल था।

"तुम रो क्यूँ रही थी?" मैंने उसके सवाल का जवाब नहीं दिया।

"वो मैं तुम्हें बाद में बताऊँगी पर ये बताओ क्या तुम हमेशा से राइटर बनना चाहते थे?" वो अपने सवाल पर बनी रही।

"मुझे नहीं पता। मेरा काम बड़ा ही घिसा-पिटा है," मैं बोलकर चुप हुआ और अपने सवाल पर वापस आया लौट आया, "तुम रो क्यूँ रही थी?"

हम दोनों एकसाथ रोकर थक चुके थे। अब हम बिस्तर में थे। जैसे ही कमरे की लाइट बंद की बाहर का पूरा प्रकाश कमरे में चमकने लगा। मैं पूरी तरह से बिस्तर के अंदर था। माया बिस्तर से उठी और पर्दा लगाने गयी। उसके पर्दा लगाने और वापस वापस आने के बीच कमरे में जो अंधेरा था उसने हमारे बीच की हिचकिचाहट को कहीं छुपा लिया। माया चादर के अंदर आते ही मुझसे चिपक गयी। पहली बार मैंने उसकी साँसों को हमारी नाक के मिलने पर महसूस किया, जैसे वो कोई डोर हो और हम दोनों को जोड़कर आगे पीछे खींचे जा रही हो।

मेरे हाथों ने उसे कसकर अपनी तरफ़ भींचा हुआ था। उसके पैर मेरे पैरों के बीच घुसने की कोशिश करते हुए रगड़ने लगे थे। मैंने अपना हाथ उसकी कमर के नीचे की तरफ़ सरकाया और उसे अपनी तरफ़ खींच लिया। इतने में कब मेरे होंठ कानों के नीचे उसकी गर्दन पर कैसे पहुँचे, मुझे पता नहीं चला। हम दोनों की आँखें बंद थीं।

ये बात मुझे तब पता चली जब मैंने उस अँधेरे में अपनी आँख खोली और माया को देखा। मुझे ऐसे वक़्त में साथ वाले का चेहरा देखना बहुत पसंद है। मेरी आँख खोलने के कुछ सेकंड के बाद ही माया ने भी अपनी आँखें खोल दीं। चादर के अंदर की गर्मी बढ़ने लगी थी। कमरे का अँधेरा कमरे में अपनी जगह बनाकर इतना फैल गया था कि अब रौशनी लगने लगा था। हम दोनों एक दूसरे को बड़ी देर तक चूमते रहे- एक दूसरे के शरीर को छूते हुए, जैसे एक दूसरे की खाल खोलकर उसके अंदर चले जाएँगे।

हम जैसे-जैसे आगे बढ़े ऐसा लगा ही नहीं कि ये वही दो लोग हैं जो पुणे के एक कैफ़े में मिले थे। "Are you having a good time?" अचानक से माया ने पूछा। उसकी आवाज़ सुनते ही मैं उस तिलिस्म से बाहर आ गया जिसे हम दोनों मिलकर रच रहे थे।

"हाँ, हाँ। क्या हुआ?" मैंने ऐसे पूछा जैसे मैं अभी-अभी इस कमरे में आया हूँ और मुझे इसके बारे में कुछ भी पता नहीं। या फिर मैं किसी नींद से जागा हूँ।

"नहीं तुम रुककर दरवाज़े की तरफ़ देखने लगे थे?" माया ने अपने कपड़े ठीक करते हुए कहा।

"मैं? मैंने कब देखा?" मुझे नहीं पता ऐसा क्या हुआ था मगर उसपर शक करने की मेरे पास कोई वजह नहीं थी।

"I am sorry," शायद यह आदतन मेरे मुँह से निकल गया।

"नहीं, नहीं। सॉरी की कोई बात नहीं है। If you don't want to do it, I totally get it." उसकी आवाज़ में अचानक से किसी कॉरपोरेट वाली लड़की का प्रवेश हुआ था। मुझे यह आवाज़ थोड़ी जानी पहचानी लगी। मुझे लगा जैसे यह माया नहीं आस्था का ही कोई रूप हो। मैं हर बार आस्था के ऐसा ही कुछ बोलने पर उससे दूर हो जाता था। मैं अपने आप को ये

बोल रहा था कि मुझे किसी पर हक़ जताना नहीं आता। झटक दिए जाने के एहसास भर से ही मैं ख़ुद मुड़कर किसी और दिशा में निकल जाता हूँ।

इस बार मैंने ख़ुद को ऐसा करते हुए पकड़ लिया था। आस्था न होकर भी मेरे होने में शामिल थी। कैसे वो मेरे इतने पर्सनल मोमेंट्स में भी अपनी घुसपैठ कर रही थी। ये जो भी था, मुझे उसकी बातों की चौखट लाँघना ज़रूरी था। अगर मैंने ये अभी नहीं किया तो ये पता नहीं कब तक मेरे साथ रहेगा? कब तक मैं ख़ुद को अपनी ही कहानी में पूरा नंगा होने से बचाता रहूँगा?

मैंने दरवाज़े की तरफ़ देखा वहाँ कोई नहीं था। और फिर चादर को उठकर माया के ऊपर पटक दिया। हम दोनों चादर के अंदर थे। मैं उसे पहले से भी ज़्यादा आवेग में चूम रहा था। ऐसा लग रहा था जैसे ये मैं नहीं मेरे अंदर सालों से बैठा कोई आदमी है, जिसकी मुझे कोई ख़बर नहीं थी। थोड़ी ही देर में मेरी साँस फूल गयी। मेरी उँगलियाँ उसकी पीठ पर निशान बना रही थीं। थोड़ी ही देर में हम दोनों के शरीर के कपड़े अब बिस्तर पर पड़े थे।

"बताऊँ मैं क्यूँ रो रही थी?" माया ने हाँफती हुई आवाज़ में कहा।

मैं मुस्कुरा पड़ा, "तुम्हें अभी बताना है?"

"अब हम पूरी तरह से इमोशनली नंगे हो सकते हैं।"

"मुझे नहीं जानना," मैंने उसकी बात झटक दी। मैं ऐसा शायद इससे पहले नहीं करता पर अभी मुझे जो समझ आया मैंने कहा। मुझे एक पल को लगा कि ये बात माया को बुरी लगी होगी। मगर ऐसा नहीं हुआ। उसने मुझे धक्का दिया और मेरी पीठ पर आकर बैठ गयी।

अभी सब उसी दिशा में जा रहा था जैसा मैंने सोचा नहीं था। इसमें एक नयापन था, माया की देह को छू लेने भर में नहीं, बल्कि जो परतें हम दोनों के बीच खुल रही थीं।

पुराने रिश्ते हमारे अंदर बहुत देर तक पड़े रहते हैं। लेकिन उनके साथ जो हमारे अच्छे दिन होते हैं, वो हम भूल जाते हैं, क्योंकि हम यह मानकर चलते हैं कि वो तो होंगे ही। हर बीते हुए रिश्ते से कुछ टीस बटोरते हुए ख़ुद को छोटे-छोटे अवसादों से भर रहे होते हैं। माया मेरे सामने थी, वो मुझसे मिलने आयी थी। यह प्रेम था या नहीं- इसे मैं छिछले मापदंड से तौलना नहीं चाहता था। मुझे लगा मैं गाया के साथ कुछ ग़लत कर रहा हूँ।

"तुम गोवा गयी हो?" मैंने उससे पूछा।

"नहीं," उसका जवाब आया।

"चलोगी?" मेरा अगला सवाल तैयार था।

"चल सकते हैं। वैसे भी मैं जहाँ लैपटॉप खोल लूँ, वहीं ऑफ़िस हो जाता है," उसने कहा।

"हाँ। यहाँ घर में बैठे-बैठे इतना वक़्त हो गया है कि अजीब लगता है। मैं नहीं चाहता कि तुम्हारे साथ का ये वक़्त भी इस कमरे में बंद हुए बाक़ी दिनों की तरह हो।"

3

हमने सोचा कि हम गोवा ट्रेन से निकल लेते हैं। लॉकडाउन की वजह से बहुत सारे लोग ट्रेन से ट्रैवल नहीं कर रहे थे इसलिए ट्रेन से जाना ठीक था। टिकट बुक कर के मैंने माया को WhatsApp कर दिया। वो अभी नहाने गई हुई थी। बाथरूम से बाहर निकलकर उसने टिकिट्स चेक कर के कहा, "तुमने फ्लाईट नहीं देखी?"

"नहीं, मैंने सोचा ट्रेन से चलते हैं, सुना है रास्ता बहुत सुन्दर है।"

"पर रात के अँधेरे में तुम्हें कैसे दिखेगा रास्ता?" वो सामने खड़ी मुस्कुराकर ये बात कह रही थी। मैंने फिर से टिकट पर नज़र डाली और मुझे ये समझते देर नहीं लगी कि वो ट्रेन, जिसमें मैंने टिकट कराई थी, रात की थी।

फिर से मलबरी को हमने सौरभ के हवाले किया और अगले दिन सुबह की फ्लाइट लेने निकल पड़े। थोड़ी देर बाद हम एयरपोर्ट पर थे। फ्लाइट सुबह की थी तो भीड़ ज़्यादा नहीं थी। एंट्री करने के बाद हम चेक इन काउंटर की तरफ़ बढ़े ही थे कि माया ने एक औरत की तरफ़ इशारा किया, जो थोड़ी clueless लग रही थी।

हम जब काउंटर पर अपना सामान चेक इन कर रहे थे तो मैंने नोटिस किया वो औरत हमारे साथ लगे काउन्टर पर चेक इन कर रही थी। उसे शायद किसी हेल्प की ज़रूरत थी।

मैंने माया से कहा, "Do you want to ask her if she needs any help?"

माया ने वहीं खड़े-खड़े आवाज़ लगाई। "Excuse me! Do you need any help?" मैं उसके बग़ल में खड़ा था उसकी मदद के लिए पूरी तरह से तैयार।

इतने में माया की इस बात को सुनकर एक दूसरी औरत, जो इस औरत के पीछे खड़ी थी, बोल पड़ी- "I need help." यह बोलते-बोलते उसने अपना हाथ हवा में उठा लिया। हम जिस औरत से बात कर रहे थे वो बोल भी नहीं पायी थी।

"I need help, I need help." बोलते हुए वो हमारे पास आ गई। उसके हाथ में उसका एक बड़ा सूटकेस था और उसके ऊपर एक बड़ी पेटी रखी हुई थी। मदद कर सकने की बनाई हुई हमारी जगह में वो एकदम से घुस आयी थी।

"Can you please carry this bag for me? These guys are not allowing me to check-in. If you are free, please take this. I'll take it from you once I have checked in my luggage." वो सर्र् से सब बोल गई।

न तो मैं इस बात के लिए तैयार था और न ही माया। हम दोनों ने एक दूसरे को देख।

"आ... I mean, I am...," मेरे मुँह से ऐसे random शब्द निकलने लगे।

"These are Mangoes. Mangoes for my mom. But these people are saying it is not under weight and they are charging hell log on money for this."

मैं चुप था। मुझे समझ नहीं आ रहा था कि किसी और की मदद करने के चक्कर में मैं ये कहाँ फँस रहा हूँ। इस बात की कोई गारंटी नहीं थी कि उसमें सच में आम ही थे।

"I don't know. If we can help you with this," माया ने साफ़-साफ़ मना कर दिया।

माया की ये बात सुनकर आँटी जैसे तिलमिला गयीं। उन्होंने अपना पासपोर्ट निकाला और हमें पासपोर्ट के साथ कुछ फ़ोटोज़ दिखाते हुए क़समें खाने लगीं। ये फ़ोटोज़ उनके बच्चों की थीं, "I swear on my kids. I am a Canadian citizen. You have to trust me. There are only Mangoes in this box. I am getting this for my mom. And they aren't allowing me."

वो आंटी जितना ड्रामेटिक हो रही थी मेरा मन उतना ख़राब हो रहा था। मैं तीन कदम चलकर किनारे आ गया और सोचा कि इसे माया सम्भाल लेगी। मैंने पास में खड़े एयरपोर्ट स्टाफ़ की तरफ़ देखा, वो जैसे बोलने को

तैयार ही बैठा था- "सर आप किसी और का सामान नहीं ले जा सकते। प्रोटोकॉल नहीं है ये।"

"You are taking this bag, right?" आँटी ने जैसे फ़ैसला सुना दिया हो। मैंने एयरपोर्ट स्टाफ़ की तरफ़ देखा। इतने में चेक-इन काउंटर से इन आंटी को आवाज़ लगायी गई। वो हड़बड़ाकर उस तरफ़ बढ़ीं- "Please take care of this, I'll be back."

माया ने मेरी तरफ़ देखा। मैंने माया की तरफ़। हम दोनों ने एयरपोर्ट स्टाफ की तरफ़ और एक झटके में डिसाइड किया- "चलो! निकलो यहाँ से।" हम वहाँ से फटाफट आगे बढ़ गए। मुझे पता नहीं क्यों ये अजीब लग रहा था। मेरा मन पूरी तरह से उतर चुका था।

मुझे दूर से एक कोने में ख़ाली सीट दिखी और हम दोनों उस सीट की तरफ़ बढ़ गये। माया ने अपना सामान रखा और मैं वहीं खड़ा-खड़ा अपनी पीठ सीधी करने लगा। इतने में मुझे दूर से आती हुई वो आंटी दिखीं।

"पलटकर मत देखना। पर वो इधर ही आ रही है," मैंने माया को कहा।

"कौन?"

"वही, Mangoes वाली आंटी।"

"आने दो। क्या ही कर लेगी आके।"

आंटी थोड़ा पास आ चुकी थी और मैं उससे नज़रें नहीं मिलाना चाह रहा था। मैं माया से बात करने की एक्टिंग करने लगा। इतने में वो आंटी हमारे बिल्कुल पास आ गई। उसके आगे जाने के लिए जगह बनाने में मेरी नज़र उससे मिली। मैं भाव शून्य था। पर उस आंटी ने मुझे क्रॉस किया और वहीं खड़ी हो गई। उसने एक नज़र माया पर डाली और फिर मुझ पर।

"You guys left my bag over there. I was asking for a polite help but you didn't help me at all. See I got this bag with me."

आह! मन तो किया कि मैं उसे झकझोर कर उठाऊँ और बताऊँ कि आंटी जी दुनिया आपके आसपास नहीं घूम रही और हम जानते तक नहीं है आपको मगर मैं चुप था।

पर माया ने अब भी मोर्चा सम्भाल रखा था, "See they allowed you. And you got it yourself." पर आंटी को शायद यह बात समझ नहीं आयी थी। वो अपने ट्रैक पर थी।

"You guys didn't even trust me. I was getting this for my mom. These mangoes. It was so rude of you." आंटी बोले जा रही थी और मैं अंदर ही अंदर खौलता जा रहा था।

मैं फटने ही वाला था। पर मैं नहीं चाहता था कि उनसे बहस करके उनकी बातों को और पुख़्ता करूँ। मैं चाहता था कि उसे कोई जवाब ही न मिले मगर जवाब देना ज़रूरी था। हम कोई उसके नौकर तो थे नहीं और न ही उसने हमें इस बात के लिए पे किया था। आपने एक रिक्वेस्ट की, जो कि वैसे भी एयरलाइन के प्रोटोकॉल में नहीं आती। ऊपर से आप बस अपना विचार हमारे ऊपर फ़ोर्स किए जा रही हैं, जैसे हम इसको मना नहीं कर सकते! फिर आपको इमोशनल ड्रामा भी करना है कि ये mangoes मेरी माँ के लिए हैं और मैं माँ से इतना प्यार करती हूँ। तो करो न अपनी माँ के लिए खर्च, पता चले कि कितना प्यार है।

पर मैंने ये सब नहीं बोला। मैं चाहता भी नहीं था कि उसे मेरे चहरे पर कोई भाव दिखे। आंटी अभी भी बोल रही थी, "You guys have no respect for elders. Your generation doesn't know how to respect elders. Otherwise, you should have helped a lady like me."

इतने में माया अपनी सीट से उठी, चुपचाप उसकी आँखों में देखा और सपाट आवाज़ में कहा, "This sounds like a perfect explanation of why we didn't carry your box. I'm not going to correct you. Please feel free to be happy with your explanation."

Woohoo! ये क्या बोल दिया माया ने। Mic Drop! इस पूरी बात का ये भी जवाब हो सकता था क्या? मुझे हँसी आ गई। आंटी को भी समझ नहीं आया कि ये हुआ क्या। उसे शायद ऐसे जवाब की उम्मीद नहीं थी। मुझे भी माया से ऐसे जवाब की उम्मीद नहीं थी। मैं तो कितना कुछ एक्सप्लेन करता इसे।

माया मुझे देख रही थी और वो आंटी, "That's so rude" बोलकर आगे बढ़ चुकी थी। मेरा हार्ट कॉम्पन्सेट कर रहा था। उसे ये कॉन्फ़लिक्ट ऐसा लग रहा था जैसे कोई बड़ी बात हो गई हो। वो तेज़ी से धड़क रहा था। मेरे मुँह से एक लंबी उसाँस निकली। माया क्या badass थी!

हम दोनों पूरी फ्लाइट में इस बारे में बात करके हँसते रहे। मैं उचक-उचक कर देखने की कोशिश करता रहा कि वो आंटी आख़िर बैठी कहाँ हैं। थोड़ी देर में माया को नींद आने लगी। उसने हमारी सीट के बीच का हैंडल हटाया और मेरे कंधे पर सर रखकर सो गई। मेरी नज़र उसके गाल पर रखे हुए तिल पर पड़ी, वो अभी भी जाग रहा था। मुझे देख रहा था।

बंद-बंद शहरों से सीधा प्रकृति की गोद में उतरे थे हम। यहाँ हवा का AQI भी बेहतर था। माया और मेरे बीच कई तरह के फ़ासले कम हुए थे। हम एक-दुसरे के शरीर के साथ भी बहुत सहज हो गए थे। पर हमने अभी तक यह बात नहीं की थी कि हमारा भविष्य क्या होने वाला है। मेरे मन में ये बात कई बार आयी पर मैं ये पूछकर, जो हमारे बीच चल रहा था, उसे ख़राब नहीं करना चाह रहा था। जो मेरे हिस्से का था उसे जीना चाह रहा था लेकिन इसका मतलब ये नहीं कि मैं उसकी तरफ़ खिंच नहीं रहा था।

गोवा में हमने एक छोटा-सा BnB बुक किया था। वो हमें बहुत ही सस्ते में मिल गया था। BnB सुंदर था। इसको चलाने वाले फ़रहान और ख्याति थे, जो मूलतः बनारस से हैं। कई जगहों पर काम करने के बाद उन्होंने गोवा को अपना घर चुना था। लॉकडाउन के दौरान ही उन्होंने ये BnB शुरू किया था। लॉकडाउन खुलने के बाद हम उनके पहले गेस्ट थे।

"बहुत प्यारी जगह बनायी है, आप लोगों ने।" मैंने उनके साथ कॉफ़ी पर बैठे हुए कहा। यह बात उन दोनों को पता थी। दोनों बस इस बात पर मुस्कुराए। फिर ख्याति ने कहा, "आइडिया ये था कि हम वैसी जगह बनाएँगे, जो सबसे पहले हमें पसंद आए।"

"बात तो सही है," माया ने कहा।

हम चारों काफ़ी देर तक खुले में धूप सेंकते बैठे रहे। दुनिया जिन हालात से गुज़र रही थी ऐसे समय में ये कितनी बड़ी लग्ज़री थी।

हमें जो कमरा दिया गया था वह बड़ा और साफ़ था। कोने में एक टेबल पड़ी थी। मैंने सोच कि कुछ लिख लेता हूँ। माया कॉफ़ी पीकर सो चुकी थी। अगर मैंने अपना जिया हुआ नहीं लिखा, तो मेरे सामने जो इतनी बड़ी कहानी चल रही है, वो ऐसे ही गुज़र जाएगी। पर मैं ये जानता था कि मेरी इस कहानी में वो सब तो हो ही नहीं रहा था जो मैंने बाक़ी की किताबों में पढ़ा था। यह कहानी अपने होने में कितनी बिखरी हुई थी। जैसे मेरी चाहत कि मुझे सिर्फ़ एक ही प्रेम अपने जीवन में चाहिए पर वो भी इतने सारे लोगों में, इतने सारे वक़्त में बिखरा हुआ था।

मैं हर चीज़ बाहर की तरफ़ ही ढूँढता रहा लेकिन मुझे पता ही नहीं था कि मैं उसे सच में पा लेना चाहता हूँ? मैं एक ऐसे वक़्त में अकेला पकड़ा गया था जब सब असहाय थे।

जिस जगह मैं अभी बैठा था माया के साथ, वहाँ आना किसी परीकथा की कहानी लगती है। आज तक मैं किसी के साथ नहीं रह पाया, क्या इसकी एक वजह ये है कि मैं अपने मन से ही बाहर नहीं निकल पाया था? हो सकता है, क्या पता आस्था की कहानी मेरी कहानी से बिल्कुल अलग हो।

यहाँ रहते हुए कई बार एक-दूसरे की सीमाएँ लाँघकर हमने एक-दूसरे को जान लिया था। कई बार मैंने उसके दाहिने गाल पर बने तिल को अपने गाल पर छापने की कोशिश की थी- कोई जैसे एक हथेली से चाँद दूसरी हथेली में उतार रहा हो।

हमारे सारे नक़ाब उतर चुके थे। हमारा पेट भरा हुआ था। हम दोनों पूरे दिन साथ रह रहे थे। पर इतना पास रहने के बाद भी मैंने माया के मुँह से कभी ये नहीं सुना कि वो मेरे बारे में क्या महसूस करती है। मैं चाहता था कि पहले वो इस बात की शुरुआत करे। मैं फिर से अपना मज़ाक नहीं बनवाना चाहता था।

मुझे अचानक ऐसा लगा जैसे माया मेरी बग़ल में बैठी है और उसने मुझे चूम लिया। दो या तीन सेकंड तक मुझे उसके होंठ मेरे होठों पर महसूस हुए मगर वो यहाँ नहीं थी। शायद मेरे होंठ आज सुबह की बात याद कर रहे थे। हम दोनों शरीर से जितने एक-दूसरे के पास आते जा रहे थे, मेरे अंदर के सवाल और उलझते जा रहे थे। क्या मुझे माया से भी डर लगने लगा था?

"तुमको कॉफ़ी पीनी है न?" माया तैयार होकर सामने खड़ी थी।

मैं अपने दिमाग़ से तुरंत बाहर निकला, "हाँ। तुम तो तैयार भी हो गयी!"

"हाँ चलो मुझे एक बहुत अच्छी कॉफ़ी की जगह पता चली है, तुम्हें पसंद आएगी" उसने कहा।

"पर मुझे तैयार होने में थोड़ा वक़्त लगेगा।"

"जल्दी हो जाओ, आज लंच भी बाहर ही करेंगे। मैं फ़रहान को चाभी देकर आती हूँ। तुम मुझे बाहर मिलो।"

मैं तैयार होने अंदर चला गया। दिमाग़ अब भी इस बात को लेकर खेल कर रहा था कि मैं माया के साथ इस यात्रा पर किस तरफ़ बढ़ रहा हूँ। मुझे कम-से-कम अपने इरादों के बारे में उसे बता तो देना चाहिए।

हम बहुत देर तक अपनी स्कूटी पर यूँ ही घूमते रहे। गोवा की ख़ूबसूरत बात यह है कि आप किसी भी तरफ़ को घूम जाएँ ख़ूबसूरती से दूर नहीं जाएँगे। दूर तक फैले बड़े-बड़े हरे खेत और उसके बीच से गुज़रना- कितना सुंदर है ये। इस सुंदरता को जीने का अपना गिल्ट है।

"हम बच गए," माया के पीछे बैठे-बैठे मेरे मुँह से निकला।

"मैंने बचा लिया तुम्हें," माया ने मज़े लेते हुए कहा। मैं भी रुकने वाला कहाँ था।

"कब तक बचाओगी तुम?"

"जब तक तुम डूबोगे नहीं?" उसका जवाब आया।

गोवा की सुंदरता के बीच ये संवाद, मुझे लगा जैसे ये कोई फ़िल्म चल रही है। इन बातों में एक नाटकीयता थी। शायद मेरी बातों में नाटकीयता थी, माया तो बस खेल रही थी जैसे। मैंने कोई जवाब नहीं दिया। बचपन में देखी गई फ़िल्मों के दृश्य मेरे जीवन में जैसे ऊपर आ गए थे!

हम कैफ़े पहुँचे और menu मँगवाया। सामने से एक पच्चीस साल का जवान लड़का मेन्यू लेकर आया। इससे पहले कि माया उसे थैंक यू बोल पाती वो पलटकर चला गया। माया के मुँह से थैंक यू निकल चुका था पर उसे रिसीव करने के लिए कोई था नहीं। उसका थैंक यू वहीं कहीं गिर गया।

"So Rude यार," माया ने झेंपते हुए कहा।

मुझे लगा कुछ बोलना चाहिए पर मैं चुप ही रहा। कुछ बोलकर मैं इस बात को बढ़ाना नहीं चाहता था। हम दोनों menu से खाने की चीज़ें ढूँढने लगे। मुझे कुछ हल्का ही खाना था। मैं अपने ऑप्शंस देखने लगा। माया अपने लिए कुछ ढूँढने लगी। मैंने थोड़ी देर में ही डिसाइड कर लिया कि मुझे क्या ऑर्डर करना है।

"कुछ समझ आया?" मैंने माया की तरफ़ देखते हुए पूछा।

"देखती हूँ अभी। कुछ ज़्यादा समझ नहीं आ रहा। तुमको कॉफ़ी पीनी थी न?"

"हाँ, बहुत देर से," मैंने जवाब दिया।

"तो तुम अपनी कॉफ़ी ले लो और फिर हम लंच कहीं और करते हैं।"

मैंने बोला, ठीक है, जबकि मुझे हल्की भूख लगनी शुरू हो चुकी थी। पर मुझे अभी कॉफ़ी नहीं मिली तो मैं cranky होना शुरू कर दूँगा। कॉफ़ी पी लेने में ही भलाई थी। मैंने ज़ोर से वेटर को आवाज़ लगाई। माया का वेटर से बात करने का एकदम मन नहीं था। पर इस बार एक लड़की वेटर हमारी टेबल की तरफ़ आती हुई दिखाई दी। वो पास आयी और आकर स्माइल करते हुए पूछा। "Yes Sir! How may I help you?"

मैंने मुस्कुराते हुए माया की तरफ़ देखा। वो बिल्कुल भी इम्प्रेस्ड नहीं थी। "Can you please get me an Iced-espresso." मैंने भी पूरी विनम्रता से बोला।

"Sure sir. Anything to eat?"

मेरे बोलने से पहले माया बोल पड़ी, "Actually we wanted to but we will go to some other place."

वेटर कॉफ़ी का ऑर्डर लेकर चली गई। मैंने कैफ़े में देखा तो दूर एक टेबल पर एक कपल बैठा हुआ था और एक दूसरी टेबल पर एक मेरी ही उम्र का लड़का बैठा किताब पढ़ रहा था।

कॉफ़ी का इंतज़ार करते-करते मैंने अपने कैमरे से वहाँ की फ़ोटोज़ लेने लगा। कुछ फ़ोटोज़ खींचने के बाद मेरा कैमरा माया की तरफ़ घूमा और मैं उसकी फ़ोटो लेने लगा। वो बहुत interested थी नहीं फ़ोटो में पर मेरे बार-बार कहने पर पोज़ करने लगी। हमनें कुछ अच्छी फ़ोटोज़ लीं। कैफ़े की बाँस की ऊँचीं दीवारों से छन कर सूरज की रोशनी उसके चेहरे पर गिर रही थी, जिससे उसके चेहरे और शरीर पर एक सुंदर-सा पैटर्न बन रहा था। मैंने उसी पोज़ में चार-पाँच फ़ोटोज़ खींच लीं। उसे दिखाईं तो वो ख़ुश हो गई। मेरे हाथ से उसने फ़ोन लिया और अपनी फ़ोटोज़ में से दो फ़ोटोज़ को heart mark किया। फिर उनमें से एक को एडिट करने लगी।

अब मेरे पास उसे ऐसा करते हुए देखने के अलावा कोई काम नहीं था। कॉफ़ी का ऑर्डर दिए हुए दस मिनट से ज़्यादा हो चुके थे। मैंने नज़र घुमाकर देखा तो समझ आया कि आसपास कोई भी वेटर नहीं था। अब मेरे पेट में चूहे कूदने शुरू हो रहे थे। मेरी एनर्जी ड्रॉप हो रही थी पर माया का मूड बदल गया था। वो अब मेरी फ़ोटो लेने लगी थी।

"यार ये कॉफ़ी में इतना टाइम क्यों लग रहा है?" मैंने थोड़ा झुँझलाते हुए कहा। माया कैमरा ताने मेरी फ़ोटोज़ लिए जा रही थी।

"मुँह तो ठीक से बनाओ। ये क्या है?" उसने कहा। उसने जैसे ही ये कहा मुझे एहसास हुआ कि हाँ, मेरी तो शक्ल बिगड़ी हुई है। मैंने अपना चेहरा ठीक किया। थोड़ा रिलैक्स करने की कोशिश की। कॉफ़ी का ऑर्डर दिए हुए मुझे बीस मिनट होने वाले थे।

"मैं ज़रा देखकर आता हूँ इनको," बोलकर मैं उठने को था कि वही वेटर लड़का, जिसने माया के Thank You का जवाब नहीं दिया था, हमारी

तरफ़ आया। मेरे पास आकर बोला: "सर, मिनिमम ऑर्डर दो चीज़ों का है यहाँ, वरना table hold नहीं कर सकते।"

मैंने उसकी तरफ़ देखा। अंदर से भूख उमड़ रही थी।

"ये नया रूल कब से है?" मैंने पूछा।

"Sir, it's our policy."

"Menu में लिखा है कहीं?

"Sir, that's why I am telling you," वो बोलकर मुस्कुरा रहा था।

"और इतनी देर बाद क्यों बता रहे हो ये? Don't freak'in smile, man."

उसकी मुस्कुराहट अभी भी बनी हुई थी।

"Freak'in don't manipulate." मेरा ग़ुस्सा अब सर पर चढ़ने लगा था।

माया का हाथ मेरे कंधे पर था। "ये साले smile कर करके manipulate करते हैं। मुझे खाना ही नहीं है यहाँ," मेरी आवाज़ तेज़ हो गई। वेटर वहाँ से चला गया था। मैंने अभी बोले जा रहा था।

"कस्टमर हूँ, मैं चैरिटी नहीं माँग रहा। एक 'Thank you' का जवाब देना तो नहीं आता। सुनकर पलटते नहीं हैं लोग।"

माया बस मुझे देख रही थी। और बाक़ी के लोग हमें। मुझे तुरंत ही समझ आ गया कि अभी कुछ अजीब-सा हो गया है। मेरा ग़ुस्सा जैसे अचानक से फटा था।

"चलो कहीं और चलते हैं," बोलकर माया ने अपना बैग उठाया और हम कैफ़े से बाहर आ गये। मेरा ग़ुस्सा जितनी तेज़ आया था, बाहर निकलने पर उतनी ही जल्दी जाता हुआ भी महसूस हुआ।

"तुम्हें भूख नहीं लग रही?" मैंने पूछा।

"पता नहीं? लगता है लगकर मर भी गई।"

"ठीक है फिर तुम ही ढूँढों कोई कैफ़े। मेरा दिमाग़ तो नहीं चल रहा," मैंने कहा।

माया ने फ़ोन निकाला और तुरंत एक कैफ़े ढूँढ निकाला। वो बस चार मिनट दूर था। हम वहाँ पैदल जा सकते थे और पैदल ही चल पड़े। पूरे रास्ते चुप्पी रही। मैं उस चुप्पी को तोड़ने के लिए बीच-बीच में कुछ शब्द फेंकता रहा, जैसे शांत तालाब में पत्थर फेंक रहा हूँ।

थोड़ी देर में हम कैफ़े के बाहर खड़े थे। इस कैफ़े की अच्छी बात यह थी कि यहाँ ज़्यादा लोग नहीं थे। इसे देखकर लगा जैसे ये किसी का पुराना घर हो और उसके हॉल में ये कैफ़े बना हुआ हो। दो छोटी-छोटी टेबल, फ़्लोर पर रंगीन मोज़ेक का काम और दीवारों पर पेंट ऐसा जैसे इसकी पुताई हाथ से की गई हो।

साठ के आस-पास की आँटी हमारे पास एक छोटा-सा मेन्यू लेकर आयीं। मेन्यू रखते ही उन्होंने पूछा, "Regular water or bottle?"

"Regular," माया ने जवाब दिया।

काउंटर की दूसरी तरफ़ से कॉफ़ी की ख़ुशबू उठ रही थी। मेरी भूख जो कहीं ग़ायब हो गई थी, वापस लौटने लगी। मैंने ऑर्डर करने का काम माया को सौंप दिया। माया अब भी ज़्यादा बात नहीं कर रही थी।

"क्या खाओगी तुम?" मैंने फिर से उस शांत तालाब में एक पत्थर फेंका। माया ने दो सेकंड मेरी तरफ़ देखा फिर सीधे सपाट शब्दों में अपनी बात दाग दी, "तुम्हें नहीं लगता तुम्हें सॉरी बोलना चाहिए?"

"ग़लती उसकी थी। मैं क्यों बोलूँ सॉरी?"

"मैं उसकी बात नहीं कर रही," माया ने वैसे ही जवाब दिया। मुझे उसकी बात ठीक से समझ नहीं आयी।

"तुमने मेरा हाथ झटका था क्षितिज!"

"मैंने? कब?" मुझे सच में पता नहीं था मैंने ये कब किया।

"जब तुम उस वेटर को डाँट रहे थे, और मैंने तुम्हारे कंधे पर हाथ रखा था तब," उसने मेरे ही लहजे में जवाब दिया।

"मुझे नहीं याद, I am sorry!" ये कब हुआ था मैं अब भी याद करने की कोशिश कर रहा था, "I am sorry, ऐसे कोई manipulate करता है तो मेरे साथ ऐसा हो जाता है। इनफ़ैक्ट वो एयरपोर्ट पर आंटी को भी सुनाने का मन था मेरा। तुम नहीं होती तो बहुत कुछ सुन लेती वो। लोगों को manipulate करने में क्या मज़ा आता है मेरी समझ से बाहर है?" बोलते-बोलते मैंने ध्यान दिया कि माया पूरे अटेंशन के साथ मेरी बात सुन रही थी। उसने मेन्यू साइड में रख दिया था, "I am really sorry मुझे नहीं पता था कि मैंने तुम्हारा हाथ झटका है।"

माया के चेहरे की शांति थोड़ी कम हुई थी। उसने तीन बार अपना सर हिलाया, जैसे मेरी बात समझ रही हो। उसे शायद मेरे मुँह से सॉरी सुनना था। पर मैंने ऐसा कब किया था, मुझे भी याद नहीं था। मैं नहीं चाहता था कि माया मुझसे गुस्सा हो। मैंने अपना हाथ बढ़ाकर माया का टेबल पर रखा हुआ हाथ पकड़ा। शायद मेरे छूने से ये नाराज़गी थोड़ी कम हो।

4

"तो फिर आप दोनों कैसे मिले?" ख्याति ने आज वापस BnB आने के बाद पूछा। हम उनके कॉमन एरिया में ही पड़े हुए थे। मैं माया के बालों को चम्पी कर रहा था। माया ज़मीन पर बैठी थी और मैं वहीं कुर्सी पर।

"ऑनलाइन," मेरे कुछ बोलने से पहले माया बोल पड़ी थी।

माया ने जब ये बात शुरू की तब मैंने अपने हाथों की स्पीड धीरे कर दी और कंघी उठाकर उस के बालों को सुलझाने लगा।

"Sorry, I assumed that you guys are married?" ख्याति को अपना सवाल पूछने के बाद यह एहसास हुआ कि कोई ज़रूरी नहीं कि हम दोनों ने शादी की हो।

"It's okay," माया ने कहा, "वैसे हमने शादी तो नहीं की अभी। Not even sure if that's on our cards."

ये क्या बोल गई माया। मैं तो बस सुन रहा था। ये किसी खेल जैसा था, जिसमें हम अपने मन के आसपास का कुछ भी बोल सकते थे। "हाँ, हाँ," मैंने भी खेल में अपना एक पत्ता डाल दिया।

इतने में ख्याति, जो किताबें ठीक कर रही थी, सब छोड़कर हमारे पास आकर बैठ गई। अपने सर पर बाँधा हुआ रूमाल खोलते हुए बोली, "In fact, मुझे भी ऐसा ही लगता था, फ़रहान से मिलने से पहले। एक्चुअली डाइरेक्टली फ़रहान की वजह से नहीं।"

"क्या है ये कहानी?" मैं मैंने उसकी तरफ़ झुकते हुए पूछा।

"यार वो, हम दिल्ली में थे। एक बार फ़रहान मुझसे मिलने आया। और उसके आने के तुरंत बाद उसका फ़ोन बजा। उसकी बुआ है एक, really cool. उन्होंने शादी ही नहीं की थी कभी। सोचो कोई लड़की 80's में शादी नहीं कर रही, क्या गट्स चाहिए उसको।"

मैं और माया दोनों, बात तो सही है के अन्दाज़ में, अपना सर हिला रहे थे। ख्याति अपने storyteller mode में थी। और मुझे हमेशा से कहानियों में दिलचस्पी रही है कि दो लोग एकसाथ अपनी ज़िंदगी बिताने का फ़ैसला

कैसे लेते हैं! मुझे पता था माया ने भी वो फ़ैसला लिया था और अभी ख्याति यहाँ बैठकर अपने उस फ़ैसले की कहानी बता रही थी।

"वो बाथरूम में गिर गयी थीं। उनके पास कोई हॉस्पिटल ले जाने वाला भी नहीं था। काफ़ी देर बाद ख़ुद से उठ के कैसे-कैसे उन्होंने फ़रहान को फ़ोन किया।"

"What!??"

"मैं और फ़रहान दोनों भागे। उनको हॉस्पिटल लेकर गए। उनको जहाँ-जहाँ चोट लगी थी there were blue patches on her body."

"ईए... ईए... ईए... ईए...," माया के मुँह से निकला।

"Exactly! फिर फ़रहान उनके घर पर ही रहा कई दिनों तक। उनका कोई था ही नहीं।"

"और बच्चे?" मेरे मुँह से निकल गया। बोलने के तुरंत बाद मुझे मेरे सवाल की बेवक़ूफ़ी समझ आयी। माया और ख्याति मुझे अजीब नज़रों से देख रहे थे।

ख्याति ने कहानी जारी रखा, "फ़रहान से मिलने कभी-कभी मैं भी चली जाती थी उनके घर और वो जब घर पर नहीं होता था तो मैं उनके साथ अकेले होती। Mid 50s में उस अकेली औरत को देखकर मुझे लगा कि भाई, यही तो है मेरा फ्यूचर, अगर शादी नहीं करूँगी तो पता नहीं किस बाथरूम में डेड मिलूँ!"

"तो तुमने मरने के डर से शादी करी?" माया ने पूछा।

"Yes and No! यार मैं जब उनको देखती थी ना नाईटी पहनकर धीरे-धीरे पूरे घर में घूमते हुए, लगता था कि कोई ईरानी फ़िल्म देख रही हूँ। पूरे घर की हवा में एक अजीब सा loneliness था। And I felt that. और उस

incident के बाद मैंने डिसाइड किया कि नहीं भाई, ऐसे अकेले तो नहीं रह सकते।"

ख्याति की बात सुनकर हम दोनों चुप थे। ख्याति चुपचाप हमारा मुँह देख रही थी।

"क्या हुआ? तुमलोग ऐसे कैसे चुप हो गये? सब ठीक है मेरी लाइफ़ में," उसने बोला।

"कई बार दो लोग साथ हों तब अकेला होना और काटता है, क्योंकि वो आपने चूज़ नहीं किया न।" माया ने कुछ सोचते हुए जवाब दिया। अब ख्याति को समझ नहीं आया कि वो क्या बोले। फिर से एक सन्नाटा हो गया। अब इस सन्नाटे को भरने की बारी मेरी थी। "हाँ सही बात है। कई बार हम अपने ही अकेलेपन से इतना डरे होते हैं कि एक और अकेलापन ढूँढते हैं, उसका साथ देने के लिए, और फिर सोचते हैं ये दोगुना कैसे हो गया!" मैंने बोलकर अपनी बात ख़त्म की जो एक तरह की सहमति थी माया की बात से। उसके सामने मैंने कभी अपने पुराने रिश्ते की बात नहीं थी।

मेरी बात सुनकर ख्याति खड़ी हो गई थी। "Wow! No wonder you are a writer," इसके साथ ही हम तीनों हँस पड़े। हमारे अंदर जमा होती गंभीरता का बुलबुला फूट गया। ख्याति अपने काम में लग गई थी। मैं और माया एक- दूसरे को ऐसे देख रहे थे, जैसे एक-दूसरे से बहुत सारी बातें करनी हों।

शाम हुई, हम दोनों फिर से उसी कैफ़े पहुँचे, जहाँ हम दोपहर में गये थे। रात में ये जगह और cozy थी। पीली रौशनी में कुछ तो होता है, जो पूरे स्पेस को साथ समेट लेता है। कैफ़े की ओनर owner ने हमें पहचान लिया। उठकर हमारे पास आयीं और दूसरी टेबल पर बैठने को कहा, "May I take the same table?" मैंने प्यार से पूछा।

"Sure-sure," बोलकर उन्होंने उस टेबल से रिजर्वेशन का टैग दूसरी टेबल पर रख दिया, "It's all yours now. Anyway, it was reserved for a lovely couple like you."

इस बात का जवाब न मैंने दिया न माया ने। हम दोनों ने टेबल खींची और बैठ गये। इस बार खाना मँगवाने की बारी मेरी थी। थोड़ी देर मेन्यू देखकर café owner को बुलाया और Aglio-e-olio और दो Diet Coke कर दिया।

"तुम कुछ पियोगे नहीं?" माया ने पूछा।

"Coke बोला है मैंने।"

"गोवा आकर भी Coke ही पियोगे? कैसे हो तुम?"

"यार मैं पीता नहीं," मैंने ऐसे जवाब दिया जैसे मैं थक गया हूँ। माया के चेहरे पर कुछ और सवाल बने हुए थे। इन सवालों से मेरी पुरानी जान पहचान थी।

"थोड़ी लंबी कहानी है आराम से बताऊँगा," मैंने बात ख़त्म करने की कोशिश की।

"ठीक है।" बोलते हुए माया ने मेरे हाथ से मेन्यू ले लिया। थोड़ी देर देखा और अपनी कोई Jinn से बनायी कोई ड्रिंक ऑर्डर की। café owner हमारा ऑर्डर लेकर चली गई थीं।

आज पूरे दिन में हमारे बीच बहुत सारे अनकहे सवालों ने जगह बना ली थी, जो हम दोनों को पता थे, पर उनके बारे में बात कोई नहीं कर रहा था। मैं कब तक ऐसे ही डरता रहूँगा, कोई भी मुश्किल बात करने से। आस्था के साथ भी यही हुआ था। मैंने कभी अपनी बात बोली ही नहीं थी। माया से मिलना बस माया से मिलना नहीं था। मैं वहाँ बैठे-बैठे अपने दिमाग़

को ये बोलता रहा कि माया और आस्था दोनों अलग-अलग हैं। माया का बस शराब ऑर्डर करना उसे आस्था नहीं बना देता और ये जो आने वाले conflict की कोई लड़ाई चल रही है, वो बस मेरे दिमाग़ में चल रही है।

मुझे पूछ लेना चाहिए माया से कि क्या उसे वो लव लेटर वाला क़िस्सा पता है। ये मेरे लिए बड़ी बात थी। हो सकता है उसे ये पता हो पर उसके लिए इतनी बड़ी बात न हो? मगर पूछते ही, हमारे बीच अभी तक जो भी है, वो ख़त्म न हो जाए? यही सोचते-सोचते तो मेरा रिश्ता आस्था से भी ख़त्म हो ही गया था। ये बस मेरा भ्रम था कि मेरे जीवन में कुछ भी मेरे करने या न करने से हो रहा है। माया का यहाँ बैठना भी एक सुंदर इत्तफ़ाक़ ही है, जो मेरे चाहने या मेसेज करने भर से तो नहीं हुआ है।

मैंने कुछ पूछने के लिए मुँह खोला पर मेरी आवाज़ गले में अटककर रह गई। उसे बाहर निकालने की हिम्मत नहीं हुई। अब क्या करूँ? मैंने अंदर ही एक से तीन की गिनती करने की सोची। ज़्यादा सोचना नहीं है, बस तीन होते ही अपना सवाल सीधा माया के सामने उड़ेल देना है। ऐसा मैं सर्दियों में ठंडे पानी से नहाने के वक़्त करता था।

"एक, दो, तीन," और इस 'तीन' के साथ ठंडे पानी का मग मेरे शरीर पर पड़ता था। थोड़ी तकलीफ़ होती थी पर काम हो जाता था।

मैंने मन में एक, दो, तीन गिनना शुरू किया- 'एक, दो... तीन'- "तुम्हें स्कूल का कुछ याद है?" मैंने अपना सवाल कर दिया था। माया सामने जैसे बैठी थी, अपना ड्रिंक पीते-पीते सर हिला रही थी। मैं फिर कुछ देर रुका कि शायद उसे कुछ बोलना हो। मैं उसकी उँगलियों की मूवमेंट देख रहा था। उसने कुछ नहीं कहा। मेरा सवाल सेफ़ था। इससे मुझे हिम्मत मिल गई थी। इतने में माया बोल पड़ी- "हाँ वो लेटर कभी मुझ तक नहीं पहुँचा।"

मैं ये सुनकर रुक गया। हमारी बातों का धागा जैसे खुल गया था, "तुम्हें पता कैसे चला? तुम जानती थी मुझे?"

माया ने अपनी ड्रिंक टेबल पर रखी, “पूरे स्कूल को पता था क्षितिज। मुझे तो अब याद भी नहीं है कि किसने मुझे बताया था ये?”

“तुम्हारा क्या रिएक्शन था जानने के बाद?” मैंने पूछा।

“पहले तो मुझे डर लगा,” माया ने बोला।

“डर क्यों लगेगा?”

“डर इसलिए कि किसी को ये न लगे कि इसमें मेरा कोई हाथ है। लोगों को कहने में ये देर थोड़े ही लगती है कि अगर किसी लड़के ने लव लेटर लिखा है तो लड़की भी चाहती होगी।”

माया की ये बात मुझे एकदम से समझ नहीं आयी मैंने इस कहानी को ऐसे देखा ही नहीं था, “और उसके बाद जब मुझे लगा कि बात मेरे ऊपर नहीं आ रही तो मुझे गिल्ट होने लगा था।”

“अब गिल्ट किस बात का?” मैं उसकी बात समझने की कोशिश कर रहा था। माया ने फिर से एक सिप लिया, “मुझे बाद में पता चला कि मेरी वजह से तुम्हें स्कूल से निकाल दिया है।”

“नहीं, नहीं, मुझे स्कूल से निकाला नहीं था। मेरे पेरेंट्स ने स्कूल बदलवा दिया था,” मैंने उसकी बात को ठीक करते हुए कहा।

“मुझे तो यही पता है कि तुम्हें स्कूल से निकाल दिया गया था। इन फ़ैक्ट पूरे स्कूल को यही लगता है,” बोलकर वो रुकी, “तुम्हारी किसी से बात नहीं हुई क्या स्कूल में?”

“नहीं, और क्यों होगी? जिनको मैं दोस्त समझता था वो दोस्त नहीं थे और फिर मैंने स्कूल छोड़ ही दिया था।” इतना बोलते हुए मैंने नोटिस किया कि माया का ग्लास ख़त्म होने वाला है।

"थोड़ा पास्ता ले लो?" मैंने माया के लिए पास्ता निकला और थोड़ा ख़ुद भी लिया। थोड़ी देर हम बस खाते रहे। मुझे बहुत जल्दी थी सब कुछ जानने की, सारी बात करने की, मगर सब अपनी गति से चल रहा था, हमारी नहीं।

"तुम इतना भड़क क्यों गए थे वहाँ?" थोड़ी देर में माया ने पूछा।

"मुझे कोई manipulate करता है तो बहुत तेज़ ग़ुस्सा आता है। मन करता है एकदम खींचकर थप्पड़ मार दूँ। और मुझे बहुत साफ़-साफ़ दिख जाता है कि ये आदमी या औरत, जो भी है, वो manipulate करने वाला है। क्या ज़रूरत थी उसे ऐसे इतनी देर बाद आकर बोलने थी। इनको हॉस्पिटैलिटी नहीं आती क्या?"

"तुम्हें ये याद भी नहीं था कि तुमने मेरा हाथ झटक दिया है क्षितिज। ये थोड़ा ज़्यादा नहीं लगता तुम्हें?" माया ने साफ़-साफ़ बोल दिया।

"यार है। मैं जानता हूँ। कुछ चीज़ें ऐसी हैं जो मैं जानता हूँ कि ख़राब हैं। मुझे उसपर काम करने की ज़रूरत भी है पर अभी ऐसा ही है।" मैंने बोलते हुए अपनी प्लेट की तरफ़ देखा। पास्ता वैसा ही पड़ा हुआ था। मुझे उसे देखते ही लगा कि मेरा पेट भर गया है। मैं थोड़ी देर पास्ता को घूरता रहा। उसके घुमाव पर मेरी आँखें टिक गईं और ऐसा लगने लगा जैसे वक़्त उसके घुमाव के साथ घूम रहा है। मुझे उस पसरी हुई प्लेट में एक संसार-सा दिखने लगा जैसे एक नक़्शा-सा बना हो।

उसके बाद जब मैंने नज़र उठाई तो जैसे वहाँ बस माया और मैं थे। कैफ़े की ओनर कहीं जा चुकी थीं। कैफ़े की पीली रोशनी और पीली हो गई थी। और ऐसा लग रहा था जैसे बाहर की आवाज़ आनी बंद हो गई हो। मैंने दीवार पर लगी घड़ी को देखा वो धीरे चल रही थी। जिसपर हम दोनों बैठे थे, उस टेबल पर रखा हुआ टेबल क्लॉथ, एक बहुत बड़ा कारपेट लग रहा था। माया ने मेरे लिए एक ड्रिंक बना दी थी। मैंने उसे घूरकर देखा

वो माया ही थी, आस्था नहीं। मेरी तरफ़ उसने ड्रिंक का ग्लास बढ़ाते हुए बोला, "छोड़कर भाग जाना ऑप्शन नहीं है क्षितिज।" क्या छोड़कर भाग जाना? मैं सोचने लगा। "मेरा जब डाइवोर्स हुआ तो मैंने भी नहीं सोचा था कि ऐसा होगा। दो साल तक तो मैं घर से बाहर नहीं निकली थी। आस्था और तुम्हारे बीच जो भी हुआ उससे बाहर निकालने का रास्ता भी उसी जगह से आएगा।"

"मैंने तुम्हें कुछ बताया क्या आस्था के बारे में?" मैंने पूछा।

"हाँ, अभी तो बताया सब। कैसे वो तुम्हारे पास आयी। तुम दोनों ने कैसे साथ रहना शुरू किया और वो सब जिसकी वजह से तुमने शराब पीना छोड़ा।"

अच्छा! मैं ये सब बता चुका था! पर कब? ख़ैर क्या फ़रक पड़ता था। मैंने घड़ी की तरफ़ देखा जो जैसे एकदम से आगे निकल गई थी। पास्ता की प्लेट ख़त्म हो चुकी थी और मेरे हाथ एकदम साफ़ थे। बाहर की आवाज़ अब भी नहीं आ रही थी।

"अभी कैसा लग रहा है तुम्हें?" माया ने पूछा।

मैंने थोड़ी देर समझने की कोशिश की कि मैं कैसा हूँ, "ख़ुश हूँ, बस।"

"तो इस ख़ुशी के मोमेंट में ही अपना रिश्ता इस ड्रिंक के साथ reclaim करो।"

"पर मुझे पीना पसंद नहीं है माया," मैंने फिर से मना करने के अन्दाज़ में कहा।

"जैसा तुम्हें ठीक लगे। But I think you would like to consider the fact that it is not about drinking."

"तो फिर और क्या है ये?"

"It is your relationship with the drink. अब भी जो तुम कर रहे हो, ये तुम्हारी च्वाईस तो नहीं है। जैसे जब कोई तुम्हें manipulate करता है तो तुम्हारा ग़ुस्सा तुम्हारी च्वाईस नहीं है," माया ने अपनी बात ख़त्म की।

"तुम क्या कोई psychologist हो?" मैंने उसकी बनाई ड्रिंक को देखते हुआ कहा। एक बार सोचा कि उठा लेता हूँ पर अभी उतना भी मन नहीं हुआ था।

मेरी बात सुनकर माया हँस पड़ी। "थोड़ा बहुत," वो हँसे जा रही थी। उसका हँसना मुझे अच्छा लग रहा था। मैं उसके दाहिने गाल पर बने तिल को देख रहा था। यह जैसे हमारे बीच का कोई अल्पविराम हो, जो हमारी कहानी की गली को पूरी तरह से बहने नहीं देता था। मैंने ग़ौर से देखा, इस हल्की रोशनी में भी माया के दो सफ़ेद बाल दिख रहे थे। उसकी आँखों के नीचे हल्का कालापन रात के गुज़र जाने का सबूत था।

"एक्चुअली जब मेरा डाइवोर्स हुआ तो दो साल मैं घर से बाहर निकली ही नहीं। फिर दोस्तों ने मुझे बहुत पुश किया कि थेरेपी जाना चाहिए। उस वक़्त तो नहीं गई, पर eventually जाना ही पड़ा।"

"अच्छा!"

"हाँ, तो ख़ुद पर काम करते हुए ये वाली नज़र थोड़ी डेवेलप हो गई," माया अब बहुत ही relaxed लग रही थी। मैंने उसकी बात मानते हुए उसका बनाया ड्रिंक उठाया और एक सिप लिया। मैं उस ड्रिंक की कड़वाहट का इंतज़ार कर रहा था कि कब वो मेरा मुँह ख़राब करे पर ऐसा कुछ भी नहीं हुआ। हाँ इसका स्वाद जूस जैसा तो नहीं था मगर कड़वी भी नहीं थी।

"ये तो ठीक लग रही है मुझे। कड़वी भी नहीं है," मैंने माया को देखते हुए बोला। माया ने बस स्माइल किया जिसका मतलब था कि उसे पता है।

"मैं तुम्हें वो लेटर तीन साल से लिखना चाहता था, माया। पहले दिन जब स्कूल में देखा था तब से बस मैं तुम्हें देखता ही रहा था। जब लिखने की हिम्मत हुई तो वो लेटर तुम तक पहुँचा ही नहीं," मैं बोला।

"हो सकता है, अगर वो लेटर मुझ तक पहुँचा होता तो हम यहाँ बैठे ही नहीं होते," माया का जवाब था।

"हो सकता है। पर यहाँ तो हम बैठे हैं न माया- मैं और तुम। मैं 'वो' नहीं हूँ न ही तुम 'वो' हो। मुझे सच में कभी नहीं लगा कि 'वो' लड़की तुम हो। हमारे बीच बीस साल का फ़ासला है। लेटर तो उस लड़के ने लिखा था। उसको इस बात से क्या फ़र्क़ पड़ता था कि बीस साल बाद क्या होगा," मैंने बोले जा रहा था। माया बस सुन रही थी। कैफ़े से बाहर की आवाज़ फिर से एक बार ग़ायब थी, "और मुझे लगता नहीं है कि तुम वो लड़की भी हो। तुम्हारी भाषा ये तो नहीं है। तुम घर में ऐसे बात तो नहीं करती होगी न माया?"

"हाँ पर ये भी मैं ही हूँ। हम बोलने वाली माया भी और मैं बोलने वाली भी। वैसे भी मातृभाषा का दंभ वो लोग भरते हैं जिन्होंने उसका इस्तेमाल किया होता है। तुम भी तो अब हम नहीं बोलते, मैं बोलते हो," मुझे चुप कराना माया का मक़सद नहीं था पर उसने मुझे चुप करा दिया था। सोचने पर मजबूर किया था कि हाँ बात तो सही है। मैं भी बिहार के हर व्यक्ति से भोजपुरी में तो बात नहीं करता।

"मैं पुणे आने से पहले हैदराबाद में थी। जब पहली बार घर से बाहर निकली तो वो सारे रोज़मर्रा के शब्द भी पीछे छूट गए- जिनमें प्यार और अपमान दोनों था। स्कूल और मुहल्ले में लोग कैसे बात करते थे तुम्हें पता होगा। पर हैदराबाद में अच्छी बात ये हुई कि वो भाषा किसी को पता नहीं थी। अपनी भाषा को छोड़कर मैं कोई और भाषा उठा सकती थी। और मैंने वही किया," माया ने अपनी बात पूरी की।

यहाँ से कैसे आगे बढ़ाऊँ ये बात, बिना अपनी भाषा की यात्रा के बारे में सोचे हुए। हिन्दी के बड़े कवि शमशेर बहादुर सिंह भी यही कहते हैं कि दुनिया में बोले जाने वाली सारी भाषाएँ हमारी मातृभाषा है।

मैंने अपना ड्रिंक ख़त्म कर लिया था। थोड़ी देर पहले जिन बातों ने हमारी कुर्सियाँ पकड़ रखी थीं अब वही बातें जैसे हमें फ्लोट करा रही थीं। कैफ़े की ओनर लौट आयी थीं। बग़ल वाली टेबल पर वो कपल भी आकर बैठ गया था। कैफ़े से बाहर की आवाज़ भी दरवाज़ों से छनकर अंदर आने लगी थी।

उस रात मैंने माया से बात करते हुए उसे और ज़्यादा क़रीब महसूस किया। बातों ही बातों में जैसे हम एक-एक धागा एक-दूसरे के सामने फेंकते जाते और वही धागा पकड़कर एक-दूसरे के और पास आते जाते। बात करना अलग तरह से छूने जैसा था।

कैफ़े से निकलकर हम बहुत देर तक गोवा की गलियों में घूमते रहे। फिर घूमते-घूमते समंदर के किनारे आ गये। शराब मुझे थोड़ी-सी चढ़ गई थी। समंदर की रेत पर बड़ी रात तक लेटे रहे। माया ने अपने पुराने रिश्ते के बारे में बताया।

एक दिन वो माया को लंच पर लेकर गया। सब कुछ वैसे ही किया जैसे वो हमेशा करता था, प्यार से, पर इस बार बिल भरने के बाद उसने माया को बोला कि वो उसके साथ नहीं रहना चाहता।

"क्या वजह थी," मैंने पूछा।

उसने बोला था कि मैं बस ये झूठ अब और नहीं जी सकता। मैं नहीं रह सकता तुम्हारे साथ। माया ने पूछा भी था कि क्या कोई और है जिसकी वजह से वो उसे छोड़ रहा है तो उसने मना कर दिया। उस दिन वो पूरी तैयारी के साथ आया था। नया घर ले लिया था उसने, जिसमें वो माया से अलग रहने वाला था। कुछ दिनों तक माया को लगता रहा कि वो शायद

मज़ाक कर रहा है। वो अब भी उसके लिए रोज़ खाना बनवाती रही। वो नहीं आया तो फ़ोन करके उसे भिजवाने को बोलती। वो उसका फ़ोन अब भी उठाता था, बात भी करता था, बस उसका खाना नहीं लेता था।

उस वक़्त माया के पास अपने दोस्त नहीं थे। जो दोस्त थे वो उसके हसबैंड के थे। उसने कोशिश की उनसे बात करने की पर उसे हमेशा लगता जैसे उसके दोस्त भी उधार के हैं। उसे अकेले सोने में डर लगने लगा था। वो सब कुछ छोड़कर कुछ spiritual cults के चक्कर में भी पड़ी पर देर होने से पहले ही समझ आ गया कि उसकी suffering का कोई बड़ा मतलब नहीं था। पर इन cults में हो वो एक मिलन नाम के लड़के से मिली और वो अच्छे दोस्त बन गये। मिलन अपनी यात्रा पर था पर उसने माया को इन cults से निकलकर psychologist के पास जाने के लिए encourage किया। उसके बाद ही माया को अपने दिमाग़ की गुत्थी सुलझाने में मदद मिली।

"तुम्हें कब समझ आया कि वो अब कभी नहीं आएगा?" मैंने रेत पर लेटे-लेटे पूछा।

"पता नहीं। वो किसी नयी खाल के आने जैसा था क्षितिज। पूरी खाल नयी आयी तब समझ आया कि पुरानी जा चुकी है।"

हम बहुत देर तक वहीं लेटे रहे। माया अपनी कहानी बताती रही। एक दिन वो अपने ex-husband से हैदराबाद एयरपोर्ट पर टकरायी थी। वो किसी और लड़की के साथ था। उसने उससे बात करने की सोची और उस दिन उसे समझ आया कि कोई फ़ायदा नहीं है। रिश्ते की कुछ परतें हम कभी नहीं खोल पाते। हम जितना उसे सुलझाने की कोशिश करते हैं, वो उतने उलझते जाते हैं। आस्था और मेरी कहानी में भी तो यही हुआ था।

मुझे लगा कि कहीं दूर से जोगी की सारंगी की आवाज़ आ रही है। मैंने उसे सुनने की कोशिश की पर वो मेरा भ्रम था। मैंने आँखें बंद कर ली थीं। समंदर की लहरों का बजना लगातार कानों में जा रहा था। माया की उँगलियाँ मेरी उँगलियों पर हल्के से रखी हुई थीं। पीछे कुछ पेड़ों से हवा के बहने की हल्की आवाज़ आ रही थी। बचपन में अगर मुझे कोई यह चित्र बताता तो मुझे उसपर यक़ीन नहीं होता। मैंने सोचा कि कुछ बोलता हूँ पर क्या? कुछ भी बोलना, जो हो रहा था उसमें दखल देना था। मुझे याद नहीं पर हम दोनों बड़ी देर तक वैसे ही पड़े रहे। कब BnB लौटे कुछ पता नहीं।

अगली सुबह देर से हुई। माया का मन एकदम नहीं था कहीं बाहर जाने का। ख्याति और फ़रहान से इतनी दोस्ती हो गई थी कि मैं उनके काउंटर के पीछे जाकर अपनी कॉफ़ी बना सकता था। हम चारों फिर से कॉमन एरिया में ही बैठे थे। फ़रहान किसी कॉफ़ी रोस्टर से बात कर रहा था। ख्याति काउंटर पर थी और माया वहीं बैठे किताब पढ़ रही थी। मुझे उसे देखकर अभी ऐसा लग रहा था जैसे हम दोनों दो ज़िन्दगियाँ जी रहे हों और अब एक और ज़िंदगी हमारे सामने खुल रही हो। क्या हुआ था माया और उसके हसबैंड के बीच? कोई ऐसे कैसे किसी को छोड़ सकता है? और उसके बाद माया ने कुछ नहीं किया? मान गई? नहीं, कुछ तो किया होगा ही? ये सब पूछ लेना ठीक है क्या? पर शायद अभी नहीं।

मैंने कॉफ़ी दो कप्स में निकाली और ले जाकर माया के सामने रखी- "ये लीजिए जी आपकी कॉफ़ी।"

"थैंक यू! मैं सोच रही हूँ आज थोड़ा ऑफ़िस का काम कर लेती हूँ। तुमको चलेगा न?" उसने किताब किनारे रखते हुए पूछा।

"हाँ, हाँ। वैसे भी मेरा सर थोड़ा हिल ही रहा है।"

“ओह! हाँ!” बोलकर वो जैसे थोड़ा उछल पड़ी। वो उछाल उसकी आवाज़ में भी थी, “तो कैसा लगा कल पीकर?”

“कुछ भी बुरा नहीं लगा,” मैंने सोचते हुए कहा। इतने में मैं उसके पास बैठ गया था।

“ऐसे कोई बोलता है। थोड़ा विस्तार से, elaborate करके बताओ।”

“एक्चुअली! अच्छा लगा। कितनी बात की हम लोगों ने। And I am glad you shared that with me.”

“Thanks to you. तुमने वो सब सुनकर भी मुझे बेचारी की नज़र से नहीं देखा। There was no sympathy from your side. अच्छा लगा मुझे।”

मैंने अपनी कॉफ़ी का सिप लिया और माया ने भी। “चलो मैं ज़रा काम करती हूँ,” बोलकर माया ने अपना लैपटॉप खोल लिया। मैं फ़रहान के पास आकर बैठ गया। कॉफ़ी roaster जा चुका था।

“भाई। एक सवाल था। थोड़ा पर्सनल है,” मैंने फ़रहान से पूछा।

“Shoot!” फ़रहान ने बोला।

मैंने ख्याति की तरफ़ इशारा करते हुए पूछा कि उन्हें पता कैसे चला कि ख्याति ही वो लड़की है जिससे तुम्हें शादी करनी है। ये पूरी ज़िंदगी एक ही इंसान के साथ रहने का डर नहीं लगता?

“तुम शादी करने की सोच रहे हो क्या?” फ़रहान ने पूछा।

“हाँ, मतलब। कुछ वैसा ही समझो”

“मैं तो recommend नहीं करता भाई। We are full anti शादी types.” ये बोलते-बोलते उसने आवाज़ इतनी तेज़ कर ली कि वो ख्याति तक पहुँच

गई। ख्याति को बात समझते देर नहीं लगी। वो दूर से ही बोली, "हाँ, अगर फ़रहान नहीं होता तो मैं तो नहीं करती शादी।"

मुझे लगा कि ये क्या बात है- "मतलब, तुम्हें एक पार्टनर मिल गया और तुमने उससे शादी भी कर ली अब तुम दूसरों को कह रहे हो कि शादी मत करो।"

"Exactly!" फ़रहान ने बोला, "We are those rare people. और वैसे भी हम हसबैंड-वाइफ कम और दोस्त ज़्यादा हैं।"

ख्याति भी हमारे पास आ गई थी। बातों से बातें जोड़ते हुए हम हमारे वक़्त के मॉडर्न रिलेशनशिप को समझने की कोशिश कर रहे थे, जिसका कोई छोर नहीं था। थोड़ी देर बाद हमारी बातें इतनी इंटरस्टिंग हो गयीं कि माया ने काम छोड़कर हमें जॉइन कर लिया।

थोड़ी देर में ख्याति ने एक गेम के बारे में बताया।

"Once Upon a Lie. तीन बातें बोलनी हैं- दो झूठ, एक सच। पर हर बात एक छोटी-सी कहानी की तरह बतानी है। फिर सब मिलकर अंदाज़ा लगाएँगे कि सच कौन सी है।"

माया ने मेरी तरफ़ देखा, "तुम तो राइटर हो, वो तो वैसे भी झूठ बोलते हैं।"

"झूठ नहीं बोलता। कई बार सच में थोड़ी इमेजिनेशन मिला दो तो वो ज़्यादा सच हो जाता है," मैंने कहा।

"Wow!" फ़रहान की तरफ़ से उठा।

"चलो, ठीक है। पर मैं झूठ भी सच्चाई की तरह बोलूँगा," मैंने कहा।

"तो फिर तुमसे ही शुरू करते हैं," ख्याति ने अपनी हँसी रोकते हुए कहा।

मैंने एक बार गेम के रूल्स दोबारा दोहराए और शुरू किया। ख्याति फ़रहान और माया तीनों अपनी अपनी कुर्सी पकड़कर बैठ गये।

"पहला- मैंने कॉलेज में शर्त हारकर साड़ी पहनकर 'शीला की जवानी' पर डांस किया था। दूसरा- एक बार मैंने एक लड़की को लव लेटर लिखा था, लेकिन वो कभी उसके पास पहुँचा नहीं। तीसरा- मैंने स्कूल की लाइब्रेरी से किताब चुराई थी और कभी लौटाई नहीं।"

माया हँसते हुए बोली, "तीसरा वाला झूठ है। तुम किताब चोरी नहीं कर सकते।"

"गलत," मैंने कहा, "तीसरा वाला बिल्कुल सच है।"

ख्याति हैरान हो गई, "तुमने सच में साड़ी पहनकर डांस किया था?"

"मुझे नहीं पता। झूठ पकड़ना तुम्हारा काम है," मैंने वैसे ही जवाब दिया।

"यार वो कॉलेज कर चुका होगा जब शीला की जवानी आया होगा।" फ़रहान का जजमेंट था।

"तो पहला वाला झूठ होगा। लव लेटर कभी लिखा ही नहीं तुमने।"

मैंने कुछ नहीं कहा। बस मुस्कराया। माया थोड़ी देर मुझे देखती रही कुछ बोली नहीं। इस झूठे खेल में मैंने अपने हिस्से का सच मिला दिया था। ये लिखने जैसा ही था। कहाँ सच ख़त्म होता है और कहाँ कल्पना शुरू पता नहीं।

"तुम्हें क्या लगता है माया। तुम तो जानती हो इसे अच्छे से।" ख्याति ने माया से पूछा।

"फ़रहान की बात सच है। वो साड़ी पहनकर नहीं नाचा होगा।" माया का जवाब आया। मैं फ़रहान और ख्याति के चेहरे देख रहा था।

“हाँ,” फ़रहान अपना सर हिला रहा था। उसने अपने हाथ खड़े किए, “हाँ, यही झूठ है।”

अब तक ख्याति और माया ने भी अपने हाथ उठा लिए थे। मैं मुस्कुराता हुआ अपनी सीट पर बैठ गया। अब बारी ख्याति की थी।

“मैं झूठ नहीं बोल पाती यार।”

“हाँ पर अभी यही रूल है चलो,” फ़रहान उसे छेड़ते हुए बोला। ख्याति ने अपने हिस्से की तीन कहानियाँ बताईं। अब खेल मज़ेदार हो गया था। पर मेरी पारी की वो लव लेटर वाली बात अभी भी मेरे और माया के बीच झूल रही थी।

रात में सोने से पहले उसने मुझसे पूछा। “वो लव लेटर वाला चैप्टर क्लोज़ करना है क्या?”

“क्या? कैसे? मैं हूँ तो तुम्हारे साथ।” मैंने उसे देखते हुए पूछा।

“नहीं मेरा मतलब। एक बार स्कूल चलना है क्या?”

“नहीं, मैं नहीं जाऊँगा। कोई पॉइंट नहीं है। वैसे भी स्कूल में कोई दोस्त नहीं है और हो सकता है नेक्स्ट वीक से मेरा शूट शुरू हो। और मुझे वापस जाकर क्या ही मिलेगा?”

मैं बोल ही रहा था कि माया मेरे पास आयी उसने मेरा हाथ पकड़ा और मेरी आँखों में देखते हुए थोड़ी देर खड़ी रही। मुझे समझ नहीं आया कि मुझे क्या करना है। उसने मुझे गले लगा लिया और फिर मेरे कान में धीरे से बोला। “एक बात के लिए इतने सारे बहाने हैं तुम्हारे पास कि तुम्हें नहीं जाना है। नहीं?” बोलकर वो चुप हो गई।

उसकी बात तो सही थी। “नहीं, मैं नहीं जाऊँगा। कोई पॉइंट नहीं है। वैसे भी स्कूल में कोई दोस्त नहीं है और हो सकता है नेक्स्ट शूट से मेरा शूट

शुरू हो। और मुझे वापस जाकर क्या ही मिलेगा?" मैं अपनी ही बात पर ग़ौर करूँ तो ये बहाने ही थे। मेरा किसी भी तरह का कोई और काम भभुआ जाने की वजह से रुकने वाला तो नहीं था।

"तुम सिर्फ़ मुझसे नहीं मिलना चाहते थे क्षितिज। मुझसे मिलने से पहले तुम्हें अपने उस हिस्से से भी मिलना होगा जो तुम पीछे कहीं छोड़ आए हो," ये बोलकर उसने hug करके छोड़ दिया, "वैसे मैं तुम्हें ज़्यादा कुछ नहीं बोल सकती पर अगर तुम मेरे साथ वहाँ जाना चाहते हो तो मैं तुम्हारे साथ चल सकती हूँ।"

ये तो कभी मैंने सोचा ही नहीं था और ऐसा भी नहीं कि मैं ये करना चाहता था। मुंबई में सौरभ को भी मैं बस यही बोलकर आया था कि मैं तीन-चार दिनों में वापस आ जाऊँगा। अब एक नयी यात्रा सामने थी। इतनी देर में कमरे की घंटी बजी। "मैं देखता हूँ," बोलकर मैं दरवाज़े पर गया। दरवाज़ा खोला तो सामने सर्विस बॉय खड़ा था। "सर आपने टॉवल्स माँगे थे।"

"हाँ, ले लो। मैंने मंगाये थे।" माया की आवाज़ आयी। मैंने टॉवल ले लिया और बाथरूम में लगा दिया।

स्कूल वापस जाने का ख़याल दरवाज़े की घंटी के साथ कहीं जा चुका था। थोड़ी देर बाद अपना लैपटॉप खोले मैं बिस्तर पर अकेला बैठा था- देखते हुए कि शूट कब आने वाला था। क्या मैं वापस स्कूल जा सकता हूँ? मैंने गूगल पर अपने स्कूल का नाम सर्च किया। कुछ स्कूल की फ़ोटोज़ सामने आयीं पर मुझे लगा नहीं कि ये वही स्कूल है।

भाग 4

चलो एक बार फिर से

मुझे हमेशा लगता था कि मैं वो आदमी हूँ जो चीज़ों को ठीक-ठीक समझ लेता है- किसी इंसान के होने के पीछे की परतें भी मगर जब आस्था मुझे छोड़कर ऐसे ही चली गई तो मेरी समझदारी कहीं ग़ायब हो गई थीं। मुझे पूरी दुनिया कड़वी लगने लगी थी। मेरे अंदर आस्था को लेकर एक अजीब-सी चिढ़ थी। मुझे गुस्सा आता था कि वो मुझसे ज़्यादा किसी और को जानती थी। इससे भी बड़ी बात यह कि वो दोनों लंबे वक़्त से मेरे बारे में जानते थे और मैं उनके बारे में कुछ भी नहीं। वो दोनों मेरे बारे में जब भी बात करते होंगे तो क्या बात करते होंगे? जब आस्था रात को देर से आती थी क्या वो उस आदमी के साथ होती थी? वो कौन सा हिस्सा था, जो मेरे पास रहते हुए भी एक दिन उस अधेड़ आदमी के पास जा चुका था, जो उम्र में मुझसे बड़ा था।

मैं रातों को उनके बारे में सोचता था। आस्था और वो आदमी...! वो आदमी मुझसे दोगुना बड़ा था। इस बात को कहने का कोई respectable तरीक़ा नहीं है क्योंकि ये मेरे

दिमाग़ के अँधेरे कोनों में कहीं फँसा हुआ था। कई बार मैं ये सोचता था कि वो एक-दूसरे के साथ सेक्स कैसे करते होंगे! कहाँ-कहाँ, किन-किन जगहों पर वो उसे छूता होगा। वो कौन सी जगहें थीं जहाँ आस्था और वो आदमी नंगे हुए होंगे। उन्होंने एक दूसरे को छुआ होगा। यह सोच मुझे जला देती थी।

झूठ बोलते हैं वो लोग, जो बोलते हैं कि उनका ब्रेकअप म्यूचुअल था। ऐसा हो ही नहीं सकता। किसी भी रिश्ते में एक इंसान तो होता है, जो पहले वहाँ से निकल जाता है और दूसरा दोनों के हिस्से का दुःख भोगता है। हमारा रिश्ता शुरू ज़रूर किसी कविता से हुआ था पर इसका अंत पोएटिक नहीं था। वो raw था, गंदा जैसे बहुत देर से कोई घाव खुला रह गया हो और उससे मवाद बहने लगा हो। मैं वो मवाद वाला घाव लिए पूरे शहर में घूमता था। मैं लेखक बनने के क्रम में वो इंसान बनने लगा था जो अपने ही घावों को कुरेदकर उसे बस देखता रहता। आख़िर कैसे करते होंगे वो सेक्स? मैंने उस आदमी को इंस्टाग्राम पर ढूँढ कर उसे गालियाँ निकालता रहता। मैं उसे बद्दुआएँ देता था। मैं वो आदमी था जो अपनी प्रेमिका को किसी और की बाँहों में नहीं देख सकता था। सबसे ज़्यादा तकलीफ़ इस बात की थी कि शायद मैं इतना ख़ास नहीं था आस्था के लिए जितना मैंने ख़ुद को समझा था।

मेरे अंदर जैसे एक जानवर पनपने लगा था। और वो जानवर उन दोनों को नंगा पकड़ना चाहता था। ये जानवर हर वक़्त मेरे साथ रहता। पर जब कभी मैं किसी पब्लिक गैदरिंग में होता या काम कर रहा होता तो वो भी सोने चला जाता था। मैं आस्था को कभी मज़ाक़-मज़ाक़ में कहता था कि मेरे अंदर के जानवर को मत जगाओ, मेरे अंदर का जानवर ख़रगोश है। पर अब जब वो जानवर जाग गया था, मुझे पता था कि ये ख़रगोश जंगली है, और उसे मांस पसंद है। मैंने कई बार आईने में देखते हुए उसे पकड़ा था। धीरे-धीरे वो मेरी शक्ल पर आने लगा था।

मुझे लोगों से मिलने में ये डर लगने लगा कि कहीं वो इस जानवर को देख न लें। मैंने इवेंट्स में जाना बंद कर दिया। पर जब भी अपने दोस्तों से मिलता, जो आस्था के भी दोस्त थे, मुझे लगता इन हरामज़ादों ने मेरे साथ धोखा किया है। इन्होंने ही भड़काया है आस्था को कि मैं उसके लायक़ नहीं हूँ। उनके चेहरों पर मुझे कॉन्सिपिरेसी दिखती थी। ये वही लोग थे, जो मुझे और आस्था को साथ देखकर जलते थे, पर हमारी तारीफ़ भी करते थे।

मुझे याद था कि वो एक लड़की, जो आस्था की दोस्त थी, जब उसे पता चला था कि हम दोनों साथ रहने लगे हैं, तब उसने अपनी भद्दी ज़बान से ये बोला था- "तू इसके साथ रहती है?"

आस्था अच्छी इंसान थी, मैं अब भी मानता हूँ पर उसकी अच्छाई ने किसी और को चुना और मुझे यह बात खाये जा रही थी। मैं समझ नहीं पाया कि मैं कहाँ कम रह गया था! क्या मुझे और assertive होना चाहिए था? क्या मुझे और मर्दाना होना चाहिए था? ये 'मर्दाना' शब्द ही अब मुझे सड़ा हुआ लगता है पर उस वक़्त यही लगता था कि शायद मैं 'पूरा मर्द' नहीं था। वरना वो ऐसा क्यों करती?

मैं अपने रोज़मर्रा के जीवन में नेविगेट करता रहा- लिखता रहा, मिलना-जुलना जारी रहा, पर मेरे अंदर एक विस्फोट पल रहा था। कोई पूछता "How's life?" और मैं मुस्कुरा देता था, "Good, busy." लेकिन मेरे अंदर उस अधेड़ सचिन और आस्था की तस्वीरें घूमती रहतीं। मैं ज्ञानेंद्रपति की वो कविता, जो आस्था ने मुझे पहली बार सुनाई थी, पढ़कर रोता रहता। जब रोते-रोते मेरे आँसू सूख जाते तो दिमाग़ "काश" के खिलौने बनाकर खेलने लगता- काश ऐसा होता, काश मैं आस्था से पहले मिला होता? काश मेरी उम्र थोड़ी ज़्यादा होती? काश मैं समझ जाता कि कब आस्था मुझसे अलग होने लगी तो मैं सब ठीक कर देता।

मैं घंटों आस्था और उस अधेड़ आदमी की फ़ोटोज़ देखता रहता। वो थोड़े दिन पहले कहीं ट्रैवल करने गये थे। मेरे सामने आस्था की फ़ोटो थी, सिर्फ़ उसकी। मैं उसे देखते हुए उसके पहले और तुरंत बाद क्या हुआ होगा- सोचने लगा। उस तस्वीर में मेरा न होना मुझे अखरता था। पर क्या उसे ये बात ठीक लगती थी कि हमारे अलग होने को एक महीना भी नहीं हुआ था और वो सबके सामने अपने सोशल मीडिया पर वो फ़ोटोज़ डाल रही थी, जो इस बात की गवाही देते थे कि मैं छोड़ दिया गया हूँ?

ये एक लूप जैसा था। दिन भर मैं भाग-भागकर अलग-अलग राइटर, डायरेक्टर और प्रोड्यूसर्स से मिलता था। सबको मेरे आइडियाज़ और thought process बहुत पसंद आ रहे थे। मुझे ये बात अच्छी लगती थी। पर जैसे ही मैं किसी कॉफ़ी शॉप या ऑफ़िस से मीटिंग ख़त्म करके बाहर निकलता तो मेरा लीचड़पन मेरे पैर पकड़ लेता। मैं चाहता था कि मुझे कुछ हो जाए- कुछ ऐसा, जिसमें मेरी जान पर आ जाए, फिर मैं देखता हूँ कि आस्था को इस बात से फ़र्क पड़ता है कि नहीं। पर मैं डरपोक भी इतना था कि मैं वैसा कुछ भी नहीं कर पाया जिससे बात मेरी जान पर बन आए। मुझे लगता है मैं आस्था को याद नहीं करता था, मैं आस्था से लड़ता था- हर रात, और हर रात हारता था।

कभी-कभी जब हम साथ होते थे तो वो अचानक बहुत चुप हो जाती थी। मैं पूछता, “क्या हुआ?” वो कहती, “कुछ नहीं।” और यही “कुछ नहीं” मेरी नींदें ख़राब कर देता था। कई बार जब वो अपने पुराने रिश्ते की बात करती तो मुझे लगता कि वो पुराना रिश्ता हमारे बीच आ रहा है।

या फिर मैं ही अच्छा नहीं था बिस्तर में? या बस ठीक-ठाक था? क्या सच में हम बस एक-दूसरे के अकेलापन के साथी थे, जिन्हें एक-दूसरे का साथ, चलती ट्रेन के दो यात्रियों-जैसा चाहिए था। और क्या हमने साथ रहने की ग़लती कर दी थी।

मैं अपनी परफॉर्मेन्स याद करता था हर बार। कहाँ मैंने ज़्यादा जल्दबाज़ी की? कहाँ उसकी साँसें मेरी पकड़ से बाहर हो गईं? कहाँ-कहाँ उसने मुझसे झूठ बोला कि उसे अच्छा लग रहा है। पर वो झूठ क्यों बोलेगी?

मैं उस अधेड़ आदमी से कभी नहीं मिला। क्या उसकी उँगलियाँ मुझसे लंबी होंगी, साँसें ज़्यादा गहरी, अनुभव कहीं और ज़्यादा? क्या उसका शरीर मेरे शरीर से भारी था, जो अपना असर आस्था के शरीर पर देर तक छोड़ पाता था? अब मैं तुलना करता था अपनी बॉडी, अपनी आवाज़, अपने सबकुछ। मैंने एक बार गूगल किया था "how to know if you're good in bed" और फिर घंटों Reddit के थ्रेड्स में खोया रहा। मैं धीरे-धीरे खोखले मर्दानगी के कीचड़ में खिंचता चला जा रहा था। इन सबके पीछे बस एक ही बात थी कि मैं अब भी ये नहीं मान पा रहा था कि मैं शायद उतना स्पेशल नहीं था, जितना मैं ख़ुद को मान रहा था।

मैं अधूरा था और मेरा आधा हिस्सा कोई धोखे से ले गया था। मैं उस गर्त से निकल आया था। आस्था बैंक में काम करती है न, तो उसे इमोशन से ज़्यादा नम्बर्स समझ आते होंगे। ये कविता और कवि होना तो बस उसके लिए शायद एक छलावा था, जिसके पीछे वो ख़ुद को छुपाने की कोशिश करती थी। मगर अब भी, जब मैं और माया एक-दूसरे के क़रीब आ रहे थे तो मुझे ऐसा क्यों लग रहा था जैसे आस्था वहाँ मौजूद थी?

मैं अकेले समंदर के किनारे टहल रहा था यह सब सोचता हुआ। मैंने दूर देखा, मछुआरे अपनी नाव निकालने लगे थे। दिन होने वाला था शायद। मैंने पूरी रात ख़ुद के साथ बितायी थी। मुझे अब वापस BnB पर लौट जाना चाहिए।

"मुझे लगता है तुम्हारी बात ठीक है।" मैंने माया से कहा। दिन के क़रीब ग्यारह बजे होंगे। माया अभी उठी ही थी। "कौन सी वाली बात? बहुत सारी बातें की हैं हमने तो," उसने जैसे मुझे छेड़ते हुए कहा।

"वही वो स्कूल वाली बात। हमें चलना चाहिए।" मैंने अपनी बात पूरी तरह से ख़त्म भी नहीं की थी कि माया की आँखों में एक चमक आ गई।

"तो ऐसा करते हैं," वो बोली, "तैयार होते हैं, और पहले एक अच्छी-सी कॉफ़ी पीते हैं। फिर पूरा प्लान बनाते हैं।"

मैं हँस पड़ा, "मैं ख्याति को बोलता हूँ।"

"नहीं यहाँ नहीं। जब सब क्लोज करना ही है तो यहीं से शुरू करते हैं।" माया ने ऐसे बोला जैसे कोई पहेली बोल रही हो। पर उसे मेरे चहरे पर सवाल साफ़ दिख रहा था- "अरे यार! उसी कैफ़े में चलते हैं, जहाँ तुम्हारी लड़ाई हुई थी उस वेटर से।"

"वो मिनिमम ऑर्डर वाला बदतमीज़?" मेरे मुँह से तपाक से निकला।

"जीतना है उससे?" माया ने सधी हुई आवाज़ में पूछा। मैंने बस अपना सर हल्का-सा हिलाया।

"ठीक है फिर। आज हम वहाँ मिनिमम ऑर्डर भी करेंगे और उसको टिप भी देंगे। मतलब, तुम दोगे उसको टिप।" माया ऐसे बोल रही थी जैसे किसी खेल की तैयारी कर रही हो।

"ये टिप वाली बात थोड़ी ज़्यादा नहीं हो गई?" मैंने उसी के अन्दाज़ में पूछा।

"चलो ठीक है। वहाँ जैसा होगा देख लेंगे। मैं ठीक लग रही हूँ ऐसे?"

उसने पजामा और टीशर्ट पहना हुआ था। मुझे वो ठीक ही लगा।

"Are you comfortable in these?"

"हाँ हाँ," माया ने अपना जूड़ा बाँधते हुए कहा।

"तो चलते हैं। मैं बस अपना मुँह धो लेता हूँ।"

मैं वाश-बेसिन में अपना मुँह धोने आगे बढ़ा तबतक माया ने अपना बैग उठा लिया था। थोड़ी देर वॉक करते हुए हम फिर से उसी कैफ़े पहुँचे, जहाँ से हम पहले दिन लड़कर निकले थे। इस बार कैफ़े में पहले से ज़्यादा भीड़ लग रही थी। एक लंबी टेबल पर अंग्रेजों का ग्रुप बैठा हुआ था। एक छोटी टेबल पर एक बूढ़ा आदमी अपनी बीवी के साथ बैठा था और उनके साथ छः साल की एक छोटी बच्ची थी, उनकी पोती होगी शायद। कैफ़े में म्यूज़िक थोड़ा तेज़ था। हम दोनों उसी टेबल पर बैठ गये, जिसपर पहले बैठे थे। मैं तैयार था कि वो वेटर आए और मैं उसे बताऊँ।

थोड़ी देर बाद एक लेडी वेटर मेनू लेकर हमारी तरफ़ हँसती हुई आयी। मैंने उसके हाथ से मेनू लिया और माया की तरफ़ देखा। "Thank you. Do have a staff who is around 25-26, tall-slim guy?" वेटर अपना सर हिला रही थी। "Can you please call him?"

"Sorry sir, पर क्या नाम है उसका?"

"नाम तो नहीं पता, हाँ सर पर बाल थोड़े कम थे उनके। मैं उनसे लास्ट वीक ही मिला था यहाँ," मैंने उसे समझाने की कोशिश की।

"Got it. मैं भेजती हूँ उनको।"

"जी, हमें पाँच मिनट दीजिए ब्रेकफास्ट डिसाइड करने में तब तक आप मैम के लिये एक आइस्ड अमेरिकानो और मेरे लिये एक कॉर्टडो ले आइए," बोलकर मैंने माया की तरफ़ देखा। माया ने हामी में अपना सर हिलाया।

"Sure sir," बोलकर वेटर चली गई।

"क्या बोलोगे उसको?" माया ने पूछा।

"पता नहीं। आएगा तो देखते हैं क्या बोलना है," मैंने कैज़ुअली बोला।

"ठीक है। पर क्षितिज! तुम स्कूल जाने के लिए इमोशनली तैयार हो न?" माया की आवाज़ थोड़ी संजीदा हो गई थी।

"पूरी तरह से तो कहाँ ही तैयार हो पाऊँगा। मैं तो यहाँ आने के लिए भी तैयार नहीं था पर आ गया। And I think I am doing good," मैंने हँसकर कहा। अपनी हँसी को मैंने माया के चेहरे पर उतरते हुए देखा। इतने में हम दोनों की कॉफ़ी भी आ गई।

"ठीक है। एक दिन का प्लान रखते हैं।" माया ने अपने लैपटॉप पर कुछ चेक करते हुए पूछा।

"तुम घर पर नहीं रुकोगी?"

माया कुछ देर सोचती रही, "अपने ऑफ़िस के काम के according प्लान कर लूँगी। Not an issue."

मैंने अपना फोन निकाला, "मुझे भी सौरभ को बताना पड़ेगा। उसे लगता है मैं बस गोवा घूमने आया हूँ।"

"उसे बोल दो, ये self-care retreat है," माया ने मुस्कुराकर कहा।

थोड़ी देर में वो वेटर, जिससे मेरी बहस हुई थी आया। "You called sir?" उसने हल्की आवाज़ में पूछा। "What would you suggest from the menu?" मैंने माया को देखते हुए बोला। उसने कुछ तीन चार ऑप्शंस बताये और मैंने अपने लिए एक Buddha Bowl और माया के लिये एक मशरूम चीज़ सैंडविच ऑर्डर किया। उसने ऑर्डर लिया और वो चुपचाप चला गया। मैंने माया को पलट कर देखा वो इस मोमेंट का वीडियो बना रही थी।

“बड़ा अजीब है,” मैंने कहा, “ये तो आज अलग आदमी लग रहा है।”

“हाँ है तो अलग But I am not surprised.”

मेरे पास कहने को बहुत कुछ नहीं था। मैं यहाँ थोड़ा तो लड़ने के मूड से आया था। एक हल्का-सा कड़वापन तो था, जिसे बाहर आने की जगह मिली नहीं थी।

ख़ैर, हम वहाँ बैठे कॉफ़ी पीते रहे और स्कूल कैसे जाना है प्लान करते रहे। मैंने सौरभ को फ़ोन किया पर सब नहीं बताया। हाँ इतना ज़रूर बताया कि मुझे उसे बहुत कुछ बताना है पर अभी नहीं। उसने भी मुझे यही बोला कि उसे मुझे बहुत कुछ बताना है पर अभी नहीं।

सौरभ से बात करना हमेशा अच्छा लगता है। एक दोस्त हो जिसके सामने आपको कुछ भी और बनने की ज़रूरत न पड़े तो वो कोना सुंदर होता है। मैंने पूछा कि मलबरी कैसी है?

“मलबरी तो वैसी ही है भाई। सोती रहती है खाती रहती है। भूख लग जाये तो मुझे उठाकर खाना माँगती है,” बोलते हुए वो हँस रहा था, “तो यहाँ सब sorted है। आप आ जाओ आराम से, मैं हूँ यहाँ।”

घर से दूर रहने पर घर की थोड़ी चिंता तो होती है और इस चिंता में घर वाले शामिल होते हैं। मेरे घर की चिंता में मलबरी शामिल होती थी। उसे देखकर कभी-कभी मैं सोचता कि क्या ये सच में आस्था की बिल्ली है? नहीं। ये नहीं! कहने दो मेरे दोस्तों को पर पाला तो मैंने भी है इसे। ये मेरा भी बच्चा है, ये मेरा ही बच्चा हो गया है। मलबरी पर जितनी भी कविताएँ लिखी हैं वो मैंने लिखी थीं, आस्था ने नहीं।

मैं फ़ोन पर बात करता हुआ कैफ़े के अंदर ही घूमने लगा। माया अपनी चीज़ें प्लान कर रही थी। मैं लौटकर आया, दूर बैठी माया को देखा। मुझे

पता था ये सब यहाँ तक कैसे हुआ था पर साथ ही ये भी जानता था कि मैं प्लान भी करता तो ये नहीं कर पाता। मेरे हाथ में अभी जीना था, जिसका दूसरा नाम बहते जाना था। मैंने अपने चप्पू छोड़ दिए थे और देखना चाहता था कि मैं ऐसे ही बहता हुआ कहाँ तक जाता हूँ। मेरे सामने माया के ऐसे बैठने के चित्र में किसी पूरे होते उपन्यास के चित्र थे। जादू ऐसे ही घटते होंगे शायद। ये सब सोचते हुए मेरे शरीर में एक सिहरन हुई, मैं सीधा बार काउंटर की तरफ़ भागा। वहाँ से एक पेन माँगा, एक टिश्यू पेपर उठाया और उसपर कुछ लिखने लगा। यह एक कविता थी। लिखने के बाद मैं उसे पढ़ने लगा-

जीवन अपने इन्द्रधनुष काल में है
दूर से दिखता है, सुंदर
दिन बन जाता है
जानता हूँ
हो कर भी नहीं है वो
पर इतना है जितना
देख पाता हूँ मैं
एक अनुभव जुड़ जाता है
बता पाता हूँ दोस्तों को
कि मैंने आज देखा इंद्रधनुष
जीवन बस इतना ही है।

पढ़कर शरीर में दोबारा एक सिहरन उठी। थोड़ी देर मैं उस सिहरन के साथ रहा, फिर लौटकर माया के पास आ गया। बग़ल में बैठकर मैंने उसे साइड से हग किया और थोड़ी देर बैठा रहा। टेबल पर मेरा buddha bowl और मशरूम चीज़ सैंडविच रखा हुआ था। देखकर मुझे ऐसा लगा जैसे मेरा पेट तो आज पहले ही भर गया है। मेरे मन में स्कूल पहुँचने की कुलबुलाहटें

चल रही थीं और मेरे लेखक दिमाग़ को ये देखना था कि ये कहानी पूरी कैसे होती है।

हम उस दिन वहाँ बड़ी देर तक बैठे रहे। शायद इसकी वजह यह भी थी कि हमें पता था कि ये हमारा गोवा में आख़िरी दिन था। वो वेटर बीच-बीच में कई बार हमारे पास हमारे ऑर्डर लेकर आता रहा पर वो आज वैसा नहीं था जैसा पहले दिन था। वहाँ से निकलते हुए मैंने उसको सौ रुपये की टिप दी। उसे शायद याद नहीं था कि वो मुझसे ठीक उसी जगह पर कुछ दिनों पहले लड़ चुका था। उसे शायद इस बात से कोई फ़र्क भी नहीं पड़ता था। और अब मुझे भी इस बात से कोई फ़र्क नहीं पड़ता था।

कैफ़े से BnB आते हुए स्कूल जाने की कुलबुलाहट बीच-बीच में आती रही। स्कूल गए हुए सत्रह साल हो गये थे। मेरे वक़्त का कोई भी वहाँ नहीं होगा। क्या मुझे कोई पहचानेगा? स्कूल का वो ग्राउंड अब भी वैसा ही होगा, जहाँ मैं माया को अपनी सहेलियों के साथ खेलते हुए देखता था? और संजय सर? मैं उनसे आख़िरी बार तभी मिला था जब उन्होंने मुझे पीटा था? कैसा होगा इतने सालों बाद इतनी सारी चीज़ों को फिर से इतने क़रीब से देखना!

2

मुझे लगा कि हम शायद स्कूल वापस न जा पायें। पेट में उठने वाले दर्द की आहट आनी शुरू हो गई थी। मुझे पता था कि इसके बाद मेरी तबियत ज़्यादा ख़राब होने वाली है। डॉक्टर से बात की तो उसने बताया, हो सकता है ये anxiety की वजह से हुआ हो। हो सकता था। या फिर ज़्यादा कॉफ़ी पीने की वजह से भी। कॉफ़ी जहाँ एक तरफ़ anxiety को कम करती थी वहाँ दूसरी तरफ़ बढ़ा भी देती है।

"अगर तुम्हें ठीक नहीं लग रहा तो मैं टिकट कैंसल कर देती हूँ। कभी और चल लेंगे। वैसे भी मेरी कॉर्पोरेट बुकिंग है तो It doesn't matter." माया ने कंसर्न के साथ पूछा।

"नहीं, नहीं। मैं चल लूँगा। मेरे पास कुछ दवाइयाँ हैं मैं रख लेता हूँ," मैं नहीं चाहता था कि अंत में ऐसा anti-climax जैसा कुछ हो जाए। वैसे भी जाने की पूरी तैयारी हमने कर रखी थी। इतने साल बाद आए इस मौक़े को मैं खोना नहीं चाहता था। हमारी ट्रेन शाम पाँच बजकर बीस मिनट की थी। पर हम BnB से थोड़ा पहले ही निकलना चाहते थे।

लंच हमने फ़रहान और ख्याति के साथ किया। वो हमें एक Goan थाली वाली जगह पर लेकर गये थे। एक छोटा सा कमरानुमा होटल और बार था, जहाँ आसपास के लोकल्स और काम करने वाले मज़दूर आते थे। दीवारें पीले रंग से पुती हुई थीं और एंट्री पर फ़ेरी लाईट लगी हुई थी। दरवाज़े के पीछे कुछ ग्लास के काउंटर्स थे, जिनमें कुछ पानी और लोकल शराब की बोतलें रखी हुई थीं। अंदर घुसते ही एक पुराना टीवी था, जिसपर कोई साउथ इंडियन फ़िल्म चल रही थी। दोनों तरफ़ तीन-तीन टेबल लगे थे जो अंदर घुसने के थोड़ी देर बाद दिखना शुरू होते थे। इस होटल बार को देखकर ऐसा लगता था जैसे 1970s में आ गये हों।

माया को वहाँ का खाना ख़ूब पसंद आया। पर मैंने कुछ ज़्यादा नहीं खाया। खाना मसालेदार था और मैं नहीं चाहता था कि ट्रेन में मेरी तबियत ख़राब हो। वहाँ से लंच करके हमने वहीं अपनी कैब बुला ली थी। थोड़ी देर में कैब आ गई। हमने फ़रहान और ख्याति को hug करके bye बोला। कैब में सामान रखते हुए फ़रहान बोला, "अगर शादी करने का मन हो तो कर लेना। अच्छा ही लगता है"। मैंने देखा ख्याति उसे प्यार से देख रही थी।

मैं और माया गाड़ी की पिछली सीट पर बैठे। ड्राइवर ने OTP माँगा। "4375", मैंने उसे बताया और कैब चल पड़ी। मैं चुपचाप बाहर ही तरफ़ देख रहा था। कैब के चलने की वजह से मेरे पेट के अंदर हलचल बढ़ने लगी थी। मैंने अपनी आँखें बंद कर लीं और मुझे कब नींद आ गई मुझे पता भी नहीं चला।

मेरी नींद माया के उठाने से खुली। मुझे पता भी नहीं था कि मैं कहाँ सोया था। जागने के बाद पाँच सेकंड लगे ये समझने में। मेरे कानों में हमारी ट्रेन की अनाउन्समेंट पड़ रही थी। दीवार पर लगी घड़ी को देखा तो पाँच बजकर दस मिनट हो रहे थे।

बाहर हल्की-हल्की बारिश के आसार बन रहे थे। फ़ोन निकालकर अपनी ट्रेन की कोच का नंबर ट्रैक किया और फिर उसके अनुसार सही जगह पर हम खड़े हुए। हमारी ट्रेन दस मिनट की देरी से आई। अब तक बारिश होने लगी थी।

ज़्यादा लोग नहीं थे ट्रेन में। हम दोनों की लोअर बर्थ थी। थोड़ी देर में ट्रेन चलने लगी तो बारिश के छींटे खिड़की पर तैरते रहे। गोवा से निकलने वाली ट्रेन से हमें गोवा की पसरी हुई ख़ूबसूरती दिख रही थी, जैसे पेंटिंग हो। सामने माया बैठी थी और मैं सोच रहा था कि क्या जादू इसे ही कहते हैं? क्या किया है मैंने ऐसा कि मैं इतनी ख़ूबसूरती डिज़र्व करता हूँ। जब लोगों को समझ नहीं आता कि उनके साथ कुछ भी इतना सुंदर और अच्छा कैसे हो सकता है, तो वो उस गैप को ईश्वर से भरने की कोशिश करते हैं। मेरे पास तो वो विकल्प भी नहीं है। बचपन में किताबों से दोस्ती करना, फिर लेखक बन जाना, एक लड़की से प्रेम करना और बीस साल बाद उससे ऐसे मिलना। ये मेरे जीवन के सुंदर इत्तेफ़ाक़ों में से एक था। पर मैं अपना ग्रैटिट्यूड किसी ईश्वर को समर्पित नहीं कर पाता। ऐसे किसी भी मौक़े पर

मेरी आँखें थोड़ी गीली हो जाती थीं। ये मेरी प्रार्थना थी, जो किसी ईश्वर की नहीं पर जीवन के सुंदर आश्चर्यों को समर्पित थी।

मैंने एक लंबी साँस ली, जैसे ये जो कुछ भी चल रहा था, इसे अपने सीने में उतार लेना चाहता था। हमारा ट्रेन का ये सफ़र 26 घंटों का था, जिसे तय करने में मुझे कई साल लग गये थे।

कहते हैं कि अगर किसी को जानना हो तो उसके साथ चौदह वर्ष साथ रहो या उसके साथ ट्रैवल करो। मुझे इस बात में यक़ीन होने लगा था। माया से पुणे में मिलना और उसके साथ ऐसे ट्रैवल करना कितना अलग था। और ये यात्रा सिर्फ़ उसके लिए नहीं बल्कि मेरे लिये भी थी। मेरे अंदर कितना कुछ था आस्था को लेकर जो बस पड़ा हुआ था। वो कहीं निकला ही नहीं था। मैंने ख़ुद से भी उसके बारे में बात करना बंद कर दिया था। मुझे तो यही लगता था कि मैं ही ग़लत हूँ। पर मेरे दिमाग़ को मेरा ऐसा होना पसंद नहीं था तो वो अलग तर्क बना रहा था। इतना ग़लत तो नहीं हो सकता मैं। क्या मुझे कुछ भी ठीक से नहीं आता? क्या मुझे इस दुनिया की बिल्कुल भी समझ नहीं है?

"मुझे ऐसे ट्रेन में ट्रैवल करना बहुत पसंद है क्षितिज," माया ने रात में सोने से पहले कहा।

"मुझे कुछ ख़ास पसंद नहीं है ट्रेन में ट्रैवल करना," मैंने अपनी बात कही।

"क्यों? कितना सही तो होता है। इतने लोग मिलते हैं। कितनी जगह रुकती है ट्रेन। कितने लैंडस्केप दिखते हैं," माया ने अपनी बात ख़त्म की। मैं बस मुस्कुराता रहा।

"क्या हुआ? बोलो। स्माइल क्यों कर रहे हो?" उसने पूछा।

मैंने एक लंबी साँस छोड़ी, "यार, I know थोड़ी अजीब बात है, पर... बचपन में बहुत ट्रैवल किया है ट्रेन में। In fact, general coach में भी कई बार। और अब जब फ्लाइट्स लेने की आदत हो गई है तो मुझे लगता है कि वो सही है।"

"मैं तो निकल जाती हूँ कभी भी ट्रेन लेकर। मुझे ट्रैकिंग पसंद है। मैं दिन में डिसाइड करके शाम में निकल जाती हूँ। दोस्तों को पूछती हूँ कि भई किसी को चलना हो तो बताओ, नहीं तो मैं तो चली। कितना किया है यार ये। मज़ा आता है।" मैं माया की बात सुन रहा था, पर मेरी शक्ल पर जो भाव आ रहा था वो उसे भी पकड़ रही थी, "नहीं, क्या हुआ बताओ। क्या चल रहा है मन में?"

मैं फिर हँस दिया, "कुछ नहीं यार, मैंने बोला था न, थोड़ी अजीब बात है।"

"तो बताओ मुझे भी।"

"एक्चुअली, एक टाइम, जब मेरे बाबा की डेथ हुई थी तब घर जाना था और फ्लाईट की टिकट बहुत महँगी थी। मैं अफोर्ड तो नहीं कर पाता। फिर मुझे ट्रेन की तत्काल टिकट निकालनी पड़ी। और भाई, उस दिन जो ट्रेन पकड़ी मैंने। इतनी भीड़ स्टेशन पर। लोग कहीं भी भाग रहे हैं, हल्ला मचा रहे हैं। अजीब माहौल था। मुझे लगा कि इस उम्र में भी मैं इतना नहीं कमा रहा कि इमरजेंसी में कोई फ्लाईट बुक कर पाऊँ। गरीब फ़ील हुआ मुझे बस," मैं बोलकर रुका कि माया इसपर क्या बोलती है। वो बस सुन रही थी।

"मैंने बोला न थोड़ा अजीब है," मैंने उसकी चुप्पी को अपनी बात से भर दिया।

"कुछ अजीब नहीं है। जो फ़ील होता है वो होता है। तुमने एक बेहतर दुनिया देखी है और तुम वैसे जीना चाहते हो," माया की बात सुनकर मैं अपना सर हिला रहा था। "अभी कैसा लग रहा है?" उसने मुझसे पूछा।

"बोलकर बताऊँगा तो नहीं बता पाऊँगा। लिखकर बताऊँ तो चलेगा?" मैंने बोला।

"ठीक है।"

"वैसे ट्रेन काफ़ी साफ़ है और लोग भी लाउड नहीं हैं तो ठीक है।"

"हाँ, बस कल का दिन निकल जाये और कोई बच्चा न आए हमारी कोच में।"

उसकी बात सुनकर हम दोनों हँस पड़े। ट्रेन चली जा रही थी। बाहर बारिश नहीं हो रही थी पर ट्रेन के अंदर का तापमान काफ़ी ठंडा हो गया था। मैंने ख़ुद को कंबल में लपेट रखा था और ये परफ़ेक्ट था और पेट में जो हलचल दिन में शुरू हुई थी, अभी शांत थी।

3

भभुआ रोड स्टेशन भभुआ में नहीं है, शहर से चौदह किलोमीटर दूर है। जब हम वहाँ सुबह-सुबह पहुँचे, स्टेशन के लाल रंग की बिल्डिंग पर सूरज की हल्की रोशनी उसे और लाल बना रही थी। उसकी दीवारों पर सफ़ेद रंग से कुछ पेंटिंग्स बनी थीं। हरे रंग की पत्थर की कुर्सियाँ लाल रंग के बैकड्रॉप में खिल रही थीं। स्टेशन साफ़ था जैसे रात में यहाँ भी बारिश हुई हो।

"लग रहा है कहीं हिल स्टेशन पर आ गये हैं हम, नहीं?" मैं सामान बाहर की तरफ़ निकालते हुए बोला। "Shared में चलें क्या? या reserve?" माया

ने मुझसे पूछा। इतने में एक रिक्शा चलाने वाला मेरे हाथ से सामान लेने लगा, "चलिए सर, कहाँ जाना है? पहुँचा देंगे।"

"नहीं ले जा पाओगे यार। भभुआ जाना है।"

"भभुआ जाना है?" उसने ख़ुद से बोला, "ए, अजईया! तुम्हारा गाड़ी ख़ाली है? ई सर को भभुआ जाना है।" उसने हमारी मदद करने की कोशिश की।

"भैया, रिज़र्व नहीं जाना है। किसका नंबर है अभी ये बताओ," रिक्शावाले से पूछा, "वो आगे होगा लाइन में मिल जायेगा आप लोग को। थोड़ा आगे बढ़ के देखिए।"

हम दोनों shared जीप में बैठ गये। जीप में बैठते ही मुझे उस शहर की जानी पहचानी सी ख़ुशबू समझ आयी। मैं खुली आख़ों से नास्टैल्जिया में था। सुबह के वक़्त यहाँ से भभुआ पढ़ने जाने वाले कुछ लड़के और लड़कियाँ बैठे थे। पीछे कुछ आदमी और औरतें अपना सामान लेकर। वैसे तो इस जीप में इसकी क्षमता से ज़्यादा लोग बैठते हैं पर अभी सुबह-सुबह का टाइम था, तो हम ठीक से बैठ गये। मैं अंदर की तरफ़ बैठा था और माया सीट के किनारे।

जीप जिन रास्तों से जा रही थी, वो रास्ता सुंदर है। हमेशा से रहा है। एक पतली काली सड़क के किनारे बबूल के पेड़ और उसके पीछे दूर तक फैले हुए हरे खेत। रास्ते में एक नदी भी पड़ती। रात में जो बारिश हुई थी उससे सब धुलाधुला-सा था। जीप के अंदर बाहर की साफ़ हवा मेरे चहरे को छू रही थी। मैं अपने बचपन के रास्ते पर वापस लौट रहा था। आगे जाकर जीप ने अपना रास्ता बदल लिया। ये कोई नयी सड़क थी, जो घूमकर भभुआ पहुँचती थी।

बीस मिनट की ड्राइव के बाद हम भभुआ पहुँचे। जीप ख़ाली हो गई। कुछ ऐसी आवाज़ें और संवाद मेरे कान में पड़ने लगे, जिन्हें मैं अच्छे से जानता था। ये चौक, जहाँ जीप रुकी थी, माया का घर उसके पास ही था।

थोड़ी देर में हम माया के घर के बाहर खड़े थे। माया ने गेट बजाया। थोड़ी देर में उसके पापा ने दरवाज़ा खोला। "आओ, आओ, आओ," बोलकर उन्होंने अंदर बुलाया। मेरे लिये अब एक्टिंग करने का वक़्त था। मुझे ऐसा लग रहा था कि मुझे उनसे आँख नहीं मिलानी है पर आँखें मिलायी चेहरे पर एक स्माइल रखते हुए। "नमस्ते अंकल," अंकल ने बस सर हिलाया।

हम लोग हॉल में आ गये थे। माया अंदर जा चुकी थी। मैं अकेला हॉल में बैठा था। घर देखकर लगता था जैसे अभी कुछ सालों पहले ही बना था। अंकल पानी लेकर आए। "अरे आप...?" मैंने खड़े होकर उनके हाथ से ट्रे ली।

"आपको नहाना धोना हो तो बताना बाथरूम है इधर। सब सामान है उसमें," अंकल ने अंदर की तरफ़ इशारा करते हुए कहा।

ये वही आदमी थे जिनके लिए मुझे लगता था कि अगर कभी मैंने माया को आई लव यू बोला तो वो मुझे बहुत मारेंगे। पर क्या अभी इनको पता होगा कि मैं वही लड़का हूँ या हम किस काम के लिए आए हैं? माया ने कभी उस बात का ज़िक्र इनसे किया होगा क्या?

"ग्यारह बजे तक चलें स्कूल?" माया कपड़े बदलकर मेरे सामने खड़ी थी।

"हाँ, चलेगा," मैंने घड़ी देखी, "मैं सोच रहा हूँ थोड़ी देर नैप ले लूँ।"

"हाँ ठीक है। मैं कुछ खाने का देखती हूँ। तुम सो जाओ।"

"ठीक है। पर सोच रहा हूँ नहा लूँ फिर सोता हूँ।"

"जैसा तुम्हें ठीक लगे," माया बोलकर अंदर चली गई।

मैंने अपना सूटकेस खोला, अपने कपड़े निकाले और नहाने चला गया। नहाकर बाहर निकला तो नींद कहीं जा चुकी थी। ये मेरे स्कूल वापस पहुँचने की एक्साईटमेंट थी या फिर anxiety!

मैंने फिर भी आँख बंद करने की कोशिश की। सामने स्कूल के प्यून भरत भैया खड़े थे। "चलो नीचे बुलाया है तुमको," प्रेयर ग्राउंड में पहुँचा तो देखा कि संजय सर फुलवारी में कुछ कर रहे थे। वो अब फुलवारी से बाहर निकलकर आ रहे थे। मैंने देखा उनके हाथ में एक छड़ी थी। उन्होंने अपना दूसरा हाथ अपनी जेब में डाला और एक काग़ज़ निकाला।

"सॉरी सर, ग़लती से हो गया। आगे से नहीं होगा," मैंने बोला। अगले ही क्षण उनके हाथ की छड़ी चटाक से मेरी बायीं टाँग पर लगी। संजय सर मेरे शरीर पर छड़ी बरसाते जा रहे थे। फट्ट करके मेरी आँख खुली।

मैंने पॉपुलर कल्चर में जितनी भी चीज़ें स्कूल के बारे में देखी या पढ़ी थीं उसमें स्कूल से मिली हुई anxiety के बारे में ज़्यादा बात नहीं हुई थी। पर मेरा सच यही था कि मेरा न तो कोई स्कूल का दोस्त बचा था न ही मैं वहाँ पिछले बीस सालों से गया था। मैं सोने की कोशिश में बार-बार अपनी आँखें खोल रहा था।

"ब्रेकफ़ास्ट रेडी है," माया भी नहाकर तैयार खड़ी थी।

"अंकल? वो?"

"वो बाहर ही खाएँगे। इस टाइम पर अपने दोस्तों के साथ रहते हैं वो। तुम चलो अगर रेडी हो तो।"

"हाँ" बोलकर मैं अपनी जगह से उठा। दो दिन के बाद घर का गरम-गरम खाना खाकर बहुत अच्छा लगा। घड़ी देखी तो दस बज चुके थे। हम दोनों स्कूल जाने के लिए तैयार थे। हम घर से बाहर निकले। धूप थोड़ी तेज़ हो

गई थी। इस तेज धूप में शहर अपना किरदार बदल चुका था। घर के बाहर एक लड़का अपनी Wagon R लेकर आया था। ये सब माया का प्लान था। हम दोनों गाड़ी में बैठे और स्कूल की तरफ़ निकल पड़े।

मैं उन्हीं रास्तों से होकर जा रहा था जो कभी रोज़ के रास्ते थे। ये रास्ते एक वक़्त पर मुझमें आदत की तरह शामिल थे। पर अभी ये रास्ते थोड़े संकरे लग रहे थे। उनके आसपास के मकान ऐसे लग रहे थे जैसे पहले से ज़्यादा लद गये हों। वक़्त के साथ इन मकानों पर भी जैसे कोई ज़िम्मेदारी आ गई हो।

अजीब बात थी। सड़क नयी थी फिर भी ठीक वैसी ही थी जैसी बीस साल पहले थी। सड़कें इतनी छोटी हो गई थीं और हमारी गति इतनी तेज़ थी कि हम तुरंत ही स्कूल के सामने खड़े थे। जैसे ही कार रूकी मुझे लगा कि शायद ऐसे ही रोकी हो कुछ लेने के लिए। फिर समझ आया कि हम स्कूल पहुँच चुके थे। माया ने मेरी तरफ़ देखा। मेरे हाथ पर अपना हाथ रखा और एक assurance दी। मैंने अपना सर हिलाया कि मैं समझ सकता हूँ।

हम दोनों कार से नीचे उतरे। सामने का गेट बदल गया था शायद। मैंने बायीं तरफ़ देखा। स्कूल की बिल्डिंग का रंग और उसकी ऊँचाई भी बदल गई थी। मैं बायीं ओर की दीवार की तरफ़ गया, अपनी क्लास को नीचे से देखने के लिए। पर बाहर से कुछ समझ नहीं आ रहा था। मैं जिस ज़मीन पर खड़ा था वो स्कूल से बाहर का हमारा प्लेग्राउंड था। उसके सामने एक पीपल का पेड़ था, जिसके नीचे बैठकर मैं कभी-कभी अपना टिफ़िन खाता था। मैंने देखा वो पेड़ अब आधा ही बचा हुआ था। आधे पेड़ को नयी बनी हुई इमारत खा गई थी। और जो जगह कभी हमारा खेलने का मैदान थी, वो अब एक गलीनुमा जगह थी बस। हल्की घास के पैच अभी भी कहीं-कहीं उगे हुए थे पर वो जगह जा चुकी थी। थोड़ी दूर तक नज़र दौड़ाई तो

देखा काफ़ी सारे नये घर बन आए थे। जो स्कूल कभी शहर से बाहर की तरफ़ खेतों में हुआ करता था, अब वो शहर का हिस्सा था।

माया मेरे पीछे ही खड़ी थी चुपचाप। "अंदर चलें?" उसने पूछा।

"नहीं, ठीक है। अंदर क्यों जाना?" मैंने वही कहा जो मुझे महसूस हो रहा था। मैं बाहर के इस दृश्य को तो पहचान नहीं पा रहा था अंदर जाकर क्या करता। मुझे जो भी महसूस हो रहा था वो अपनापन तो नहीं था।

"यहाँ तक आए हो तो चलते हैं। मुझे लगा था कि तुम देखना चाहोगे अंदर," माया ने स्कूल की तरफ़ देखते हुए कहा।

उसकी बात तो ठीक थी। कई बार हमें जो महसूस हो रहा होता है उससे ज़्यादा महसूस करने के लिए, उस वक़्त जो महसूस हो रहा है, उसको पीछे रखना पड़ता है। मैंने भी वही किया। माया आगे-आगे चली और मैं उसके पीछे था। स्कूल के बड़े गेट में एक छोटा- सा दरवाज़ा था, जो खुला हुआ ही था। माया ने उस दरवाज़े को हल्का-सा धक्का दिया और वो खुल गया। हम दोनों दरवाज़े के उस पार थे। हमारे घुसते ही स्कूल के वॉचमैन भागते हुए हमारे पास आए। "किससे मिलने आए हैं आपलोग?" उन्होंने पूछा।

"संजय सर हैं क्या?" माया ने बोला।

"हाँ हाँ। आप लोग कहाँ से आए हैं?" वॉचमैन ने पूछा।

"हम लोग यहाँ पढ़ते थे सर," मैंने कहा।

"आइए, आइए," बोलकर वॉचमैन भैया हमें अंदर ले जाने लगे।

स्कूल की फुलवरी में पेड़ बदल गये थे पर वो अभी भी थी। उसमें चार शीशम के पेड़ थे। इन्हीं में से किसी शीशम के पेड़ की छड़ी मेरे शरीर पर

पड़ी थी। एक पीली स्कूल वैन ग्राउंड में खड़ी थी। स्कूल को देखकर समझ आ रहा था कि वो पहले से बेहतर है।

हम तीनों आगे प्रिंसिपल ऑफ़िस की तरफ़ बढ़ रहे थे। माया मुझे देखकर स्माइल कर रही थी। "आप कब से यहाँ काम करते हैं भैया?" उसने वॉचमैन से पूछा-

"बहुत टाइम हो गया। छः साल से ऊपर। आप लोग यहीं रुकिए, बुलाएँगे," उन्होंने जवाब दिया और प्रिंसिपल ऑफ़िस की तरफ़ चले गए।

मैंने प्रिंसिपल ऑफ़िस की तरफ़ देखा। सुनील सर अपनी कुर्सी पर बैठे हुए थे। बग़ल में तीन बच्चे अपनी कॉपी लेकर खड़े थे। वो उनकी कॉपी देख रहे थे। ऑफ़िस में कोई और नहीं था। वॉचमैन भैया अंदर जा चुके थे। मैं सोच रहा था कि अच्छा हुआ अंदर आ गये। दूसरी क्लासेज़ से कुछ आवाज़ें आ रही थीं। हमारा जानने वाला भी कोई स्कूल में नहीं था। थी तो माया, मैं और कुछ दूर पर बैठे सुनील सर। मुझे अच्छा लगना शुरू हुआ ही था कि मैंने फिर से प्रिंसिपल ऑफ़िस की तरफ़ देखा। ये क्या? सुनील सर अब भी वही थे। उन्होंने एक बच्चे को अपने सामने झुकाया और पीठ पर तीन बार थप्पड़ मारा। उन्होंने उसे कुछ बोला भी पर मुझे ठीक से समझ नहीं आया। मैं खिड़की के शीशे से सब देख रहा था। मेरा मन ख़राब हो गया।

"ये आदमी आज तक नहीं बदला। वैसा-का-वैसा ही है," मैंने माया को देखते हुए कहा। माया अभी चुप थी। "चलो चलते हैं। कोई फ़ायदा नहीं मिलने का, अपना मन ख़राब करने का," मैंने बोल तो दिया पर आगे नहीं बढ़ा। माया ने क्या बोला मुझे कुछ याद नहीं। इतनी देर में वॉचमैन भैया की आवाज़ आयी, "आइए, बुला रहे हैं सर।"

बच्चे अपनी क्लास में वापस लौट गये थे। वॉचमैन भैया वापस गेट पर, मैं और माया आठ से दस कदम चलकर संजय सर के सामने खड़े थे।

"बैठिए, बैठिए। कहाँ से आए हैं आपलोग?" संजय सर ने ऐसे पूछा जैसे हमें पहचानते ही न हों। "सर मैं क्षितिज। आपसे कई बार पुरस्कार भी लिया है मैंने।" "पुरस्कार" ये क्यों बोल रहा हूँ! मैं तो ये शब्द बोलचाल में इस्तेमाल भी नहीं करता। संजय सर को शायद कुछ भी याद नहीं था। उनके मुँह से निकला- "अच्छा!"

"सर हमलोग आपके स्कूल के ही स्टूडेंट्स हैं," माया ने बात करने की कोशिश की। संजय सर को देखकर लग रहा था कि जो भी हम कह रहे थे उन्हें समझने में बहुत वक़्त लग रहा है। मेरा एक हिस्सा ये कह रहा था जैसे मैं भी अभी कॉपी चेक करवाने आया हूँ और दूसरा हिस्सा ये कह रहा था कि मैं अब बड़ा हो गया हूँ, मैं बड़ी-बड़ी मीटिंग में बड़े बड़े फ़िल्म स्टार्स से आराम से बात कर लेता हूँ, फिर ये तो बस प्रिंसिपल सर ही हैं पर मेरा पहला हिस्सा मेरे दूसरे हिस्से पर भारी पड़ता रहा।

"सर कुछ बीस-एक साल बाद आ रहे हैं हमलोग यहाँ। मैं क्षितिज से एक साल जूनियर थी," माया ने बोला।

संजय सर ने हम दोनों को इस बार अलग-अलग पहचानने की कोशिश की।

"हाँ हमारे स्कूल के बच्चे आते रहते हैं मिलने। अच्छा लगता है हमें भी। अभी लास्ट मंथ ही एक हसबैंड वाइफ़ हैं, वो दोनों हमारे स्कूल के हैं, वो आए थे। रंजन सिंह।"

मुझे नहीं पता था कि ये रंजन सिंह कौन है।

"और वो दूसरा लड़का देहरादून में IAS है। वो भी अपनी शादी का कार्ड देकर गया।"

"आपको कैसा लगता है सर जब लोग मिलने आते हैं?"

"अच्छा ही लगता है। अपने बच्चे अच्छा करें तो अच्छा ही लगता है।"

संजय सर ने और तीन चार लोगों के बारे में बात की। कोई कहीं रहता था कोई कहीं। पर वो अब उन सबके बारे में ऐसे बात कर रहे थे जैसे वो स्टूडेंट न हों, सब बड़े हो गये थे और ये संजय सर की बातों में झलक रहा था। मुझे लगातार ये भी लग रहा था कि अगर मैं कोई अच्छी सरकारी नौकरी कर रहा होता तो शायद संजय सर जी नज़रों में थोड़ी इज़्ज़त ज़्यादा मिलती।

"आपलोग कहाँ रहते हैं?" उन्होंने माया को देखते हुए पूछा

"सर मैं तो पुणे में रहती हूँ। और एक अमेरिकन मल्टीनेशनल के लिये काम करती हूँ।"

"क्या बात है! बहुत अच्छा। और आप?"

"सर मैं मुंबई में। राइटर हूँ मैं।"

"क्या किताब वगैरह लिखते हैं?" संजय सर की आवाज़ में वो गर्मजोशी नहीं थी।

"किताब लिख रहा हूँ सर। पर mostly फ़िल्मों के लिए काम करता हूँ।"

"फ़िल्म में? शॉर्ट फ़िल्म या भोजपुरी?"

हद्द हाल है। बाक़ी के लड़कों से इनको उम्मीद है कि वो IAS बन गये पर मैं राइटर बना हूँ तो मैं या तो शॉर्ट फ़िल्म कर रहा हूँ या भोजपुरी। फ़ीचर फ़िल्म तक तो ये लोग सोच ही नहीं पाते। "नहीं सर, आज तक कोई शॉर्ट फ़िल्म नहीं की। मैं फ़ीचर फ़िल्म करता हूँ। है मेरा काम नेटफ़्लिक्स और Amazon prime पर।"

मैंने देखा कि इस बात का कितना असर हुआ है उनपर। “तो आपलोग किस बैच के थे?” बोलते हुए उन्होंने अपना फ़ोन उठा लिया और कुछ देखने लगे।

“सर मुझे तो 2004 का होना चाहिए था पर 2001 में ही निकल गया था।”

इतने में संजय सर ने मेरे सामने अपना मोबाइल कर दिया। मोबाइल पर NETFLIX ऐप खुला हुआ था। “इसपर है आपका काम?” मैंने उनसे उनका मोबाइल लिया और अपनी फ़िल्मों के नाम डाले। और उनके सामने मेरी फ़िल्में थीं। “ये है सर। इसमें मैंने शाहरुख़ ख़ान के साथ काम किया था। वो जानते हैं मुझे।” फिर मैंने अपने फ़ोन से मेरी और शाहरुख़ ख़ान साब की फ़ोटो निकाली और उनके सामने रख दी। वो थोड़ी देर उसे देखते रहे। मैं उनको ये देखते हुए देखता रहा। थोड़ी देर में उनकी नज़रें फ़ोन से उठीं और मुझे देखने लगीं। मैं अभी उनके सामने ऐसे ही बैठा था जैसे अपनी कॉपी चेक करवाने आया हूँ।

इतने में उन्होंने किसी को फ़ोन लगाया। थोड़ी देर में ही स्कूल का कोई स्टाफ़ उनके ऑफ़िस में था। “इनसे मिलिए ये क्षितिज है और ये माया है। एक काम कीजिए बाहर वाली दुकान से चार मिठाई के डब्बे ले आइए। पहली बार स्कूल आए हैं ये लोग,” उन्होंने ऐसे बोला जैसे कोई प्रेस ब्रीफ़िंग दे रहे हों। वो स्टाफ़ चला गया।

“इतना वक़्त कैसा लगा स्कूल वापस आने में?” उनका सवाल मुझसे था। मैं भी शायद इसी सवाल के इंतज़ार में था कि कब ये सवाल हो और मैं वो बोलूँ जो इतने सालों से नहीं बोला था। “वो क्या है न सर कि आख़िरी बार जब हम मिले थे तो आपने इतना पीट दिया था मुझे कि हिम्मत जुटाने में बीस साल लग गये।”

"इतना क्या मार दिया था मैंने? मुझे तो याद नहीं है," संजय सर ऐसे बात कर रहे थे जैसे कुछ हुआ ही नहीं था और उन्हें ये बात याद कैसे नहीं है! ये मेरी ज़िंदगी का इतना बड़ा टर्निंग पॉइंट उनको याद ही नहीं है! उनको याद ही नहीं है कि एक लड़के को पूरे स्कूल में बस इसलिए ज़लील किया था कि उसने एक लड़की को लव लेटर लिखा था!

"हाँ सर, आपको याद नहीं होगा। आप तो पीटते रहते हैं लोगों को," मेरे मुँह से एकदम सधे हुए शब्दों में निकला पर ये अभी अधूरा था। "दरअसल, मैंने देखा अभी बाहर खड़े हुए, आप अब भी किसी बच्चे को पीट ही रहे थे," मैंने पूरी बात की।

"अरे, नहीं। मैंने बस उसको डराया पीठ पर थपकी लगा के।"

मैंने अपनी बात कह दी थी और मैं चाहता था कि ये बात हो, आगे हर बात पर उनको टोकने का कोई फ़ायदा नहीं था। वो बोलते रहे, "क्षितिज जी, हमने छड़ी तो बहुत सालों पहले छोड़ दी थी। हमें समझ आ गया था कि इसका कोई फ़ायदा नहीं है, उल्टा बच्चों पर इसका ग़लत असर पड़ रहा था।"

ये बात मुझे चौंकाने वाली थी। पर अभी तक मेरी जितनी भी बात उनसे हुई थी मेरे पास कोई ज़्यादा वजह थी नहीं उनकी बातों पर भरोसा न करने की। "अब क्या है कि हम भी चीज़ें भूलने लगे हैं और इस स्कूल ने और हमारे बच्चों ने हमें इतना कुछ दिया है कि अब पहले वाला मन भी नहीं रहा।"

जब वो ये बोल रहे थे तो मैं उसकी फ़िटनेस देख रहा था। बीस साल गुज़रे थे पर उस हिसाब से वो अभी भी फिट थे। "पर आप अच्छे लग रहे हैं सर," मैं एकदम दूसरी तरफ़ घूम गया था।

"हाँ मुझे अपना रूटीन ठीक रखना पड़ता है। बनारस में जाँच कराये थे तो पता चला कि dementia की शुरुवात है।"

मैंने और माया ने एक दूसरे को देखा। इतने में स्कूल का स्टाफ़ छोटे-छोटे चार डब्बों के साथ अंदर आया। उसने डब्बे संजय सर को दिये। संजय सर ने वो डब्बे हमारे सामने बढ़ा दिया, "मुँह मीठा कीजिए। हमारे स्कूल से कोई पहला लड़का फ़िल्म नगरी में काम कर रहा है।"

मैंने उनके हाथ से वो डब्बा ले लिया। सोचा कि अभी खोलूँ या नहीं, फिर खोल लिया। डब्बे में एक समोसा, एक सूखी कचौड़ी, एक रसगुल्ला और एक टुकड़ा मिल्क केक था। किनारे लकड़ी का एक छोटा-सा चम्मच रखा हुआ था। ये मिठाई का डब्बा तो तब मिलता था जब मैं स्कूल में कोई कॉम्पटीशन जीतता था। वह डब्बा, संजय सर और स्कूल की दीवारों को देखते हुए मैं तेरह साल का छोटा बच्चा था। मैं अगर ख़ुद को अपनी इस भविष्य की यात्रा के बारे में बताता तो क्या मैं ख़ुद यक़ीन करता? जब मुझे संजय सर पीट रहे थे, तब अगर मैं ख़ुद को ये बताता कि एक दिन यही लिखना मेरी ख़ुद की पहचान का बड़ा हिस्सा बनेगा और एक दिन मैं माया के साथ इसी स्कूल में बैठकर संजय सर के साथ वो मिठाई का डब्बा खा रहा होऊँगा, जो स्कूल में जीतने पर बच्चों को मिलता है, तो क्या मैं ख़ुद यक़ीन करता?

कुछ रास्ते चलकर पूरा करने पर एक यक़ीन पूरा होता है। वो यक़ीन जिसका कोई लॉजिक नहीं है। और जब वो यक़ीन आता है तो हमारे मन को धो जाता है। ये न तो वो संजय सर थे न ही ये माया, मैं भी मैं कहाँ था। मैंने वो मिठाई का डब्बा फिर से खोला और वहीं खाने लगा।

"पता है। कई बार बच्चे आते हैं और हमारे लिये मिठाई लेकर आते हैं। पर हमें लगता है कि हमें उनको मिठाई खिलानी चाहिए।" संजय सर ने माया को देखते हुए बात शुरू की। वो दोनों भी मेरी देखा-देखी मिठाई खाने लगे थे। सर ने बोलना चालू रखा।

"क्योंकि हमारा ये पहला स्कूल था और जितनी भी लिमिटेड कैपसिटी में हमलोग अपनी समझ के हिसाब से अपने बच्चों को दे पाये देने की कोशिश की। अब जब बच्चे अच्छा करते हैं तो हमें भी ख़ुशी होती है।"

"सर पर आपने दिया है हमें तो। मैं आज जो भी कर पा रही हूँ, इस छोटे से शहर से निकलकर, उसका बेस तो स्कूल ने ही प्रोवाइड किया है," माया ने बोला।

"वो तो हमारा काम है। कुछ बच्चे अच्छा कर गये, ये उनकी मेहनत है। हार्ड वर्क आप लोग करें नाम हमारा हो," बोलकर वो हल्का-सा हँस पड़े। मैं यहाँ किसी और इंसान से मिलने आया था और ये कोई और इंसान मेरे सामने बैठा था। मैं शायद अभी तक उनकी अपनी इमेजिनेशन में सोचता आया था कि वो कैसे थे। उसमें वो बदले ही नहीं। ये वही संजय सर थे जिनका ख़ौफ़ था स्कूल में। और ये इंसान अभी अपने स्टूडेंट्स को ही थैंक यू बोल रहा था! वक़्त ने शायद चुपचाप अपना काम किया था। वक़्त की नदी वो खारापन बहाकर ले गई थी शायद।

हम बात कर ही रहे थे कि इतने में पीछे से कोई आया। संजय सर ने बोला- "इनसे मिलिए ये हैं हमारे राहुल सर, हिस्ट्री पढ़ाते हैं।"

मैंने सर की तरफ़ देखा। उनका चेहरा दाढ़ी से भरा हुआ था और शरीर वज़नी था। मुझे पहचानते हुए देर नहीं लगी ये वही राहुल था, मेरा दोस्त। वही राहुल जिसने संजय सर तक वो लव लेटर पहुँचाया था। "राहुल!!" मेरे मुँह से निकला। उसने भी मुझे पहचान लिया था। मुझे उससे कुछ और भी बोलना था।

"आपकी शर्ट बहुत प्यारी लग रही है," राहुल ने अपना सर दो बार हिलाया। पता नहीं ये बस मुझे ही लगा या सच था कि हाथ मिलाने और गले लगने के चुनाव में, हमने बस हाथ मिलाया था। वो अब एक शांत-सा आदमी था,

जो इतने सालों बाद उसी स्कूल में खड़ा था। स्कूल में सब बदल गया था पर राहुल अब भी वहीं था। क्या कहानी थी उसकी? क्या उसे इस स्कूल में इतने पैसे मिलते होंगे कि वो अपना खर्च चला पाता होगा? मुझे उसे देखकर एक बेचारापन-सा लग रहा था। उसे नहीं होना था यहाँ, पर वो था।

इतने में उसने घूमकर एक कुर्सी पकड़ ली थी। संजय सर मेरे और माया के बारे में उसे बता रहे थे। राहुल ने किसी सुखद आश्चर्य वाली नज़रों से मुझे देखा। उसके मुँह से निकला, "तुम तो फ़िल्म लाइन वाला ना हो गया जी!" फिर चुप। वो मुझे देखता मुस्कुराता रहा। टेबल पर मिठाई का एक डब्बा अभी भी पड़ा हुआ था। मैंने वो उसकी तरफ़ सरका दिया, "खाइए सर। ये संजय सर ने मँगवाया है हम लोगों के लिए"। राहुल ने वो डब्बा लिया पर खोला नहीं। मैं उसे देखकर समझ पा रहा था कि उसकी भी वही हालत थी जो मेरी। उस कमरे में हम दोनों बच्चे थे दो वयस्क आदमियों के शरीर में। उसकी बॉडी लैंग्वेज देखकर समझ आ रहा था कि उसे कितना कुछ कहना है पर वो कह नहीं पा रहा है। फिर अंत में उसने बस इतना कहा, "अच्छा लगा तुम दोनों को यहाँ साथ में देखकर।"

ये 'साथ में देखकर' वाली बात मेरे अंदर गहरी उतर गई। मेरा रोने को मन हो रहा था पर ये रोने की जगह नहीं थी।

संजय सर स्कूल के और बच्चों की बात किए जा रहे थे। वो बता रहे थे कि बच्चे उनका फ़ोन नंबर लेकर जाते थे उनसे बात करने के लिए। उन्हें ये बात ख़ुशी देती थी।

"सर, मैं आपका फ़ोन नंबर नहीं लूँगा," मैंने मुस्कुराते हुए कहा, "मैं चाहता हूँ कि मैं आपसे बात करने के लिए इतना भर जाऊँ कि मुझे आपसे मिलने आना ही पड़े। मैं ऐसे मोमेंट्स चाहता हूँ। जब मन करे बात करने की सुविधा नहीं।"

मैंने ये बोल दिया था और कमरे में दो सेकेंड्स का सन्नाटा था। “एकदम राइटर टाइप बात करने लगे हो तुम,” राहुल बोला और सब हँस दिये। अब मैं इस कहानी को एक पूरी होती कहानी की तरह देखने लगा था जिसका protagonist मैं था। ये कहानी कैसे ख़त्म होगी, मैं डिसाइड करूँगा।

“पर सर एक रिक्वेस्ट है,” मैंने राहुल की तरफ़ देखा, “और सर आपसे भी। मैं चाहता हूँ कि हमलोग उसी जगह पर एक फ़ोटो लें जहाँ आपने मुझे पीटा था। उस जगह को पता चल जाएगा कि मैं बस वो लड़का नहीं था।”

“मैंने इतना पीट दिया था क्या?” संजय सर को वैसे भी कुछ याद नहीं था।

“Only if you don't mind.”

इतने में राहुल बोल पड़ा, “मैं ले लूँगा फ़ोटो”।

“मुझे आपके साथ भी चाहिए फ़ोटो। हम चारों एक साथ,” मैंने बात पूरी की।

थोड़ी देर बाद हम बाहर निकले। राहुल के चेहरे पर एक स्माइल लगातार बनी हुई थी। उसने वो मिठाई का डब्बा उठा लिया था। मैं, संजय सर, माया और राहुल अब स्कूल के ग्राउंड में थे। हमारी बातें ख़त्म हो गयी थीं। अब बस एक-दूसरे से अलग होना था। “ठीक है सर। फिर आता हूँ बीस साल बाद,” मैंने जोक मारने की कोशिश की। संजय सर इसपर हँस दिए।

“चलिए कहाँ फ़ोटो लेना है, बताइए,” उन्होंने हँसते हुए ही बोला।

मुझे वो जगह याद थी, जहाँ मैं पिटा था। मैं उछलकर वहाँ गया। “इधर,” यहाँ खड़े होते हैं। राहुल ने स्कूल के वॉचमैन को फ़ोटो लेने के लिए बुलाया। माया ने उनको फ्रेम सेट करके दिया। हम चारों उसी जगह पर खड़े थे जहाँ से ये कहानी शुरू हुई थी। इसमें गुज़रे हुए वक़्त के साथ गुज़रे हुए हम थे, जो कहीं कहीं छूटते रहे थे। लोग और दुनिया वैसी नहीं थी, जैसी

मैंने अपने मन में सोची थी। वॉचमैन भैया ने कुछ दस-बारह अटेम्पट्स में हमारी कुछ फ़ोटोज़ ले ली थीं।

हम चारों की फ़ोटो होने के बाद माया ने बोला कि मुझे संजय सर के साथ एक फ़ोटो लेनी चाहिए। ये फ़ोटो माया ने खींची। राहुल वहीं उसके साथ खड़ा हमें देख रहा था। फ़ोटो होने के बाद मैंने संजय सर का पैर छुआ और वो अंदर चले गये। राहुल हमें गेट तक छोड़ने आया। गाड़ी बाहर ही खड़ी थी। "हम ज़्यादा एक्सप्रेस नहीं कर पाते हैं। तुम्हारी तरह राइटर नहीं हैं न," राहुल का इतना कहना वैसे काफ़ी था। क्योंकि मैं समझ पा रहा था कि वो क्या कहना चाहता है। "ये रखो, हमारी तरफ़ से तुम दोनों के लिए मिठाई," कहकर उसने मिठाई का डब्बा हमारी तरफ़ बढ़ा दिया। मैंने डब्बा पकड़ा और उसे लेते हुए राहुल को गले से लगा लिया। ये कहानी एक दूसरे को माफ़ करने की कहानी बन गई। मुझे हमेशा किसी को गले लगाते हुए लगा है कि हमें एक दूसरे को ज़्यादा गले लगाना चाहिए। हमारा बहुत-सा ग़ुस्सा और अनकहे संवाद उसमें कहीं घुलकर साफ़ हो जायेंगे।

"कभी फ़ुरसत से आओ तो बैठेंगे," राहुल ने बोला।

"हाँ, ज़रूर।"

"हो सके तो नंबर दे दो अपना। हम परेशान नहीं करेंगे कॉल करके।"

"अरे, बिल्कुल ऐसी बात नहीं है भाई," बोलते हुए मैंने उसका फ़ोन अपने हाथ में लिया और अपना नंबर उसे दे दिया। कहने को अभी ज़्यादा कुछ बचा नहीं था। हम दोनों गाड़ी में बैठे और स्कूल से वापस घर की तरफ़ लौटने लगे। घर की तरफ़ लौटना फिर से आगे के जीवन की तरफ़ लौटना था। हम थोड़ी देर पहले ही बीस साल पहले की यात्रा तय करके आ रहे थे। मेरे पास प्रोसेस करने को बहुत कुछ था।

मैंने जैसा अपने स्कूल के बारे में सोचा था, जैसा संजय सर के बारे में सोचा था, सच्चाई उससे कहीं अलग थी। दुनिया वैसी नहीं थी जैसी मुझे दिखती थी। मैं जब ये आज यहाँ लिख रहा हूँ तो मुझे समझ आ रहा है कि मेरे ख़ुद के चुनाव और बर्ताव कई बार कितने मिट्टी में सने हुए थे। कई बार लोगों ने मुझे झेला ही होगा पर ये मुझे उन अंधेरों से निकल कर समझ आ रहा था कि मैं एक अंधेरे में था। अब एक हल्की-सी रौशनी आयी थी जीवन में, जिसमें ख़ुद के अँधेरे भी साफ़ साफ़ दिख रहे थे। तो क्या इसका मतलब ये था कि मैं पीछे जाकर कुछ भी ठीक करना चाह रहा था? शायद नहीं। यह यात्रा कहीं पहुँचने की नहीं, चलते जाने की थी। यहाँ वापस लौट आना, लौट आने के बाद समझ आया कि कितना ज़रूरी था।

अब सवाल ये था कि माया और मेरी कहानी का क्या? उसे समझने के लिए मुझे ये सब लिखना होगा जो मैंने इस दौरान जिया है।

और मैंने मुंबई लौटते ही ये लिखना शुरू किया।

4

आज सुबह कंघी करते हुआ देखा तो बालों में चाँदी भरने लगी है। मौसम बदल गया है। दुनिया में अब कोरोना का कोई नामोनिशान नहीं है। मेरी फ़िल्म, जो रुकी पड़ी थी, उसकी शूटिंग शुरू होने वाली है। मलबरी को अब भी इस बात की कोई भनक नहीं है कि उसके रहते हुए इस घर में कितनी कहानियाँ बदली हैं। वो अब भी खाना खाती है, सोती है और खेलती है। अब वो मेरी बिल्ली है।

माया के साथ जो यात्रा मैंने की थी, उससे मुझे ये समझ आया था कि जो इंसान इस घर से बाहर निकला और जो लौटकर आया था, वो वही नहीं था। जो मुझे लगातार तैयार कर रहा था उसका सुख उसे नहीं भोगना था, उसे बस सहना था इसके तैयार होने को। और अब मुझे जो इस यात्रा ने बना दिया था, मैं उसका सुख जी रहा था। हर बीतते हफ़्ते के साथ मुझे ऐसा लगता जैसे मेरा जीवन प्रकाश से भरने लगा था। पेट का दर्द भी अभी तक वापस लौट के नहीं आया था। माया से अभी वैसी ही बात होती थी, जैसी पहले।

जब मैं भभुआ गया था तो दो दिन के लिए घर भी गया था। माँ-पापा को दिखाई मैंने वो फ़ोटो जिसमें मैं, माया, संजय सर और राहुल थे। पापा ख़ुश थे वो देखकर। उन्हें यक़ीन नहीं था कि मैं ऐसा कुछ भी कर सकता हूँ- "क्या क्या दिमाग़ चलाते हो तुम!"

“अरे! अभी आपको कुछ और बताऊँगा तो आपको और लगेगा कि कैसा दिमाग़ चलता है मेरा,” मैंने ख़ुश होते हुए कहा।

“बताओ-बताओ। क्या करके आए हो?” पापा मुझसे भी ज़्यादा एक्साइटेड थे।

“ये संजय सर ने मुझे क्यों पीटा था?”

“वो Love letter लिख दिया था तुमने।”

“हाँ, तो वो किसको लिखा था?” मैंने पहेली बुझाने के अंदाज़ में पूछा। पास में बैठी माँ और अम्मा दोनों इसमें इंटरटेस्ड थीं।

“हमको कैसे पता होगा?” पापा ने कहा।

“लड़का या लड़की ये तो पता होगा न?”

“हाँ, लड़की। नाम नहीं पता हमको।”

मैंने अम्मा और माँ के चहरे पर देखा। सब जानना चाहते थे कि हुआ क्या है।

“इस फ़ोटो में जो लड़की है वही है।”

पापा ने मेरे हाथ से मोबाइल ले लिया था।

“ये वही लड़की है? तुमको कैसे मिली? और इसके साथ क्यों गए थे?” पापा ने सवालों की झड़ी लगा दी और मोबाइल माँ को दे दिया। अब माँ वो फ़ोटो देख रही थीं।

“वही ले गई थी मुझे। पुणे में रहती है। दोस्ती हो गई है अब।”

“बड़ी हो गई है!” माँ के मुँह से निकला।

“पूरी बात बताओ तुम,” पापा ने बोला।

उस रात खाना खाने के बाद मैं अम्मा के पास बैठा। अम्मा ने माया के बारे में सारी बात सुनी थी और अपने काम की बात उसमें से चुन ली थी- "बबुआ ए लइकिया हमरा ठीक लाग तिया।" अम्मा को माया की फ़ोटो अच्छी लगी थी और वो चाहती थीं कि मैं कुछ कहूँ। पर मुझे पता नहीं था कि अगर मैं घर में माया की पहली शादी के बारे में बताऊँगा तो उनको कैसा लगेगा। अम्मा ने तो उस रात यहाँ तक बोल दिया कि बेटा लड़की का मुँह गोल न भी हो तो भी मुझे कोई दिक़्क़त नहीं है। बस लड़की अच्छी हो और तेरे मन मुताबिक़ हो।

अम्मा को ऐसा लग रहा था जैसे मैं तैयार बैठा हूँ शादी के लिए और माया भी। मैं अम्मा को कैसे बताऊँ माया की पहली शादी के बारे में? पर मैंने बता दिया। "अम्मा ओकर पहले एक गो बियाह हो चुकल बा।"

ये सुनकर अम्मा ने तपाक से अपना सवाल दागा- "और लइका बच्चा?"

"ऊ नईखे," मेरे ये बोलते हो उनके चेहरे पर एक आराम का भाव उभरा।

"तब ठीक बा।"

मतलब? मुझे उनका ऐसा reaction expected नहीं था।

अम्मा ने हँसते हुए कहा कि बेटा तुम्हारी भी लगभग शादी तो हो ही गई थी, जिस लड़की के साथ तुम रहते थे। इसमें कौन सी बड़ी बात है। मन मिल जाए तो बाक़ी सब हो जाता है। मुझे अम्मा की ये बात सुनकर बहुत ख़ुशी हुई थी और मैंने उन्हें गले लगा लिया था। ख़ुशी इस बात की नहीं थी कि उन्होंने मेरे और माया के रिश्ते को मंज़ूरी दे दी थी। ख़ुशी इस बात की थी कि वो ऐसा सोचती थीं। कई बार हम जैसा अपने घर वालों के बारे में सोचते हैं, उससे उलट, वो हमें सरप्राइज़ करते हैं।

अब यह लिखते हुए भी मैं सोचकर मुस्कुरा रहा हूँ। पर माया और मेरा भविष्य क्या होगा, यह हम नहीं तय कर रहे थे। ये हमारा past तय कर

रहा था। हमारा बचपन नहीं, हमारा वो हिस्सा, जिसने प्रेम किया था और उसकी यातना से पूरी तरह निकल नहीं पाया था। क्या हम कभी भी पूरी तरह प्रेम की यातना से आज़ाद हो पाते हैं? अगर इस जवाब को कुरेदें तो इसका जवाब न में ही मिलता है। और ये इस बात का प्रमाण है कि हम जब भी, जहाँ भी थे वहाँ पूरी तरह थे। हाँ, वक़्त ये ज़रूर करता है कि हमारे ऊपर नये और सुंदर अनुभवों की जिल्द चढ़ा देता है। पर जब भी हम पूरी किताब खोलते हैं तो हमारी अपनी ही कहानी में कितनी सारी और कहानियाँ गुँथी हुई दिखती हैं।

मैं ये लिखते हुए साफ़ साफ़ कह सकता हूँ कि क्या मैंने अपने रिश्तों में ग़लती की थी? बिल्कुल। मुझे मेरी जितनी ग़लतियाँ समझ आती हैं मैं आस्था को उतना माफ़ कर पाता हूँ। आस्था को जितना माफ़ कर पाता उससे उतना आज़ाद होता जाता। उसे माफ़ करने में मेरी आज़ादी छुपी हुई थी, जिसका रास्ता मेरी अपनी ग़लतियों को समझने से आता था।

मैं माया की बहुत इज़्ज़त करने लगा हूँ- उसके काम के लिए, उसकी समझ के लिए। मैं कहीं से भी ये नहीं चाहता था कि जो ग़लती मैंने आस्था के साथ की थी, वो माया के साथ भी दोहराऊँ। हमें जीवन में आज़ाद होने के वैसे भी कम मौक़े ही मिलते हैं।

ये लिखते हुए माया का मैसेज आया। मैंने WhatsApp उठाकर देखा- “Connecting at 1:30??”

1:30 होने में चार मिनट बाक़ी थे। पिछले कुछ दिनों से हम face to face G-meet पर बात कर लेते थे। मैं इधर अपना काम करता रहता वो दूसरी तरफ़ अपना काम और हम बातें करते रहते।

मैंने तुरंत G-meet खोला, मीटिंग का एक लिंक बनाया और माया को भेज दिया। मेरा लिंक ही मेरा जवाब था। 1:30 पर माया ने कॉल join किया- “कैसे चल रही है शूट की तैयारी?”

"मैंने तो अपना काम कर लिया है। अब डायरेक्टर और उनकी टीम के हवाले है।"

"पर सेट पर तो जाओगे न तुम?"

"हाँ यार, मज़ा आता है मुझे। नहीं जाता हूँ तो ऐसा लगता है घर में शादी चल रही है और मैं अपने कमरे में पड़ा हुआ हूँ। तुम बताओ, US का ट्रिप कब है?"

"कुछ पता नहीं क्षितिज। पैंडेमिक के बाद सब बदल गया है। अभी नेक्स्ट मंथ तक क्लैरिटी आएगी।"

पैंडेमिक के दौरान बदला तो था। कितनी ही चीज़ें ऐसी हुई थीं जो हमने कभी सोचा भी नहीं था। पूरी दुनिया एक्सट्रीम में चली गई थी।

"सौरभ शादी कर रहा है। पता चला तुम्हें?" मैंने सौरभ की शादी का कार्ड माया को फॉरवर्ड करते हुए कहा।

"What! किससे?" माया ने अपने बालों को बाँधते हुए पूछा।

"किससे क्या? वही भव्या से!"

"क्या बात कर रहे हो! गुड यार। क्लैरिटी है लोगों को।"

"हाँ मैं भी बहुत ख़ुश हूँ। तुमको भी बुलाया है, कार्ड देखो।"

माया थोड़ी देर उसे देखती रही फिर बोली, "मुझे नहीं पता... जाना चाहिए या नहीं।"

"क्यों?" मैंने पूछा।

"मैं जानती भी नहीं उसे ठीक से," वो बोली।

रुको मैं उसको भी लेता हूँ कॉल पर। मैंने सौरभ को फ़ोन किया और उसको G-meet पर लिया। वो किसी रोल का ऑडिशन बना रहा था। एकदम अलग अवतार में।

"हाँ भाई!"

"भाई मैं माया के साथ बैठा हूँ। बोल रही है जब तक तुम इनवाईट नहीं करोगे नहीं आएगी तुम्हारी शादी में।"

"Congratulations यार सौरभ।" माया ने बोला।

"Congratulations मिल के लूँगा मैं। दोनों आना। नहीं आने का कोई बहाना नहीं चलेगा। भाई ने सब बता दिया है मुझे आपके बारे में। आपको पक्का आना है।"

माया बस सुने जा रही थी और मैं भी। सौरभ अलग ही फ़ील में था। "और भाई, अभी आपका शूट ख़त्म हो तो आप लोग भी अपना कुछ प्लान करो यार। बचपन वाले प्यार की कहानी ही मस्त है।"

उसकी बात सुनकर हम तीनों हँस दिए। जो बातें सब कुछ जानते हुए हम एक दूसरे से नहीं कर पा रहे थे, वो बातें सौरभ ने ऐसे ही बोल दी थीं। सौरभ को पता नहीं था पर वो कई बार मेरी ज़िंदगी में एक पुल बनकर आता था और मुझे दूसरे पार उतार देता। सौरभ के जाने के बाद मैं सच में दूसरे पार था और चाहता था कि माया को वो सब बता दूँ जो मेरे मन में चल रहा है।

थोड़ा रुककर मैंने कहा, "मुझे लगता है, मुझे यहीं रुक जाना चाहिए माया। अगर हम आगे बड़े तो मुश्किल हो सकती है।" माया को पता था मैं क्या कह रहा था। उसकी ख़ामोशी अपनी हामी थी कि मैं और भी कुछ बोलूँ, "मेरा मतलब ये नहीं है कि हम जहाँ तक आए हैं, उसे मिटा दें। पर आगे बढ़ना मुझे ठीक नहीं लग रहा। और इसमें तुम्हारी कोई ग़लती नहीं है।"

“मैं जानती हूँ क्षितिज। इतना तो जानती हूँ तुम्हें कि तुम्हारी बातों के पीछे की वजह समझ सकूँ।” माया ने जैसे मेरी ही बात आगे बढ़ा दी हो, “तुम्हें ये कहने में वक़्त लगा, लेकिन अच्छा किया, कहा।”

“डरा हुआ तो अभी भी हूँ पर ये वो डर है, जिससे एक हिम्मत आ रही है। शायद इससे पहले मैं ये तुमसे कह भी नहीं पाता।”

“इसी को तो ख़ुद के साथ ईमानदार होना बोलते हैं। तुम्हें ये क्लैरिटी कब आयी वैसे?”

मैंने एक गहरी साँस ली, “आते आते आयी। पर हाँ स्कूल जाने के बाद सब क्लीयर हो गया। मैं एक बचपन में देखे हुए प्रेम की परछाई पर अपनी लाइफ के डिशीजन नहीं ले सकता। तुम मेरे साथ ही नहीं मेरे बचपन के साथ खड़ी थी और मैं अभी भी अपने छोटे-छोटे टुच्चे दुःखों में फँसा हुआ हूँ।”

“तुम्हें ऐसा सच में लगता है?”

“मुझे मेरे शरीर में महसूस होता है अब माया। मैं ग़ुस्से में क्या-क्या कर जाता हूँ मुझे भी याद नहीं रहता। मैं ख़ुद अपनी ज़िंदगी का unreliable narrator हूँ। मैं ख़ुद को भी जो कहानियाँ सुनाता हूँ, मुझे उसपर भरोसा नहीं करना चाहिए,” मैंने ये जैसे ही बोला ऐसा लगा मेरे सीने में एक जगह बनी हो, जो हमेशा से वहाँ थी, बस मैंने आज उसे ढूँढा था। मैं हँस पड़ा। मेरे साथ माया भी हँस पड़ी। पिछले कुछ वक़्त की बनी हुई टेंशन इस बात से निकल गई।

माया को मेरी बात शायद बोलने से पहले समझ आ गई थी, उसका काम ही ऐसा था शायद। इन सारी बातों से होते हुए मुझे अब ये बात भी समझ आने लगी थी कि मैं अपने इमोशनल हेल्थ के लिए माया पर निर्भर नहीं

कर सकता था। मेरे अवसाद भी मेरे हिस्से के अवसाद थे, उन्हें मुझे ही ठीक करना था।

सौरभ की शादी में अभी दो महीने का वक़्त था और मेरी Next फ़िल्म अगले महीने शुरू होने वाली थी। मुझे ये समझ आ गया था कि मुझे अभी लिखने के साथ-साथ थैरेपी की ज़रूरत भी थी। मैंने अपने कुछ दोस्तों से बात की और उनके रेकॉमेंन्डेशन पर एक therapist से बात की। उन्होंने दो दिन बाद मंडे का अपॉइंटमेंट दिया और थोड़ी देर में अपना एड्रेस WhatsApp पर भेज दिया। ऐड्रेस देखकर मुझे हँसी आ गई। एड्रेस खार का था और गली थी HIVE के बगल वाली गली। अब जिस गली में इस शहर में पहला प्यार हुआ था, उसी के बग़ल वाली गली में मुझे उसका इलाज ढूँढने जाना था। अगर यह poetic justice नहीं है तो क्या है?

ख़ैर मैंने थेरेपी शुरू कर दी। कुछ सेशंस के बाद उसका असर भी दिखने लगा। पैंडेमिक के दौरान desperation में किसी को जीवन में ढूँढकर लाने की तलाश मुझे मेरे पास लायी थी। मैं अपना साथ देना सीख रहा था। मुझे शायद अभी कहीं और को ढूँढने की तालाश में कहीं रुक जाना था। और वो कहीं, कहीं और नहीं, मेरे पास था।

ये सारी बातें होने के एक हफ़्ते बाद माया ने बोला कि वो सौरभ की शादी में नहीं आएगी। मैंने उसे बहुत पुश नहीं किया था इसके लिए, चाहता ज़रूर था कि वो आए।

दुनिया जब रुकी थी तो सब बहुत धीरे-धीरे चल रहा था जैसे, अब दुनिया जब चली थी तो चल पड़ी थी- मेरी दुनिया भी; एक तरफ़ रुकी हुई फ़िल्म शुरू होने वाली थी, दूसरी तरफ़ दोस्त की लव स्टोरी पूरी होने वाली थी, मैंने थेरेपी जाना शुरू किया था और माया मुझे इतने सालों बाद मिली थी। अगर आज से एक साल पहले कोई मुझसे बोलता कि एक साल बाद मेरा जीवन इतना बदल जाएगा तो मैं उसकी बात पर यक़ीन नहीं कर पाता। मैं

तो अब भी यह लिखते हुए यक़ीन नहीं कर पा रहा हूँ कि एक साल के अंदर मेरा जीवन इतना बदल गया!

मुझे एक दिन सौरभ वर्सोवा में मिला। हम दोनों समंदर के किनारे टहल रहे थे। हम दोनों ही ये बात कर रहे थे कि कितना कुछ बदला है दोनों के जीवन में।

"भाई, पर तुमने इतनी जल्दी शादी करने का फ़ैसला कैसे ले लिया? थोड़ा जल्दी नहीं है।"

"भाई आप देखो, जो लोग बहुत ज़्यादा सोच समझ के, इतना दिमाग़ लगा के, सारे ग्रह-नक्षत्र मिला के शादी करते हैं उनका कौन सा सब ठीक चलता है?" सौरभ ने बोला। उसकी बात भी ठीक थी।

"पर यार, डर नहीं लगता तुमको कि अगर कहीं कुछ?" मैंने अपने डर का सवाल उससे पूछ लिया।

"भाई, पूरा कोरोना गुज़र गया। दूसरा जीवन मिला है हमें और इसमें भी अपने मन का नहीं किया तो क्या किया," उसने बात ख़त्म की पर तुरंत ही दूसरा सवाल दागा- "आप अपने लिए तो नहीं पूछ रहे हो ये?"

"हाँ मतलब। चलता तो है ये सब दिमाग़ में। पर मुझे तैयार होने में अभी टाइम है थोड़ा," जो बात थी मैंने मान ली।

"हाँ, तो ये जैसे आपको क्लैरिटी है न। अच्छी बात है। मुझे भी क्लैरिटी थी कि भाई इससे अच्छी लड़की न मिल पाएगी मुझे," बोलकर वो हँस दिया, "आपने ड्रेस कोड देख लिया न ठीक से?"

उस दिन मुझे समझ आया कि शादी के ड्रेस कोड में मेरे पास कुछ भी नहीं था। एक साल पहले अगर मुझसे कोई ये सब करने को कहता तो मैं शादी में आने से ही मना कर देता पर अब बात कुछ और थी। मुझे सौरभ और

भव्या की शादी में जाने की तैयारी शुरू करनी थी। मुझे लगा मैं माया से पूछता हूँ कि मुझे कपड़े लेने में थोड़ी हेल्प करे। फिर मुझे लगा कि नहीं, ये मैं अपने लिए ख़ुद से करूँगा। मैंने ये सारी बातें सौरभ को भी बताईं। उसका बस एक ही कहना था- "क्लैरिटी है आपको न?"

"बिल्कुल।" मैंने कहा।

मैं उस शाम अकेला ही सांताक्रूज़ गया अपने लिए कपड़े लेने। मुझे जानना भी नहीं था कि माया ने अपने लिए क्या लिया है। मैं देखना चाहता था कि जब हम सौरभ की शादी में मिलते हैं तो वो क्या बोलती है। सौरभ की शादी की ख़ुशी मुझे मेरे पेट में महसूस होती थी और जीवन के प्रवाह में जिये चले जाने की ख़ुशी, मेरी चाल में। मैं उस वक़्त सच मैं ख़ुश था।

मुझे नहीं पता जीवन के सुंदर आश्चर्यों और उसमें मिली सुंदरता के लिए किसको गले लगाऊँ? शायद मेरा ये सब लिख देना इस जीवन को गले लगाने की एक छोटी-सी कोशिश है।